本书的出版得到
上海交通大学"文科成果文库资助计划"的资助

当代中国文论的交流与构建

薛原 著

商务印书馆
The Commercial Press

图书在版编目（CIP）数据

当代中国文论的交流与构建 / 薛原著. — 北京：商务印书馆，2024. — ISBN 978 - 7 - 100 - 24291 - 2

Ⅰ．I206.7

中国国家版本馆CIP数据核字第2024B580U1号

权利保留，侵权必究。

当代中国文论的交流与构建

薛　原　著

商 务 印 书 馆 出 版
（北京王府井大街36号　邮政编码 100710）
商 务 印 书 馆 发 行
山东韵杰文化科技有限公司印刷
ISBN 978 - 7 - 100 - 24291 - 2

2024年12月第1版　　开本 640×960　1/16
2024年12月第1次印刷　印张 19
定价：98.00元

薛原，上海交通大学外语学院德语系主任、教授、博士生导师。毕业于德国慕尼黑大学，并获得比较文学博士学位。主要研究领域包括文学理论、德国当代文学、后现代以后的文学和文化现象。主持多个国家级研究项目，完成多部专著和译著，在国内外核心期刊上发表多篇论文。现任上海交通大学中国城市治理研究院双聘研究员、《比较文学与跨文化研究》杂志副主编、Routledge（Taylor & Francis Group）等著名出版社审稿专家。

序　言

一部隐含着本体论新意和超前性建构的创新之作

刘建军

上海交通大学薛原博士的新著《当代中国文论的交流与构建》付梓，即将由商务印书馆出版发行。可庆可贺！作为她的同事和同行，短短的几年内就看到她从"小荷才露尖尖角"到今天的"映日荷花别样红"，我感到非常高兴。薛原，好样的！

一、对"文学本质"的聪明感知与清醒建构

在我看来，在当下人文科学和文学处于低迷的时代，尤其是受到人工智能、元宇宙、量子力学等新科技发展与新思维方式挑战的时代，什么是文学？文学的新形态应该是什么样子？今天的文学应该如何不偏离本心，在各种层出不穷的概念、流派和潮流的挑战中坚守，不随波逐流？正是针对这些问题，本书开篇即提出了重回"文学本质"命题研究的重要意义，这既可以说抓住了当前急需回答的重要问题，也可以视作本书的主要理论创见和全书建构的学理基础。

作者是从当下文学遇到严重挑战以及在多重关系中来重新定义"文学本质"的。她在书中写道："对文学本质的追问面临这样的两难处境：一方面，我们不再认可那种寻找文学绝对不变的本质的做法，并将文学的本质视为绝对化甚至是永恒的；另一方面，我们显然也不

能认为文学缺乏本质而不再对文学本质展开追索，因为如果没有区别于其他学科的特殊性，那文学就没有存在的独立价值，文学研究就丧失了合理性和存在的必要性。"正是从这个清醒的前提出发，作者从内涵不断拓展的"文学性""语言性""情感性""伦理性"乃至"想象性"和"虚构性"等多方位角度，揭示了她心目中文学的本质。在她看来，对于文学本质的界定应该既是处在动态中的，又是处在静态中的。"飞箭不动"即此之谓也。不同的时代有不同的关于文学本质的界定（运动的），但同时文学本质又是相对恒定的暂时存在（静止的）。这就用唯物主义辩证法破解了以往僵化理解文学本质的弊端，同时也克服了"反本质主义"在文学本质定义上的局限。应该说，这种对文学本质的定义，颇具中国思维的特点。我们知道，在传统的中国思维模式中，对任何东西（事物）的定义从来都不像西方学界那样是本质主义的，或者说是抽象的、概念性的，而是描述性的和功能性的。例如，对"何为仁"，孔子并没有给出概念性的抽象定义，而是从不同层次的描绘角度，告诉人们，统治者不施苛政就是"仁"，士"克己复礼"即为"仁"，而普通百姓遵从"君君，臣臣，父父，子子"就是"仁"。这样，中国思维中的定义方式，就改变了西方思维在定义本质主义上的弊端。而中国的这种定义方式，又强调了在某一个特定条件下其定义的稳定性特点。可以说，中国的思维方式恰恰成了破解以往文学本质存在的弊端的最好方式。从本书的这一看法来说，这是极为深刻的，也是非常符合今天人们定义文学本质的实际的。应该说，这一认知，也对人们深入把握中国特色思维方式具有极强的启发性。

二、对中外文论交流互鉴的深刻体悟与创新解说

正是从动静相依的文学本质论的崭新理解出发，本书以21世纪的

中西文论交流为主要研究对象，梳理了这段虽然时间不长但非常重要的文论发展进程。在这段独特的历史进程中，作者指出，中国文论从对西方文论的单方面译介开始走向全方位的自我构建；同样，作者也告诉读者，此时的西方文论也在动态的演进中吸纳着中国不断发展的文论思想，吸纳着中国文论的因子。这就是说，正是在双方相互运动的过程中，中国文论从被动吸纳西方文论成果，到提出自己的理论创见，再到逐步走进西方文坛从而形成了具有国际影响力的理论流派。该书在谈到这一现象时，不仅谈到了中国文论"从'失语症'到变异学"、从本质主义到反本质主义的讨论，以及从强制阐释、本体阐释到公共阐释等一系列突显的理论，同时也揭示了西方文论中的"中国问题"，并对其加以深度的解说。本书在捕捉到这一阶段世界文论发展的重要特征后，顺势提出一个颇有创意的理论观点：中国文论研究范式和文论构建所包含的双重性特点，即"回归"和"跨越"。回归是指无论中外，今天都在主张回归文学和文论的本体；重构是指中西文学与文论都在运动中进行着重构，其表现为无论是直接的，还是间接的，都体现出了建构的相关性和发展的互促性。对此，书中写道："首先，中国问题对西方文论来说是外在的；同样，中国问题在西方文论中也可以是内生的、内在的问题。中国问题对西方文论是有影响的，早到儒家、老庄思想，晚到习近平总书记的'人类命运共同体'。其次，对于中国而言，'西方理论的中国问题'是外在的，作为舶来品的西方理论在中国被接受和转换；内在性体现在西方理论一旦成为中国问题之后，就内化为中国学术与思想史的内在问题。这种转换、内化和重置往往使得中西文论的界限消失，处于'他我不分'的状态，而最终使中国文论的话语体系在文论互鉴交融中得以转换。"这一看法没有陷入"除了文学什么都说"的囵圄，反而跨越了学科国界和学科的界限，真正实现了人文领域的深度沟通，最终促进文学研究国际性的公共话语的形成，推动立意高远的世界诗学的建立。这"一收"和"一放"的理念构建，赋予本书相当高的理论和实践高度。

三、对文学理论未来发展的前瞻式预测

我一直认为，今天的文学理论和观念应该而且必须更新，才能适应今天的发展。大体而言，自人类文明社会出现以来，大约依次形成了两种新的文学知识体系和认知方式，即与农耕时代相适应的文学知识体系和认知方式，与工业时代相适应的文学知识体系和认知方式。而在今天的数智时代（或曰"智能时代"），也必定会出现新的文学知识体系和认知方式。数智时代的这个新的文学知识体系和认知方式，其核心是要解决旧有体系的一个弊端，即以往的文学批评，由于过多强调文学对社会生活被动的反映，从而使得以往的文学研究更多的是对已经过去了的社会生活进行说明或阐释，而缺少对世界发展的前瞻性把握与预测。这样的文学观被抛弃将是必然的。我们今天必须看到，假如生活是一种客观存在，那么，哲学、社会学、政治学、经济学以及其他学科，都从不同的角度并采用自己独有的方式来认识这个客观存在。那么，文学也必须要突显其用审美的方式认识这个客观存在的功能。从这个意义上说，我们必须强调，文学不仅要反映生活，更是认识现实世界和预测未来生活的一种独有方式。就此而言，薛原女士的著作在文学的功能性这个方面做出了新的探索。她在广泛研究当代中西文论交流中所诞生的一系列重要理论流派的过程中，不仅对这些流派的萌芽、发展、进步和得失做出了准确而深刻的评价，还对21世纪及未来的中国文论整体图景做出了线路清晰的描画。尤为可贵的是，她也在此基础上提出了今后世界文论发展的预测和构想：

新世纪后，我们进入中国文论的当代构建阶段。这个时期，

我们的学者有意识地提出"西方文论中的中国问题"这样的命题，研究中国文论的出走及其在西方的接受与回流。"世界文学"和"世界诗学"则是学者们克服西方中心主义，构建新的世界文论秩序的尝试。在这些讨论中很多学者都主张打破东西方二元对立，甚至引导学术中心向东方转移。他们用中华文化中的古老智慧应对"异"与"同"、"和"与"不和"之间的矛盾，我们可以将这个阶段的中西文论的发展趋向定义为"超越中西、多元共生、和而不同"。

应该说，她这一预测性的结论是非常深刻的。"超越中西、多元共生、和而不同"必将是一段漫长历史时期内文学理论建构的必然走向。为了论证这一观点，她还对中西思维的差异做出了生动的解说。这就回应了本书一开始提出的理论和时代命题：今天的人文研究和文学的未来研究究竟应该如何自处，如何发展又如何坚持本体和本性？

同样，作者在该书中还针对当今文学研究界"重理论轻文本"的不良倾向，提倡回归文本本体；在人文学科普遍势弱的时代挖掘文学研究的意义；在人工智能当道的时代提出回归"人文"的价值；在今天"逆全球化"的思潮中再提中西沟通的必要性。这些观点不仅均有新意，也富有深度和远见。可以说，这种探讨在当今文学研究界更是一种理智的表达。综上所述，这部著作是一部隐含本体论探索新意和具备超前性建构的创新之作，并非夸大之词。

薛原博士在中外文学理论研究领域取得的成就是有目共睹的，她的进步也是较大的。但正如每个年轻成长者一样，她也有一个逐渐成熟的过程。倘若本书能够加上一些文学现象和文学作品做佐证，书中所涉及的某些问题论述再清晰明了一些，会更为出色。

期望薛原老师，永远不坠青云之志。也愿她今后的学术步伐，走得更稳一些，更快一些。

敢竭鄙怀，恭疏短引，仓促写成，词不达意，但愿没有降低一个有前途的青年学者的才华。是为序言。

刘建军

（上海交通大学特聘教授）

目 录

序　言 /刘建军　　/ 1

绪　论　文学与我们的时代　　/ 1

第一编　文学与文学理论　　/ 15

　　第一章　什么是文学?　　/ 17

　　　　第一节　文学的定义　　/ 17

　　　　第二节　关于"文学性"　　/ 23

　　　　第三节　文学的语言性　　/ 28

　　　　第四节　文学的情感性　　/ 33

　　　　第五节　文学的伦理性　　/ 35

　　　　第六节　文学的想象性和虚构性　　/ 39

　　第二章　文学理论　　/ 43

　　　　第一节　从文学到文学理论
　　　　　　　　——中西对话的历史　　/ 47

　　　　第二节　文学理论与文化理论　　/ 52

　　　　第三节　文学理论与意识形态　　/ 55

第四节 文学理论的民族性与世界性 / 61

第五节 文学批评与文学理论 / 63

第二编 中西文论的对话与交流 / 67

第一章 对西方文论的接受、重组和构建 / 73

第一节 叙事学 / 77

第二节 文学伦理学批评 / 86

第三节 生态批评到生态美学 / 94

第四节 后人类研究 / 108

第五节 新审美主义 / 121

第六节 后后现代文艺理论 / 131

第二章 对西方文论的质疑 / 139

第一节 从"失语症"到变异学 / 140

第二节 本质主义与反本质主义的讨论 / 151

第三节 强制阐释、本体阐释与公共阐释 / 157

第三章 中西文论交流互鉴 / 169

第一节 西方理论的中国问题 / 172

第二节 世界文学与世界诗学 / 182

第三编 新世纪文学理论的构建 / 195

第一章 文学内涵与"文学性"的拓展 / 201

第一节 文学内涵的拓展 / 201

第二节 "文学性"概念的拓展 / 207

第二章 文学理论的构建来源 / 215

    第一节 马克思主义文艺理论的中国化 / 215

    第二节 中国古代文论的现代转换 / 231

    第三节 西方文论

          ——从二元对立到"多元共生、和而不同" / 251

第三章 新世纪文学理论的构建 / 263

    第一节 新世纪文学理论的构建 / 263

    第二节 构建文学研究的范式 / 268

绪　论　文学与我们的时代

新世纪伊始，文学面临着巨大的挑战。当"哲学之死""文学之死""理论之死"这些论断鸣鼓喧哗之时，人们难免陷入一种悲观的情绪。我们似乎进入了一个人文科学全面失落的时代，文学似乎也难逃相同的宿命。无论是消费社会和现代传播技术的日益崛起，还是世界各国科技、经济和外交的白热化竞争，"逆全球化"和"去全球化"的趋势，以及全球疫情所加剧的分离、割裂和怀疑，都使得文学和人文科学的地位每况愈下，逐步面临边缘化。而曾作为文学重要载体的纸媒也无可避免地呈衰落趋势。凡此种种，使得文学传播和交流方式研究、学科构建等都发生了深刻的变化。文学与人文、科技和周围世界的关系也发生着日新月异的变化。我们很难从单一维度考量文学在各个领域中扮演的角色。当今世界正经历百年未有之大变局，作为人文科学的文学应该如何在重重危机之下构建更有生命力的文学理论和文学研究范式，以应对这样的挑战？本书主张一方面回归对"文学本质"的探讨，以帮助我们在文学研究范围无限制扩张的今天，重新廓清文学的边界；另一方面，中西文论交流是促进文学理论生成和文学研究迭代的重要途径。前者使得文学回归本原，后者令文学有着宽阔的共同研究基础。本书将围绕"文学是什么"这个在后理论时代中西文论仍然绕不开的话题，从本体论、认识论和方法论三个角度，分三个板块,即"文学与文学理论""中西文论的对话与交流"与"新世纪文学理论的构建",对以上论题展开分析论述。

一、文学和人文科学的困境

文学和文学研究将何去何从?米勒(J. Hillis Miller)曾悲呼:"文学就要终结了。文学的末日就要到了。是时候了。不同的媒体有各领风骚的时代。文学虽然末日降临,却是永恒的、普世的。它能经受一切历史变革和技术变革。文学是一切时间、地点的一切人类文化的特征——如今,所有关于'文学'的严肃反思,都要以这两个互相矛盾的论断为前提。"①米勒是在新世纪新媒体崛起并蓬勃发展的背景下,论述了一种以读者为中心的文学发生模式,即以纸质媒体为媒介的传统文学将要终结,而"文学性"将经受时代的风云而恒久存在。米勒所说的前一个"文学"是囿于时代和特定技术条件限制所产生的狭义的文学观念,是自17、18世纪以来形成的文学观念、现象和作品的总称;而后一个"文学"则是广义的文学,强调"文学性"的时代超越性和价值永恒性。而文学的核心价值仍然是"人学"。米勒因此仍然保有对文学的坚定信心:只要"人"这个文学的价值核心依旧存在,那么文学就不至于泯灭。我们在这关于文学未来似乎充满灰暗色彩的预言中,依稀能窥见文学勃勃的生命力。

米勒对旧媒体时代传统文学的死亡宣判不是空穴来风。发起于20世纪六七十年代的后现代思潮使得西方高雅文学和流行文学的界限逐步被消解。在移动互联网的冲击下,纸媒日渐式微,而疫情更是加速了这一过程,层出不穷的新媒体以惊人的速度发展并改变人们的生活。

---

① [美]希利斯·米勒:《文学死了吗》,秦立彦译,广西师范大学出版社,2007年,第7页。

人们的阅读习惯因此发生了翻天覆地的改变。在众生浮躁的今天，我们大可以理解为什么人们在快节奏且危机四伏的生活中倾向于选择各种能够缩短消费时间、快速获得信息或制造廉价快感的文化快餐。在中国，纸质媒体在新世纪曾面临规模性集体"阵亡"，文学出版遭受重创，尤其是曾经承载着一代人精神寄托的文学期刊，处在生死存亡的关键时刻。文学圈震惊于《诗刊》和《中国作家》等堪称"中国文学的灵魂级刊物"也被踢出了核心期刊，但也的确无能为力，只能哀叹这世道对传统文学来说如此多艰。硕果仅存的文学期刊[①]则因为办刊经费短缺、发行周期过长等也举步维艰，很难与层出不穷的新媒体竞争。20世纪从文学期刊中找寻好的故事是影视圈的常规工作方式；而今天为网罗新生代的观众，影视圈往往在各大平台上找高点击率的网络小说，这样就能轻而易举地获得数量庞大的潜在观众群，收割一波流量。

网络文学种类繁多但品质良莠不齐，直接以市场为导向的网络文学的崛起挑战着纸质媒体。依托互联网传播的网络文学极大地缩短了文学创作、传播和接受的时间。网络文学有一整套逐渐成熟的商业模式，可以带动影视、游戏和文创业的联动发展。网络世界以纸媒文学为业的作家逐渐失去了年轻读者和市场，而一人批网络"写手"却一夜成名，他们深谙文学的运营方式，让流量成为时代的"王道"。我们可以将此视为文学创作的"去精英化"过程。在今天的中国，作为娱乐消遣的网络小说之所以能够蓬勃发展，是因为其娱乐性和普及性受到普罗大众的追捧。无论身处何地、何种处境的读者，都很容易在网络文学中获得幻想、安慰、快乐和热血。根据2022年8月10日发

[①] 目前最新版核心期刊列表中的文学类，仅存《收获》《人民文学》《上海文学》《花城》《当代》《作家》《山花》《天涯》《芙蓉》《北京文学（原创版）》《民族文学》《十月》《江南》《小说月报》和《长江文艺（原创版）》15家。

布的《2021中国网络文学蓝皮书》的统计数据，我国网络文学主流化、精品化的进程加快，现实题材创作进一步深化，科幻题材的作品增长也很迅速，历史题材和家国题材的作品数量也稳中有升。[①]所以在网络世界里崛起的并不仅仅是肤浅的商业化的文学，越来越多的好文学也出现了。文学似乎没有消亡，只是改变了存在于世间的姿态。技术和媒介都变了，但人们所钟爱的文学还充满着生命力。无论什么时代，也许载体会发生变化，文学却永远不会失去它的舞台。今天我们谈论文学也不能忽略新的文学载体、传播方式以及受众构成等因素。于是传统的纸媒文学在众声喧哗之下逐渐衰弱，似乎走向了边缘化，过去基于经典文学的评价体系和研究方法逐渐被质疑被打破，由文学评论家所把持的文学生死场让位于新媒体时代的"大众点评"。文学的发展必然趋向大众化、市场化和商业化。"纯文学"的影响力和关注度都持续减弱，地位大不如前。学者们试图在精英和大众文化的激烈博弈中捍卫"纯文学"日趋脆弱的边界。有鉴于文学生成和传播方式的上述改变，主要以"纯文学"作品为研究对象的文学理论的存在意义也受到质疑。[②]于是通向文学传统或传统文学的大门逐渐被关上了，人们或以为这样的文学已经过时了。这无疑是一种偏执和盲视。今天的网络文学很难到达当初以纸媒为载体的"严肃文学"的同等价值和影响力。造成这样的局面的原因值得研究。如果有人断言纸媒文学已经退出历史舞台，也为时过早，纸媒也有无法被取代的种种

---

① 全国主要文学网站新增现实题材作品27万余部，同比增长27%，现实题材作品存量超过130万部，一批优秀现实题材作品反响热烈；新增科幻题材作品近22万部，同比增长23%，科幻题材作品存量超过110万部；新增历史题材作品22万余部，同比增长11%，历史题材作品存量超过230万部，参见http://www.xinhuanet.com/book/20220811/d5929da85dac4450bc26cbe1a0a32b1b/c.html。

② 薛原：《新世纪中西方文艺理论构建概述》，《中国社会科学院研究生院学报》2016年第6期，第85页。

优势，出版业在寻找新的运营方式和增长点。纸媒与电子媒体之间并非你死我活的修罗场，它们其实各有天地，甚至还能形成优势互补。文学的"边缘化"并不等同于文学的死亡，文学已经以其他形式扩展到其他非文学领域中，但无论文学的内涵和外延如何扩展，都无法改变文学的基本特征、功能和价值。文学在语言和审美层面上仍有自己的特点。这并不因大众文化的出现和媒体技术的变化而改变。"文学性"和"审美性"仍然集中在文学文本中，并且仍然是文学的最基本特征。

伊格尔顿（Terry Eagleton）的《理论之后》（*After Theory*）发表后立即在中国学术界引起不小的波澜。大量资深文论学者对后理论时代文艺理论的发展走向的讨论一直延续到今天。我国文论学者对后现代"文化理论衰落"这一说法大为认同的一个重要原因是在全球化和信息数字化的大背景下，我国文化呈现出"去中心化"和"多元化"两种类似西方后现代主义的文化倾向。这两种倾向都迫使中国学界对现有文艺理论体系进行反思，并引发了学界构建新理论的紧迫感和使命感。其一是"去中心化"倾向。如前所述，网络信息技术飞速发展使得文学的存在方式发生了质的变化。传统媒体代表的精英文化与网络媒体代表的大众文化短兵相接，并逐渐在很多领域中屈从，甚至让位于大众文化。其二是多元文化观的普及。大约于20世纪80年代末进入我国的西方后现代主义思潮潜移默化地改变着学术界的观念和生态。很多人文学者倡导多元文化观并使其在中国广为人知。他们对"欧洲中心主义""美国霸权主义"和其他中心主义持批判态度。凭借后现代框架内的后殖民主义文化理论，学者们掌握了批评和自我批评的武器。除此之外，后现代框架内的女权主义和生态批评等理论也大大丰富了我国文论学者的文化视野，为中国社会注入了多元价值观念。后现代文论之争，可以说正是由于解构主义对文学的封闭性、自足性、结构性和系统性的打破，文学研究的视角才开始从"内部"（文本、符号、叙事、语法等）再次转向文学的"外部"（社会、文化、女性、种族、阶级等），而这也进一步助推了之后西方文论的"文化转向"。虽然"理论已死"所带来的怀疑和悲观情绪多少感染了中国学者，但越来越多的中国学者也意识到，西方文化理论的衰落为中国理论在世界学界中崛起提供了可能性。①

哲学的地位同样岌岌可危，其万学之学的地位遭到挑战，甚至有人宣告哲学之死。②在20世纪60年代兴起的后现代思潮的推动下，西方学者对西方自古希腊以来所形成的一切追求主体、本质、中心和真理的文化传统与思维方式做了全面的解析和清算，深刻地动摇了西方形而上哲学传统的根基。后现代理论家利奥塔（Jean-François Lyotard）认为以哲学为代表的元叙事之所以逐步失去往日的光辉，是因为理论与实际的脱节。他指出当代西方理论之所以被大批量生产，是由于哲学体系化的理论话语已经终结，形而上学的思辨哲学已经达到顶峰并逐步走向衰落。作为传统时代的知识体系，哲学的衰落不可避免。首先哲学是元逻辑的学问，它能够从整体上对事物做出抽象总结和概括，这样的学科本身就具有时代超越性，有很强的普遍解释能力；但也正因为如此，哲学难以解决现实和具体的问题。只有在相对单一、缺少分化的社会中，哲学广泛的解释力才有用武之地。③随着当代社会分工越来越细、越来越复杂，哲学的解释功能已经逐渐被自然科学、社会科学和人文科学等其他领域所取代。这些分散在各个领

---

① 参见薛原：《新世纪中西方文艺理论构建概述》，《中国社会科学院研究生院学报》2016年第6期，第85页。
② 霍根（John Horgan）在《科学的终结》（*The End of Science*）一书中宣告了哲学的终结。霍金（Stephen Hawking）在《大设计》（*The Grand Design*）中也宣告了"哲学已死"。
③ 参见刘平：《社会转型与价值文化研究——新本质主义价值文化时期的开启》，《人文杂志》2015年第3期，第5页。

域中的"小理论"能够更好地解决现实的问题,也因此获得了更加长足的发展。

李泽厚所理解的"哲学已死",是对西方哲学发展的总体趋势的总结和预测:西方形而上哲学一步步被解构而走向穷途末路,西方形而上的理性、辩证和逻辑传统后继无人。因此,他认为,在形而上哲学和西方文艺理论式微的今天,该"中国哲学登场"了。① 当今世界哲学必然从思辨的、狭义的形而上学转向对生命和人生意义的探寻。而中国的哲学就是那种所谓的"后哲学",即"生活大于语言,也大于几何学,语言的普遍性意义和翻译的可能性来自人类衣食住行的普遍性"②。李泽厚认为中国哲学不仅可以继承后现代文艺理论注重现实的优秀传统,也能在新时代唤起哲学研究的热情。

二、人文、科学与文学

相对于科学,人文科学的"价值"究竟在哪里?如果价值源于生产力,那么人文科学的生产效率的确不足:第一,人文科学在各国科技竞争日趋白热化的今天,无法占据各国发展的首要或重要日程。第二,人文科学相对于科学,特别是应用科学来说,很难在短期内使相关的人获利,无论是学习人文科学的学生还是从事人文科学研究的学者,都不容易将自己的所学"变现"。因此可以理解如今大学的人文科学,即便作为"轻量"的学科,还屡屡被剥夺为数不多的科研经费,教职被缩减,招生人数下降。如果论及"用"与"无用",人文科学在与科学的对决中,落于下风。科学以悄无声息或大张旗鼓的方式逐渐渗透,甚至大举侵占了人文科学的领域。在世界范围内跨学科合作

---

① 李泽厚、刘绪源:《该中国哲学登场了?——李泽厚2010谈话录》,上海译文出版社,2011年,第7页。

② 同上。

研究逐渐成为一种趋势。在过去的10年间，很多世界一流高校都设立了有跨学科研究性质的高级研究所。它们大多鼓励建立种类繁多的学科，还鼓励合作研究小组从科技、自然和人文科学的角度综合处理现实问题。而在某些跨学科的合作中，人文科学往往扮演了次要的、辅助的和点缀的角色。这样的合作非但不能强化人文科学的学科建设，反而对其是一种消耗和贬损。

人文科学在全球技术创新的竞赛中常常被认为是难以获利并且可以被牺牲的。在当今很多大学里这样一种趋势日益明显，即大量的资金几乎只投资于纯科学，特别是应用科学。但这其实是失之偏颇的，原因有以下几点：第一，人文科学对于界定技术创新可能带来的伦理边界来说是必要的也是必需的。第二，人文科学旨在评估过去得失并对人类未来规划进行评估或展望。第三，在全球范围内，科学研究的成本不断上升，对快速投资回报的要求也越来越高，这将最终导致科学中更前沿、更有潜力的部分从大学转移到国家或私人资助的专门的实验室中。另一方面，正是因为人文科学无利可图，所以它们走出大学的机会相当渺茫。总的说来，大学和它们的创始机构对人文科学的投资会越来越有意义，因为人文科学很可能在未来成为很多教学机构的真正"核心业务"，而不是自然科学。

人文可以反向助力科技的发展。如果一个国家的观念不发生根本性的变革，不为科技创新保驾护航，那么科技的发展也将行之不远。有创新意识的人只有在适宜的外部环境中才能真正将自己的才能转换为科技成果，否则即便再天才的点子也可能"胎死腹中"。从创新萌发到成为有用的科技成果要经历相当漫长的过程，一个好的社会意识环境可以助力支持甚至缩短这一过程；反之则会让伟大的构想搁浅，使科技成为无源之水。换言之，只有文化的繁荣之地才能孕育科学的繁荣，从来没有一个科学中心是出现在文化落后的地区的。科学史上著名的五次世界科学中心转移，每一次背后都有激烈的文化变革运动和社会意识形态的变迁作为铺垫和酝酿。一个文明、一个国家或一个地区的文化优势开始消失，也意味着科学中心的转移。由于知识的普遍性，我们有理由推断，任何知识的生产和创造都需要相同的条件；没有这些条件，知识的生产和创造是断然不能实现的。

人文科学的目的并不在于探究世界的客观规律，而是为了揭示人类社会的本质和发展规律。不加反思、只谈科学会泯灭人类的质疑精神，而人文科学是科学的质疑和否定的力量。如果说自然科学既可以满足人类探知和改变世界的热情，又可以推动人们增加社会物质财富，那么人文科学则为社会秩序的建立提供理性反思，也能为人们提供精神慰藉。文学作为人文科学的一种，研究人与其他人、社会、自然和世界复杂多变的关系，是最为接近人的情感、心理、思想、行为的学科。文学研究的对象"文学"堪称人类生活的"百科全书"，细致、真实和深入地记录了各个时代的风云，政治、经济、文化、历史和社会都在文学中汇集成一幅幅色彩斑斓的图画。并且这些图画塑造的人的形象不仅仅是鲜活、立体的，有时也是复杂多元、难以界定的。因此研究文学的学科也并非追寻客观、可界定的"真理"，而是理解与解读这种复杂多元性和模糊性——这正是文学研究的独特之处。文学研究其实就是对文学这样一部人类生活的"百科全书"的"解码"，没有任何一个人文学科可以拥有文学这样广阔、复杂又细微的研究对象。

从人类社会近200年的历史来看，在教育中一味强调"事实与信息"而忽视感受，会造成人的"异化、冷漠、人格分裂"。[1]如果我们把这种剥离情感的倾向推向极端，可能会落入所谓"程序理性"的陷

---

[1] Alice Glarden Brand, *The Psychology of Writing: The Affective Experience*, Greenwood Press, 1989, p. 35.

阱。鲍曼（Zygmunt Bauman）对理性主义进行了深刻的批判，他认为在理性主义基础上发展起来的现代工业技术和官僚社会架构，催生了大屠杀，甚至可以说，"它（大屠杀）肇始于一种真正的理性关怀，并由一个忠实于它的形式和目的的官僚体系造就"[1]。鲍曼用理性主义来解释大屠杀发生的原因，认为在一个高度流程化的操作系统中，每个执行者只执行部分任务，虽然总的过程是杀戮，但对于嵌入组织链的成员来说，这是无知的盲点。鲍曼对理性主义的批判对今天的我们仍然有深刻的警示意义。如果我们在科技竞争白热化的今天对"唯理性和科技至上论"缺乏批判，那么就有可能再次失去对人类文明的反思能力和责任，重蹈覆辙，陷入曾经把人类带入痛苦深渊的困局中去。今天我们仍然在"唯进步论"的桎梏中不肯退让一步。人类并未充分意识到程式化系统性的唯利是图会带来怎样的恶果。而情感教育则让人展示文本与我们这个时代的联系——文学的确具有永恒性——是至关重要的任务。[2]

三、文学与世界

苏联解体、冷战结束之后，亨廷顿（Samuel P. Huntington）在《文明的冲突与世界秩序的重建》（*The Clash of Civilizations and the Remaking of World Order*）一书中提出了"文明冲突论"。亨廷顿认为新世界的冲突根源，既不是经济的差距，也不是意识形态的争端，而是使得人类群体分离的文明差异。亨廷顿发出了让当时美国乃至整个西方社会不安的预言：今后国际的冲突将主要在各大文明之间展

---

[1] ［英］齐格蒙·鲍曼：《现代性与大屠杀》，杨渝东、史建华译，译林出版社，2002年，第24页。

[2] William Irwin, *Intentionalist Interpretation: A Philosophical Explanation and Defense*, Greenwood Press, 1999, pp. 116–117.

开,这种异质文明之间的暴力冲突不但持久而且难以调和。既然文明的差异难以消除,那么冲突风险也持久存在。①亨廷顿认为美国精英在观念意识上有三点谬误:第一是以为美国可以利用意识形态来完成这个美国国家概念的构建;第二是认为美国可以凭借其科技优势、经济优势、军事优势,夹带西方价值观来主宰世界;第三是将瓦解苏联认定为西方的全面胜利。自2001年"9·11"事件爆发以后,人们似乎在现实中找到了这一论断的印证,这个不祥的预言似乎逐步成为现实。亨廷顿并不认可启蒙以来西方所倡导的普适价值。在他看来,所有的文明都重视自己的价值,西方文明并不更为优越,文明之间没有高低优劣之分,每个文明的核心价值基本上都是不可改变的。今天在中美战略竞争的大背景下,文明冲突论似乎能够解释一些重大的国际事件,一些西方政治右派和有类似政见的媒体刻意强化西方国家与中国的意识形态分歧,中西之间的价值观差异被越来越有意识地工具化利用。如今美国和中国似乎都充斥着对对方的敌意,价值观、意识形态、情感因素的差距似乎也越来越明显。②"中西关系"在未来一段时间内很可能仍然是当今国家、区域和民族关系中最为突显的矛盾。如果仅仅从抗性和冲突的视角来看世界,忽略以和平与发展为核心的人类共同价值追求,因此而放弃国际交流与合作,这并非解决我们时代问题的正确道路。

---

① 不同文明的国家和集团之间的关系不仅不会是紧密的,反而常常会是对抗性的。但是,某些文明之间的关系比其他文明更具有产生冲突的倾向。在微观层面上,最强烈的断层在伊斯兰国家与东正教国家,以及印度、非洲和西方基督教邻国之间。在宏观层面上,最主要的分裂在西方和非西方之间;在穆斯林和亚洲社会与西方之间,存在着最为严重的冲突。未来的危险冲突可能会在西方的傲慢、伊斯兰国家的不宽容下发生。参见[美]塞缪尔·亨廷顿:《文明的冲突与世界秩序的重建》,周琪等译,新华出版社,2010年,第161页。

② 参见刘康、李松:《从马克思主义美学到西方理论的中国问题》,《华夏文化论坛》2021年第2期,第349页。

文学作为人类文明的瑰宝，天然就有弥合冲突、唤起共鸣、共建共同价值的潜在能力。因为文学本质上是传递真善美的艺术，没有人会拒绝文学所构筑的美好世界，这样的世界可能是共同的乌托邦，也可能是个人的心灵净土，也可能是充满传奇色彩的幻想奇境。这就是文学虽被宣布死亡，但仍然生生不息的原因。这种共同的审美、情感、价值感、愉悦感都让不同种族、不同观念和不同信仰的人们在五彩斑斓的文学世界里驻足。除非能够证明文学现象已经消亡和文学实践活动已经终结，否则，文艺学研究以及对文学本质的追问就不可能终结。

20世纪末21世纪初受后现代主义思想的影响，对于文学本质的命题面临解构，当时学界反对那种"僵化"的、以狭隘的"文学性"为构建宗旨的文论体系。在后现代主义思想的背景下，学者们不再认同文学本质的合法性，而是思考不同历史条件下的"文学观念"的变化以及它身后起主导作用的话语权力。即使关于"文学性"的学术探索和理论建构比较简单或有缺陷，也不能被轻易归入本质主义而否定排斥。如今文艺学界在反本质主义的浩大声势之下，学者们都不太敢正面讨论"文学本质论"问题，也都极力回避使用"文学本质"这样的概念，这显然不是一种正常情况，理应得到改变。对文学本质的追问面临这样的两难处境：一方面，我们不再认可那种寻找文学绝对不变的本质的做法，并将文学的本质视为绝对化甚至是永恒的；另一方面，我们显然也不能认为文学缺乏本质而不再对文学本质展开追索，因为如果没有区别于其他学科的特殊性，那文学就没有存在的独立价值，文学研究就丧失了合理性和存在的必要性。鉴于此，本书的观点是对于文学本质的讨论永远都不应过时。随着时代的发展，文学的存在形式也不断改变，导致文学研究的深刻变化；文学的特征也不会是一成不变的，研究者应该随时代而动，不断把握文学的本质，并引领文学的创作、实践、阐释和研究。文学的学术批评向来争议不断，人们开始追问文学作为一门学科，其本质是否存在，以及文学研究是否有其必要性。正是这些理论争议丰富了文学研究的科学性。

不管是什么学科，都首先要对这个学科的研究进行基本定位，将把握其本质作为基本前提，确定其研究中的基础问题、研究对象及其研究范围。对于文学本质的探求，就如同其他任何学科对自身思想根源的求索一样，是关涉自身存在的根本。了解一个事物的本质特性就是分辨这个事物与其他事物的区别在哪里，了解这个事物的内涵与外延，才能定位其研究的规律、价值和意义。因此，这种"哲学本质论"观念及其思维方式，在各个学科中都得到了运用和拓展。[①]当然对于文学本质的定义也随时代变迁：不同时代有不同的理论观念建构，各有其历史合理性与时代局限性，这些都可以通过历史反思来加深认识和吸取经验教训。文学研究者可以不赞同本质主义的理论观念，但不必也不可能把"文学本质论"问题及其研究的可能性全部否定掉，否则当代文学研究将会陷入更加严重的自我迷失和理论危机。因此，对"文学是什么"的理论考量可以从两个层面入手：一是文学跨越时代仍然保有相对稳定的特征，二是文学在时代语境下被赋予的独特意义。

如果从新世纪的历史语境中来考量"文学本质"这个话题，不难发现，新世纪的中西文学研究都不约而同地回归对文学本质的探讨，这是对世纪之交文化理论几乎独断的统治地位的一种反拨。在中国，这个问题更加复杂。围绕"文学本质"有三次不同层次的讨论：一是苏俄意识形态（形式主义）与英美意识形态（文化理论）之争，二是后现代框架下的本质与非本质之争，三是新世纪文学研究和文化研究范式之争。在这三次理论争鸣中，"文学本质"这个命题虽然没有被直接置于讨论的中心，但仍是一条始终贯穿其中、不容忽视的重要线索。

---

① 赖大仁：《当代文艺学研究：在本质论与存在论之间》，《学术月刊》2018年第6期，第106页。

鉴于此，本书将围绕"文学是什么"这个文学学科的核心命题来展开分析论述，梳理关于"新世纪文学本质特征"这个论题的中西论述，探讨围绕这个话题而展开的一系列中西文论的对话与互鉴，并由此探究新世纪中国文论的构建以及发展路径。本书将按照这个基本思路分成三大部分。第一部分将解析中西理论界对文学内涵与外延的定义，并总结相对固定的文学本质特征，之后将对文学、文学研究和文学理论的关系进行溯源，并点明文学理论的范畴、规范、目的和意义，以认识"文化研究"与"文学研究"的区别，以及各自的意义和价值。第二部分将展开对新世纪中西文艺理论交流的分析，以廓清中西文论交流的主线。首先，将介绍几个在中西文论界中都颇有影响力的理论流派；其次，辨析重要的中西论战或争鸣的得失；最后，则是中西文论对话交流和互鉴。第三部分将主要从"文学性"概念的拓展入手，总结当代中国文论构建的理论来源。最后，本书将总结全文得出新世纪文学理论构建的主要途径，并且探讨新世纪几个文学研究范式的形成。

第一编 文学与文学理论

第一章　什么是文学？

第一节　文学的定义

在讨论"文学理论"这个话题之前，我们首先应该追问以下这些问题：什么是文学？什么是文学的本质？文学可不可以被定义，能不能被言说？文学是否有可以衡量的标准？文学是不是一种可见可读的文本实体，抑或是一种方式、一种经验、一个事件？个体文学千姿百态难以定义，但我们无疑可以找寻文学实践（创作、研究、阐释）的规律性。除此之外，人们对文学的体验也是相通的。文学作品是否具有一些共同的价值？文学理论与文学批评和文学研究的关系如何？从文学和其他学科的关系入手，我们似乎还能提出以下问题：当今文学是否已经成为文化、政治、社会和历史等学科的附庸，丧失了其独立的地位？无限拓展文学的边界是不是将终结人们对文学本质和意义的追问？文学理论与文化理论有何区别，它们与文学研究有怎样的关系？

文学本质的追问是一个现代理论命题，"文学"一词无论是在西方还是在中国文论体系中都是一个现代意义上的概念。彼得·威德森（Peter Widdowson）认为西方文学的现代概念形成于19世纪前后。[1]法国批评家斯塔尔夫人（Madame de Staël）和英国批评家马修·阿诺

---

[1] 参见［英］彼得·威德森：《现代西方文学观念简史》，钱竞、张欣译，北京大学出版社，2006年。

德（Matthew Arnold）将"大写的文学"（Literature）从"小写的文学"（literature）中区分开来。所谓"大写的文学"是指那些富有创造性、想象性、审美性的作品的统称，是一种现代文学观念。^①在中国，人们对文学有类似的区分。王国维的《文学小言》把比较纯粹的文学（即纯文学）从相对多元混杂的文学（即杂文学）中区分出来，这可以视为现代意义上文学概念成型的标志。这些观念有明显的西方现代文学观念的印记。王国维提倡一种"无用之用"的独立文学观念，有别于中国传统的"文以载道"的观念。赖大仁认为王国维受到西方美学的影响，将"文学"看成"一种超实用功利性的具有游戏、审美特性的写作或文体类型"[②]。按照王国维所定义的现代文学观念，中国逐渐建构起现代文学理论研究范式。中西对文学的定义从这时开始逐步合流，也与我们今天理解的文学的范畴基本相同，即包括诗歌、小说和戏剧三种具体的文学类型。[③]本书所讨论的文学也主要涉及这三个自现代学科分类以后所产生的文学类型。

进入后现代，西方不少学者开始否认文学具有"本质"。孔帕尼翁（Antoine Compagnon）认为文学没有本质特征，"而是一个复杂、异质、变化的现实现象"[④]。德里达（Jacques Derrida）则把文学定义

---

① ［美］查尔斯·E.布莱斯勒：《文学批评：理论与实践导论》，赵勇等译，中国人民大学出版社，2015年，第15页。

② 赖大仁：《当代文艺学研究：在本质论与存在论之间》，《学术月刊》2018年第6期，第106页。

③ 聂珍钊认为今天中西共同认同的文学类型仅有诗歌、小说和戏剧三种，现代的文学观念在一定程度上是现代科学分类影响的结果。文学最终变成了由诗歌、戏剧和小说构成的文学，文学理论也变成了诗歌、戏剧和小说的理论。在中国，种类繁多的古代文类被排除在文学之外；在西方，原属于文学的哲学和历史学被从文学学科中分出。参见聂珍钊：《文学伦理学批评的价值选择与理论建构》，《中国社会科学》2020年第10期。

④ ［法］安托万·孔帕尼翁：《理论的幽灵：文学与常识》，吴泓缈、汪捷宇译，南京大学出版社，2017年，第37页。

为"虚构的建制",它是"一种允许人们以任何方式讲述任何事情的建制"。[①]假设一个稳定的文学内核并不存在,那么对文学展开研究的"文学理论"也可能丧失其存在的合理性与科学性。既然是关于"文学"的理论,那么理论所涉及的对象应该有其相对稳定、可界定的内核,否则文学理论也很难界定自身的研究对象和研究目的。而"文学"是否具有这样的稳定性,是一个存疑的话题。

如果要追问文学的本质究竟是什么,它包括哪些固有的"特性",我们很难找到清晰、确定而统一的答案。乔纳森·卡勒(Jonathan D. Culler)笼统地说:"文学就是一个特定的社会认为是文学的任何作品。"[②]对于寻找文学作品的共同点的尝试,卡勒认为"文学作品的形式和篇幅各有不同,而且大多数作品似乎与通常被认为不属于文学作品的东西有更多的相同之处,而与那些被公认是文学作品的相同之点反倒不多"[③]。他借此否定了文学与非文学之间泾渭分明的界限,而不认为文学拥有作为一个集合概念的共性,特别是文学与其他学科的边界也不甚清晰,分类型意义上的文学也不好界定。而本应属于文学的"文学性",则可以在哲学、历史、宗教、法律等学科中觅到踪迹。这也许就是有学者认为文学终结,而"文学性"在其他学科中蔓延的原因。[④]我们与其定义文学,还不如用"是什么让我们(或者其他社会)把一些东西界定为文学"[⑤]这个问题取而代之。这也

---

① [法]雅克·德里达:《文学行动》,赵兴国等译,中国社会科学出版社,1998年,第3页。
② [美]乔纳森·卡勒:《当代学术入门:文学理论》,李平译,辽宁教育出版社、牛津大学出版社,1998年,第23页。
③ 同上书,第21页。
④ 姚文放:《"文学性"问题与文学本质再认识》,《中国社会科学》2006年第5期。
⑤ [美]乔纳森·卡勒:《当代学术入门:文学理论》,李平译,辽宁教育出版社、牛津大学出版社,1998年,第23页。

就是说我们不必去追问何谓文学，而是反问有哪些因素使得文本成为文学。这样改换提问的方式可以理解为从"动态生成角度"来考量文学本质。而这种动态生成是指两极之间的一种视角转换："我们可以把文学作品理解成为具有某种属性或者某种特点的语言。我们也可以把文学看作程式的创造，或者某种关注的结果。哪一种视角也无法成功地把另外一种全部包含进去。所以你必须在二者之间不断地变换自己的位置。"①这样，文学既可以是某种内在的属性，也可以是外在的关系和创造。卡勒将文学界定为"一种内在与外在、本质与话语的动态互动"。

伊格尔顿认为任何想从其他领域来界定文学的努力都是徒劳的。那些时常被用于诠释文学的一些学科，如哲学、历史学、现象学、符号学、语言学、心理学等学科都与文学没有直接关系。这些人文学科领域自身具有超出文学的内涵和外延。而衍生于这些学科之上的文学研究没有任何重要的共同之处，彼此之间也不相关。这也使得基于跨学科研究的文学研究之间是相对独立的甚至是孤立的，难以建立分类明确完善的、构架科学的学科体系。这种孤立性，使得文学批评丧失了自身的学科性，沦为所谓的"非学科"（non-subject）。那么作为"批评之批评"的文学理论也只能被视为一个非学科。②所以伊格尔顿这样评论道："文学研究领域中的现存危机从根本上说是这一学科本身的定义的危机。"③为了抵抗非文学对文学的侵蚀，伊格尔顿不断寻找

---

① ［美］乔纳森·卡勒：《当代学术入门：文学理论》，李平译，辽宁教育出版社、牛津大学出版社，1998年，第29页。
② ［英］特里·伊格尔顿：《二十世纪西方文学理论》，伍晓明译，北京大学出版社，2018年，第215页。
③ 同上书，第233页。

和发现文学的独特性来确立文学的学科性。在2012年出版的《文学事件》中，伊格尔顿试图将文学与非文学区分开来，回归对文学本质特征的探讨。他将文学的本质特征定义为以下几条："其一，虚构性；其二，为人类经验提供了值得注意的洞察而非仅仅只是报告经验性的事实；其三，以加以提炼的、富有修辞性的或自觉的方式使用语言；其四，不具备像购物清单一般的实用性；其五，被视为写作的高级形式。"[1]伊格尔顿的这五条特征是从本体层面和功能层面对文学进行的总结。从本体上来说，文学是虚构的，文学的语言是精巧的、充满修辞的以及原创的。从功能视角来看，文学是对人类物质和精神生活的洞察，是对人类文明的深层反映，因此文学是无功利的。也正因如此，文学的形式精巧，语言优美，立意高远，可以被视为（最）高层次的写作形式。很显然，伊格尔顿对文学本质的总结和其他学者类似的总结一样既有普遍意义，也具有个人色彩。伊格尔顿认为："称为艺术的作品的对象没有必要共享一个或者一组特征。这些特征呈交叉或是重叠状分布于个体之间。"[2]就如同美国语言学家塞尔（J. R. Searle）所说，"所有文学作品并不存在某个或某些使之成为文学作品的必要和充分条件的共同特点"[3]。这也就是说，一个文本不需要为了成为文类而包含其全部共同特征；也就是说，所谓的文学作品并不需要展示全部，也不必和其他同类作品共有其中任何特征。他甚至认为："文学是非文学的延续。两者之间不仅没有一个明确的分界线，而且两者之间根本

---

[1] Terry Eagleton, *The Event of Literature*, Yale University Press, 2012, p. 25.
[2] Ibid, p. 27.
[3] ［美］约翰·R. 塞尔：《表达与意义》，王加为、赵明珠译，商务印书馆，2017年，第79页。

就没有什么分界线。"①对文学边界的这种模糊是符合文学的内生特点的,也是文学研究的跨学科性的学理支持。文学本体的模糊性造就和成就了文学研究的多义性、多元性与跨界性。无论是卡勒、伊格尔顿还是塞尔,这些文学理论家如果试图总结文学的本质特征,往往着眼于从某一类具体文学作品中提炼文学的本质特征,以区别文学与非文学。但无论抽取多少文学文本,无论这些特征如何具有普遍性,任何特征都并非某一文本被认定为文学作品的充要条件。用塞尔的话来说,"所有文学作品并不存在某个或某些使之成为文学作品的必要和充分条件的共同特点"。这意味着,一个文本不需要为了成为"文学"而包含其全部共同特征。于是与其讨论文学的某个本质特征,不如将文学视为或在总体上相似或在个体上有共同点的文本集体,它们之间构成了复杂、重叠、交互的关系网络。这意味着我们不必用一个或几个共同的本质特征来总结或判定所有文学,也没有一部作品可以囊括所有的特征。但是一部作品要被认为是文学,那么至少应该在属于文学的一系列决定性特征中拥有至少一个典型特征。所以,被称为"文学作品"的对象没有必要共享一个或一组特征。比如说,抒情诗和散文往往没有虚构也没有叙事,但很难否定它们的"文学性"。传记小说与传记的根本区别在于是否有,以及有多少想象和虚构的成分,但两者都可以归入文学范畴。

下文将对文学的本质讨论进行追溯,辨析文学本质讨论的诸多观点,从文学的"文学性""语言性""伦理性""情感性"和"虚构性"等多角度梳理与分析文学的本质话语。这些文学特征对应目前理论界颇有影响的理论学派。本编将描述它们的基本内涵、发展简史以及相

---

① [美]约翰·R. 塞尔:《表达与意义》,王加为、赵明珠译,商务印书馆,2017年,第80页。

关争鸣。对于基于这些特征而形成的理论流派将在本书的第二编进行梳理和探讨。

第二节 关于"文学性"

"语言学转向"是当代人文科学学理上的重要转向。其核心要义是语言不再是世界的反映，而是构造世界的方式。在此影响下，哲学家开始专注于语言和形式，从新的视角来解析我们所认知的世界是如何被构建的。这些尝试使得文学研究内转，即对语言做出极其精细的科学解析，形成了俄国形式主义、新批评、结构主义等一批在20世纪上半叶拥有重大理论影响力的流派。俄国形式主义理论家雅各布森（Roman Jakobson）提出了"文学之所以为文学的形式特征，即文学性"。他将语言所特有的文学功用，即文学文本区别于其他话语的本质特征，命名为"文学性"。"文学性"无疑是从本体的角度探讨文学的重要概念，是文学理论史上无法绕开的概念，也是许多文学理论流派的源头。雅各布森认为文学的研究对象不是文学，而是所谓的"文学性"，即"让一部具体作品成为文学作品的东西"[1]，或者是"让语言信息变为艺术品的东西"[2]。

形式主义者共同推进建立文学研究的科学体系；这也就是说，将文学研究立足于科学的实证主义之上，聚焦于文学本体，探讨文学语言、声音结构、格律标准以及文本的形式、修辞和语法规则等形式方面的特征，而不关注文学语言的指涉物。形式主义理论家试图通过

---

[1] Roman Jakobson, "Modern Russian Poetry", in Edward J. Brown ed., *Major Soviet Writers: Essays in Criticism*, Oxford University Press, 1973, p. 15.

[2] Roman Jakobson, "Closing Statement: Linguistics and Poetics", in Thomas A. Sebeok ed., *Style in Language*, The MIT Press, 1960, p. 210.

确立"文学性"作为文学研究的对象，来构建文学成为"文学科学"（literary scholarship）的客观条件、标准和目标。雅各布森认为"个人生活、心理学、政治、哲学"等内容都无法与文学艺术相提并论，它们并不归属于他所谓的"文学科学"。雅各布森致力于区分"文学"与"非文学"以建立文学的学科意识，因为"每一种对象都分别属于一门科学"，而文学科学的对象就是文学。[①]这种的"文学科学"观念源自一种明确的现代学科性意识，是文学研究领域知识本位化、专业化、科学化和系统化的产物，也是文学知识话语生产制度化的结果，其目的与意义都是要建立一定的学科标准、文化规范、专业话语以及理论体系。从此人们开始将目光投注于文学本体，从"作家中心"和"内容中心"真正转向"文学中心"，即聚焦于文学的内部形式与结构来研究文学。可以说，"文学性"并不仅仅关乎文学与非文学之间进行区分的学科性特征，而且也与文学基础理论所探讨的文学本质论、文学特征论、文学价值论、文化研究、文学研究方法、文论话语体系建构等一系列基本问题密切相关，成为中外文论史上一个重要的核心命题。

"文学性"最重要的生成机制被称为"陌生化"（defamiliarization）。形式主义者常常把"陌生化"表述为一种"艺术手法"，这个概念传递出极为丰富的美学理念，什克洛夫斯基（Viktor Shklovsky）在《作为手法的艺术》（"Art as Technique"）中对"陌生化"有如下论述：

---

① "不过，直到现代我们还是可以把文学史家比作一名警察，他要逮捕某个人，可能把凡是在房间里遇到的人，甚至从旁边街上经过的人都抓了起来。文学史家就是这样无所不用，诸如个人生活、心理学、政治、哲学，无一例外。这样便凑成一堆雕虫小技，而不是文学科学，仿佛他们已经忘记，每一种对象都分别属于一门科学，如哲学史、文化史、心理学等等，而这些科学自然也可以使用文学现象作为不完善的二流材料。"参见［俄］罗曼·雅各布森：《现代俄国诗歌》，收入［法］茨维坦·托多罗夫编选：《俄苏形式主义文论选》，蔡鸿滨译，中国社会科学出版社，1989年，第24页。英文译本参见 Roman Jakobson, "Modern Russian Poetry", in Edward J. Brown ed., *Major Soviet Writers: Essays in Criticism*, Oxford University Press, 1973, p. 62。

"为了恢复人们对生活的感受,为了感受事物,为了使石头显出石头的质感,于是就存在那种叫作艺术的东西。艺术的目的是提供对事物视觉上的感受,而不是对事物认知上的感受;艺术的手法是使事物陌生化的手法和使形式变得难以把握的手法,它增大了接受的难度和延长接受的过程,因为在艺术中接受过程本身就是目的,所以这个过程应当被延长;艺术就是体验事物制作的方法,至于到底制作了什么,对艺术来说并不重要。"[1]什克洛夫斯基所定义的"陌生化"包括这样几重含义:一是艺术(文学)是体验的、感知的,而不是认知的。二是艺术的手法就是营造一种被延长而因此增加了接受的困难程度的美学体验。这种输出和体验艺术经验的过程都被"拓延"了。三是艺术是一种过程体验而不是内容接受。伊格尔顿亦指出,形式主义的文学语言与其他话语的区别在于它以各种手法使普通语言"变形",所以"陌生化"就是使文学语言"被强化、凝聚、扭曲、缩短、拉长、颠倒"等的一种艺术创作手法。[2]伊格尔顿定义的"文学性"是运用文字和符号的能力,这是一种广义的"文学性"。

借此,伊格尔顿大大拓展了"文学性"的定义,他指出:"对于形式主义者来说,'文学性'(literariness)是由一种话语与另一种话语之间的区别性关系(differential relations)所产生的一种功能;'文学性'并不是一种永远给定的特性。他们一心想要定义的不是文学而是'文学性'——即语言的某些特殊用法,这种用法可以在'文学'作品中发现,但也可以在文学作品之外的很多地方找到。"[3]因此,伊格

---

[1] [俄]维克托·什克洛夫斯基:《作为手法的艺术》,收入[法]茨维坦·托多罗夫编选:《俄苏形式主义文论选》,蔡鸿滨译,中国社会科学出版社,1989年,第65页,有改动。

[2] [英]特里·伊格尔顿:《二十世纪西方文学理论》,伍晓明译,陕西师范大学出版社,1986年,第4页。

[3] 同上书,第7页。

尔顿的"文学性"使话语产生区别度并使其呈现艺术性。这也就是说，如果其他文本的语言同样经历了被"陌生化"的艺术加工，那么也具备了所谓的"文学性"。这种对"文学性"的定义无疑扩充了被认为具有文学功用的文本的范围。

"文学性"这个概念自诞生以来被各个流派广泛接受和传承。英美新批评、结构主义、后结构主义（即解构主义）等文学理论流派均将其作为重要的理论基础、依据与前提，对"文学性"概念展开了深入的辨析和质疑，推动这个概念不断向前发展，使其成为文学理论话语中的核心话题。当然有人认为形式主义者反对作品的思想内容，从而割裂了文学和生活、内容与形式的联系。这种所谓的"客观主义"，实质上就是一种"主观主义"；这种对于"词语"的迷信以及对于马克思主义的攻击，本质上是一种"唯心主义"。罗兰·巴特（Roland Barthes）的"文本"概念解构了传统意义上的文学观，也即对于文学本体的讨论不应仅仅限于"经典文学作品"，而是要从一个更为宽泛的意义上去重新界定文学与"文学性"，因为"从作品走向文本，此时的文本不是具体的书写产物，而是一种新的文学观念和意指实践方式，在新的空间分配语义，拒绝任何固定的话语秩序"。[①] 这种拒绝任何话语秩序的姿态标志着后现代主义框架下的"文本转向"。

20世纪80年代，社会文化环境随着改革开放的进程逐步开放和包容，"文学性"据此随西方文论的大量涌入而被中国学界所熟知。虽然这不在本书涉及的时间范围内，但对我国文艺理论界产生了非常重大的影响，所以可以做一个简单梳理。在我国文论语境中，"文学性"经历了三次重要的转型，即"审美论转向"、20世纪80年代后现代主义引入后发生的"文化转向"以及新世纪以降的"后理论转向"，中国

---

① 钱翰：《从作品到文本——对"文本"概念的梳理》，《甘肃社会科学》2010年第1期，第37页。

文论界开启了"当代文论话语体系构建"的命题。童庆炳主要立足于"文学性"的审美现代性内涵,从"文学性术语的提出""文学审美特征论对文学的理解""文学性在具体作品中的表现"[①]三个方面对"文学性"做了具有普遍意义的论述。余虹和陶东风是倡导"文学性扩张"的学者。余虹认为文学的后现代状态是"终结"[②],这样传统的文学研究就可以名正言顺地让位于文化研究。陶东风认为俄国形式主义者那里的"文学性"概念只是一个形式美学概念,它特指文学作品中包括"陌生性"在内的特殊审美效果。[③]形式主义者将其确立为文学研究的特殊对象并使之变得更加"纯粹"。这种较为传统的、单一的理解使"文学性"概念的潜力难以得到开发。陶东风认为在文学的去精英化、纯文学被边缘化的大趋势之下,"文学性扩张"打破了文学与非文学、精英文学和大众文化之间的界限[④],对文学研究范式的后现代转向有深远的影响。

综上所述,"文学性"命题在中西文论的语境当中,一直都是处于一个不断变动和不断建构的过程之中。理论家们从不同的视角用不同的方法对它展开辨析、定义和建构。今天,它已经跨越了多个学派,呈现出相当丰富的内涵与外延。从文学基础理论的视角来看,"文学性"不仅是区分"文学"与"非文学"的本质性特征,还直接关联起文学理论研究中的一些重要层面。文学本质、文学批评、文学阐释、文学研究和文学理论都与这个概念密切相关。由此,要对"文学性"问题做出进一步的讨论,不仅需要对中西文论语境中的"文学性"进

---

① 童庆炳:《谈谈文学性》,《语文建设》2009年第3期,第55—59页。
② 余虹:《文学的终结与文学性蔓延——兼谈后现代文学研究的任务》,《文艺研究》2002年第11期,第15—24页。
③ 陶东风:《文学理论:为何与何为》,《文艺研究》2010年第9期,第7页。
④ 陶东风:《文学的祛魅》,《文艺争鸣》2006年第1期,第16页。

行全面深入的了解,还需要超越中西文论的一些特定语境、方法、视域、价值,将其还原为一个文学理论的基本问题,将其置于本土的文学实践与当代文论话语建构视域中进行全面论述。

第三节 文学的语言性

　　文学的语言性特征与审美性特征有着密不可分的关系。在俄国形式主义者眼中,文学是由语言构成的。因此,语言就成为"文学性"在文学文本中得以实现的最主要依据,而从中衍生的语言的形式、结构、功能等是构成"文学性"的重要相关内容。简而言之,文学是一种语言现象。因此,当我们研究文学时,需要将目光投注在人类语言本身的独特性之上。文学是由语言构成的,也因此具有语言的普遍性特征。但文学语言明显不同于日常语言,文学语言是日常语言的特殊组织形式,它超越了一般语言的局限,是一种更为自由的语言。[①]

　　在形式主义视野中,"陌生化"是文学语言的基本特征;如前所述,"陌生化"是"文学性"的重要表现。"陌生化"虽被形式主义者界定为一种"艺术手法",但实际上,它还包含着多层面、复杂的美学原则。而这些美学原则与语言之间有着千丝万缕的关系。可以说,这是一种关于文学语言特殊性的美学原则。正是这种所谓的"陌生化"才突显了文学语言的特点,使其成为一种艺术语言,并以此打破日常语言的约定俗成的表达方式。文学语言呈现出与日常语言相比截然不同的面目。"陌生化"使得语言的结构、韵律、修辞呈现出一种状态,使对文学作品的理解因遭到阻碍而变得困难,从而产生疏离和陌生的

---

① 杨春时:《后现代主义与文学本质言说之可能》,《文艺理论研究》2007年第1期,第14页。

艺术效果。另一个重要原则就是"突出"（突显）理论，即通过艺术手法达到形式而不是内容的艰深化，使文学作品所刻画的内容变得"突出"和"陌生"。这是一种将形式与内容剥离的做法。由此作品改变了读者对日常事务的感知，从而进入由这种"艺术手法"构筑的"文学域"。这种"艺术手法"通过"突出（突显）化"呼应了"陌生化"美学原则的主张。在形式主义的话语中，文学语言的"陌生化"无疑是"文学性"的重要生成机制，逐渐形成俄国形式主义文论系统的核心。[1]20世纪的语言学转向推动了以"陌生化"为核心的"文学性"理论框架的形成，文学语言的独特性被清晰、系统化、理论化地定义。"文学是语言的艺术"这样的观念随着形式主义文论家对词语的配置、语言的意象、语言的手法的研究与探讨而逐步深入人心。这些观念对于各个文学理论研究流派都产生了深远的影响，也树立了今天我们称之为"纯文学"的文学观念。"文学是语言艺术"的观念使得文学语言与科学语言、日常语言之间的界限愈发清晰了。文学语言与其他语言泾渭分明，造成了各种语言类型之间的绝对对立。雅各布森所定义的"诗歌功能"实际上就是语言的"自指性"。语言的这种功能吸引读者集中关注包括音韵、节奏、格律、措辞、句法在内的语言本身的组合而不是语言符号所指称的外部现实。[2]以形式主义对文学语言的定义为出发点，我们可以延伸出以下一些有关文学语言的特性。

第一，文学语言的"多语体性"和"杂语性"拓展了文学语言艺术性的定义。个体在文学中表达的是个人突破社会规则并确定自我身份的过程，这是个体的独特生命体验，相异于社会共同体验。这就是

---

[1] 参见赖大仁：《"文学性"问题百年回眸：理论转向与观念嬗变》，《文艺研究》2021年第9期，第33页。

[2] 参见陈学广：《文学语言：杂语性与文学性之间的张力》，《江海学刊》2003年第3期，第187页。

所谓的"社会认异",是保证艺术个体性的重要因素。①正因为个体生命的独特性,所以每一个小说中的典型人物都说着属于自己的独一无二的语言。巴赫金(Bakhtin Michael)在《文学作品中的语言》("Discourse in the Novel")一文中描述了"多语体性"这一概念,认为文学语言的这种"多语体性"或"全语体性"是文学基本特性之所在。这也就是说,在文学作品中有一切可能的语言语体、言语语体、功能语体社会的和职业的语言等等。并且文学语言的语体没有其他语体的局限性和封闭性,它是完全开放且多元的。巴赫金认为文学就是借助语言材料来达到形象的认识和现实的艺术反映。②文学语言的多样性正是因为它是人类语言多元性的反映。韦勒克(René Wellek)和沃伦(Austin Warren)则认为文学语言所具有的"杂语性"标志着文学与其他艺术门类的不同之处,文学"语言用法上无疑地存在着许多混合的形式和微妙的转折变化"③。但两人并不认为艺术与非艺术、文学和非文学的语言用法之间有绝对的界限;相反,这样的区别是变化和流动的、不确定的。④

第二,文学语言的模糊和多义性。陶东风认为正因为文学作品都有两重的意指系统,即在字面含义之外文学语言还有一层充满象征意味的"言外之意",所以"文学语言具有远超字面含义的丰富意义,文学文本的阐释充满分歧"⑤。比较而言,其他各种实用类文本由其性

---

① 参见马钦忠:《语言的诗性智慧:马钦忠哲学语言文化文集》,学林出版社,2004年,第111页。
② [俄]米哈伊尔·巴赫金:《文学作品中的语言》,潘月琴译,收入钱中文主编:《巴赫金全集》第四卷,河北教育出版社,1998年,第276页。
③ [美]勒内·韦勒克、奥斯汀·沃伦:《文学理论》,刘象愚等译,生活·读书·新知三联书店,1984年,第10页。
④ 同上书,第13页。
⑤ 陶东风:《从前理解、强制阐释到公共阐释》,《学术研究》2021年第10期,第22页。

质所决定，它们使用常规语言和概念所表达的意义是相对比较明白、清晰、确切的，甚至是唯一性的。这些语言的特点是消灭歧义：越能达到准确理解和认识就越好。而文学作品从本质上来说是想象性、虚构性和艺术创造性的产物，它是非实质性与非实用性的，它的意义主要指向情感体验和生命感悟等精神价值。从文学作品的表达方式而言，它使用艺术性（修辞性）语言和形象化或意象化的方式表达，所表达的意义恰恰是含蓄、朦胧、不确定性的，是非单一性的，即多义性的。所以越是有"言有尽而意无穷"意蕴的作品就越会被认为是好作品。按照约定俗成的文学机制和文学阅读的惯例，人们通常不会把文学作品所讲述与表现的东西当作真实存在的事物看待，因此对于文学作品的意义也不会进行实质性和确定性的阅读理解。[1]赖大仁也认为文学文本不会自动呈现"文本自身的确当含义"，也就是说文本不会有一个固定不变的解释。因此一切以"核心阐释"为名所进行的阐释，都不一定能得到确证和公认，并会成为"效应阐释"的对象，很难确认它就是"文本自身的确当含义"。"文本意义的自在性"的说法，并不符合文学作品的意义特性，因而也不符合文学阐释的特性与规律。[2]张江将文学语言区别于历史和哲学语言。他认为文学本就不是言说真理的，文学的表现手法多元，无论是隐喻和意象，还是扭曲与折射，文学作家有意识地生产歧义。因为文学是非认知的，文学的接受和感知则重在体验，读者阅读文学作品找寻的是与作者或文本的共鸣。而曾经归属于文学的包括历史和哲学的门类，其目标在于消除歧义而获得真理与事实的认知。读者阅读历史和哲学作品的目标是理解并寻求

---

[1] 赖大仁、朱衍美：《文学阐释的特性与"本体阐释"问题》，《学术研究》2021年第12期，第39页。

[2] 赖大仁、朱衍美：《文学阐释的特性与"本体阐释"问题》，《学术研究》2021年第12期，第40页。

共识。①除此之外，科学语言、法律语言、各种协议语言，即使不能达到也要努力接近意义的确定性，致力于消除模糊性和不确定性。文学语言的情况正好相反。在文学中，关于语言符号的意指一般只集中在基本的字面意义上，而对语言的象征、隐喻等含义的约定就相对缺乏，甚至完全没有，因此留下了很多灵活的阐释空间。②

第三，文学语言的交流性。无论是印欧语系还是汉藏语系，抑或是其他语系，无论它们在书写、发音上有多么大的差异，只要是语言，那它们的最终目的都是交流、传达信息。因此，作为语言艺术的文学，最基本的特征就是传达和交流。对于这种传达和交流，我们必须从最大范围来理解，不单单是人与人之间的交流，也包含着作者自身、作者与自然和宇宙的交流。文学语言传达的是作家所面对的鲜活的生活世界，因此文学语言并非只是一种抽象的思想工具或封闭符号系统。评判文学语言的层次不仅仅要看它的修辞效果，还要考虑它的表达功能，毕竟文学表达是人的高级精神生活和交流活动。而这种交流也不仅仅是人与人之间的交流，而是通过作家在创作中的移情和想象所产生的一种物我交流。文学语言是存在于人的现实的语言行为中的一种活生生的东西。③从语言的交流性来看，文学语言区别于科学语言的特点就是，它与人类生活的世界紧密相关，因此它是开放的、不断变化和创造的语言。④

第四，文学语言的创造性。我们评价文学语言的优劣时也常常从它所体现出的创造性高低入手。语言不仅能如实再现事物，为已经存

---

① 参见张江:《再论强制阐释》,《中国社会科学》2021年第2期，第22页。
② 参见陶东风:《从前理解、强制阐释到公共阐释》,《学术研究》2021年第10期，第21页。
③ 王元骧:《症结与出路：文学语言研究的新视野》,《江苏社会科学》1999年第6期，第54页。
④ 王元骧:《症结与出路：文学语言研究的新视野》,《江苏社会科学》1999年第6期，第55页。

在的事物冠名,并且还创造事物,构造世界。①正如洪堡特(Wilhelm Von Humboldt)说:"语言绝不是产品,而是一种创造活动,因此,语言的真正定义只能是发生学的定义。"②文学与它表达的世界处于一种特殊的互动关系之中。它将见到、听到或体验到的一切用现实、抒情、戏剧性的方式表现。③这无疑是一项极富创造性的工作。

第四节 文学的情感性

希利斯·米勒等学者曾悲观地宣告传统文学已经走向灭亡,而理论正是造成文学式微的罪魁。当代文学和文化理论很重要的一条罪责就是使理论逐步脱离文学文本,理性批评与分析逐渐使其远离普通读者,而使文学和文学批评很难获得读者的共情。情感参与的缺失,使文学和文学研究失去了它们的魅力。文学本质上是情感的符号。一首诗、一本小说或一部戏剧,如果堪称经典,那么它能够邀约读者进入一个领域,在这里通向感觉、认知和情感世界的通道将被构筑,读者将获得在其他媒介那里难以获得的情感体验。情感性作为文学最重要的特征之一,直接将文学与其他文艺形式区分开。情感是人类由外界刺激而产生的一系列复杂的心理和生理叠加的反应,如想念、钦羡、爱慕、悲伤、愤怒与恐惧等。如果说每一部文学经典文本都是记录着丰富的人类情感的档案,那么世界文学的宝库就是包含人类情感表现、形式和内涵的巨型图书馆。与历史、哲学或科学文本相比,文学文本

---

① 张进、缪菁:《文学"后批评"论》,《甘肃社会科学》2015年第1期,第83页。
② [德]威廉·冯·洪堡特:《论人类语言结构的差异及其对人类精神发展的影响》,姚小平译,商务印书馆,1997年,第54页。
③ 参见[美]鲁道夫·马克瑞尔:《狄尔泰传——精神科学的哲学家》,李超杰译,商务印书馆,2003年,第336页。

更加突显其"情感百科全书"的特性。可想而知,当与人类情感最为密不可分的文学、文学批评和阐释成为纯理性的活动,人类生活的五彩斑斓的拼图将缺失巨大的一块。

20世纪初期,什克洛夫斯基通过区分文学语言与非文学语言来对"文学性"下定义:非文学语言旨在传达信息,因此"在事物的代数化和自动化过程中感受力量得到最大的节约,事物或只以某一特征,如号码出现,或如同公式一样导出"①;而文学语言的目的是让读者感受,"在艺术中感受过程本身就是目的"②。文学文本与非文学文本(说明性、论说性文本)的区别在于:文学不是对事物的抽象概括,而是对鲜活的经验与感受的表达。③如果说文学可以给人带来知识,那么这种知识的获取方式也应该是身临其境地感受。文学提供的并非数据科学和事实,而是分享一种经验与情感。我们可以这样说,文学的本质是感知和感受而非认知:"艺术的目的是为了把事物提供为一种可观可见之物,而不是可认可知之物。"④忽视甚至抛弃文学中的情感性元素,就等于抛弃了文学的一种重要的根本属性,也就等于泯灭了文学最重要的特点。顾悦认为,文学的死亡正是由于文学情感的缺位。自启蒙以降的现代唯理性主义没有给情感以相应的位置,也因此很难给予艺术相应的位置。⑤在布鲁姆(Harold Bloom)看来,文学虽然无法拯救世界,却"可以教导我们如何在自省时听到自我"。他认为文学

---

① [俄]维克托·什克洛夫斯基:《散文理论》,刘宗次译,百花洲文艺出版社,1997年,第10页。
② 同上书,第10、372—373页。
③ 顾悦:《当代西方文学理论与文学阅读的情感回归》,《南京社会科学》2011年第10期,第138页。
④ [俄]维克托·什克洛夫斯基:《散文理论》,刘宗次译,百花洲文艺出版社,1997年,第10页。
⑤ 顾悦:《当代西方文学理论与文学阅读的情感回归》,《南京社会科学》2011年第10期,第142页。

的情感性正是它最可贵的价值,对于全世界的读者来说,"莎士比亚代表了他们的伤悲……在他的人物中他们看到和遇到了自身的苦恼和幻想"①。今天,我们在文学教育中一味强调思考和分析,却忽视甚至压制情感与感受,这无疑是背离了文学的情感属性的做法。

中国古典"感物说"在揭示文学本质的问题上,受人们认识水平和时代特定环境的制约。如先秦时期,将文学看成沟通人和神秘力量的方式,文学具有神秘的作用。到两汉时期,文学又因儒家思想独尊天下的地位影响而成为政治统治的工具,成为对政治、伦理要求的反映。人们对文学本质的认识还停留在对文学的外在因素的思考。至魏晋南北朝时期,随着个体意识的觉醒,对文学本质的认识,从文学的外部逐步走进内部,文学开始成为人的情感世界的反映,情感的产生受到外在客观世界之物与人的社会境遇的触发,在文学作品中得以显现。直到这时,"感物说"在文学理论史上的真正地位得到确证,自此文学也开始以自觉的、独立的姿态而存在。②由此可见,在中西文学史中,文学的情感性因素都被认为是文学缘起的重要标志,是文学之所以成为文学的重要特征。

第五节 文学的伦理性

在展开对文学的伦理性的讨论之前,有必要区分一下"伦理"和"道德"这两个相关但不相同的概念。伦理是一种群体规范,而道德是一种个体行为。李泽厚所定义的伦理是人类群体社会对人的行为制定的公共规范、习惯和惯例。从人类发展的漫漫长河来看,无论是原

---

① [美]哈罗德·布鲁姆:《西方正典:伟大作家和不朽作品》,江宁康译,译林出版社,2005年,第22页。
② 朱文霞:《浅论中国古代文论的"感物说"》,《汉字文化》2018年第14期,第38—39页。

始的图腾、禁忌、礼仪、律令、宗教，还是今天的秩序、制度、法制和政治等，都算在伦理的范畴之内。李泽厚所说的道德，是指主体将规范要求、教育和历史内化为自觉的心理和行为以及无意识的直觉。道德主宰着情感、欲望和本能。① 伦理是一种外在的社会道德规范和共识，而道德则是个人对自身的一种自省与规约。康德（Immanuel Kant）在他著名的《实践理性批判》（*Kritik der praktischen Vernunft*）中说："有两样东西，愈是经常和持久地思考它们，对它们历久弥新和不断增长之魅力的崇敬之情就愈加充实着心灵：我头顶的星空，和我心中的道德律。"这里所指的就是康德作为哲学家所秉持的道德自省。

审美功能常常被视为文学的第一基本功能。审美价值是文学的基本价值，而伦理价值则被视为对文学审美价值的限制和禁锢。文学只有摆脱了伦理和道德判断的压抑，其审美价值才能真正被释放。这样的观点使得对文学的伦理价值的探讨处于低迷状态。不去叩问人类生活价值和意义的文学真的存在吗？亚里士多德认为诗歌起源之初就有教化和愉悦（*prodesse aut delectare*）的双重宗旨。② 彼得·巴里（Peter Barry）对于英语学科起源的探讨很有启示性。宗教江河日下，政治带来意识分裂，科学生硬而冷漠，只有文学借文学理论和文学评论向世人灌输一套统一的道德规范："事实上，对于一个'后宗教'世界来说，文学已然成为道德的范式。"③ 韦恩·布斯（Wayne Clayson Booth）在其著作《小说修辞学》（*The Rhetoric of Fiction*）中这样说："今天的

---

① 李泽厚：《伦理学补注》，《探索与争鸣》2009年第6期，第5页。
② ［法］安托万·孔帕尼翁：《理论的幽灵：文学与常识》，吴泓缈、汪捷宇译，南京大学出版社，2017年，第27页。
③ Peter Barry, *Beginning Theory: An Introduction to Literary and Cultural Theory*, Manchester University Press, 2002, p. 13.

大多数小说家——至少那些用英语写作的都已感到艺术与道德之间有着不可分割的联系。"[1]伦理和道德是关乎人与自身、人和社会之间关系的重要问题,是文学恒久不变的主题,也理应成为当今文艺学的核心关注。

鲍姆加登(Alexander Gottlieb Baumgarten)认为审美属于"低级认识论",是认识上升到理性的初级阶段;而道德是一种高级的理性教化。伦理不同于审美的"感性认识",而是一种"理性认识"。聂珍钊认为,所谓审美是审美主体的一种心理活动和价值判断,实现文学审美价值需要审美主体与客体;而伦理价值是文学的内生价值,是文学的基本功能,并不需要客体的存在,这与审美价值截然不同。文学的核心价值在于以娱乐的形式为人类提供教诲。因此,审美应该服从于文学的伦理功能,即"为人类从伦理角度认识社会和生活提供不同的生活范例,为人类的物质和精神生活提供道德启示,为人类的文明进步提供道德指引"[2]。伊格尔顿认为文学不愧是"道德实践的最佳范例",因为文学作品"当中有对人类行为细微差别的精准感受,对价值煞费苦心的辨别,对如何活得丰富且勤于反思的深入思考"[3]。他认为文学的伦理功能区别于道德说教。当唯道德主义凌驾于一切之上时,"文学就变成一种新形式的福音派运动。宗教失败了,但艺术或者文化将会取代它的位置"[4]。唯道德主义与文学的伦理教诲的区别在于:唯道德主义的道德判断抽离了人生经验;文学的伦理教诲则应该来自鲜活而真实的经验,并将它们还原到复杂鲜活的语境当中。文学之所

---

[1] [美]韦恩·布斯:《小说修辞学》,付礼军译,广西人民出版社,1987年,第385页。
[2] 聂珍钊:《文学伦理学批评:论文学的基本功能与核心价值》,《外国文学研究》2014年第4期,第9页。
[3] Terry Eagleton, *The Event of Literature*, Yale University Press, 2012, pp. 66-67.
[4] Ibid.

以"拥有道德上的典范意义,最大的原因便在于它神秘的自律性——不受外部强制,自由地决定一切"①。它不必屈服于外部强权,只忠实于自己的存在法则。所以,"艺术往往被奉为自由主义道德范式而不是道德范式"②。因此,对于文学批评而言,对文学进行审美批评并没有完成文学批评的任务,而只有当文学批评上升到理性反思阶段,也就是超越审美批评并进入伦理批评的时候,才完成了对文学的整体认知过程。③

关于文学与伦理之间的相互关系,我们可以用奥斯汀(J. L. Austin)的"社会规约"概念来解释。正是社会规约设定了行为规则,才使人的言语行为得以顺利完成。社会规约甚至渗透进所有人的全部行为,以使整个社会就在规约调控下顺利运行。社会规约作为一种社会性存在,以不易察觉的方式存在于每一个运用语言内化规则的个体的内心深处。社会道德作为一种约定俗成的"社会规约",在各个时代,在不同的国家、不同社会阶级中会有截然不同的价值取向。约定俗成的社会道德底线,一旦被触碰就会引起公众反感。而文学作为道德输出的一种非常重要并且复杂的形式,有很强的时代性和地域性的特点,所以文学获得的道德接受是各不相同的。有的文学在它的时代并未被主流道德所接受,但时光荏苒,却拥有了跨越时空的独特魅力。所以特定文学的道德取向是不是被它所处的时代所包容、接受,并不是它是否能被归于文学经典的前提条件。从另一个极端来说,如果文学在消费主义泛滥的社会里放弃自身的伦理功能,仅仅为了赢得市场而趋于媚俗,逐步低俗化,那么文学将丧失其重要的社会意义。

---

① [英]特里·伊格尔顿:《美学意识形态》,王杰、付德根译,中央编译出版社,2014年。
② Terry Eagleton, *The Event of Literature*, Yale University Press, 2012, p. 68.
③ 聂珍钊:《文学伦理学批评:论文学的基本功能与核心价值》,《外国文学研究》2014年第4期,第10页。

第六节　文学的想象性和虚构性

想象是否等于虚构？"虚构"与"想象"两个概念显然截然不同，但我们很容易将它们混淆。虚构的肯定是一种想象，而想象的却不一定是虚构。那么，是否可以区分文学作品中的虚构与想象？以下将从基本含义、文类区分和功能三个层面探讨这两个词的区别与联系。

第一是从基本含义区分想象和虚构。想象可以指称那些超出我们对现实生活认知的内容。如果在现实生活的科学规则下，这些内容仍然能够成立，那么就应该被认定是虚构的。换句话说，虚构是基于事实的合理想象；想象可以超越现实，甚至与现实无关。甘丹·梅亚苏（Quentin Meillassoux）在其著作《形而上学与科学外世界的虚构》（*Métaphysique et fiction des mondes hors-science*）中区别了两类科幻作品，可以对应虚构和想象的这种区分，一是"科学虚构"，一是"科学外虚构"。对于前者来说，作品中的世界不能突破现今的科学技术所能预想的可能性，它是一种未来有可能发生的情形，这是一种虚构。但对于后者来说，作品中的世界突破了这层科学限制，不再以现实为基础，因此可以被视为想象。伊瑟尔（Wolfgang Iser）认为虚构与想象的不同之处在于"我们不能把虚构化行为等同于瞬息万变的想象，因为，虚构化行为是受主体引导和控制的行为，它赋予想象一种明晰的格式塔，这种格式塔不同于狂想、臆测、白日梦以及日常生活引起的形形色色的胡思乱想"[1]。这也就是说，虚构是有意向性的，它基于现实也超越现实；而想象则没有固定的形式、清晰的定义，是弥散式的，更像是一个因素可以渗入现实，也可以激发虚构。伊瑟尔在其理论体系中尝试克服二元对立的思想，将现实、虚构和想象视为各

---

[1] ［德］沃尔夫冈·伊瑟尔：《虚构与想象——文学人类学疆界》，陈定家、汪正龙等译，吉林人民出版社，2011年，第16页。

司其职的"三元"的动态整体,似乎是一个更加合理的定位。这就是说,虚构重组现实,赋予其新的意义并超越它,同时召唤想象,以完成文学的虚构化行为。

第二是从文类的角度区分想象和虚构。一些如抒情诗、史诗和戏剧在内的传统的西方文学类型,它们所营造的都是一个虚构的世界,因此"'虚构性'(fictionality)、'创造性'(invention)、'想象性'(imagination)是文学的突出特征"[①]。今天大多数文学理论著作并未清晰地区分想象和虚构,而是将其混为一谈。但我们不难看到这样一种倾向,人们认为小说是具有虚构性的文类。"fiction"在《新牛津英汉双解大词典》中的释义就是"小说"。所以,比如李白的诗句"飞流直下三千尺,疑是银河落九天",展现出一派瑰丽壮观、充满想象的景象,我们很难说它有虚构的成分。所以如果一首抒情诗不涉及任何虚构的成分,这样的诗歌是否会因为缺乏虚构的成分而无法被称为"文学"?如果我们认为虚构性是文学最重要的本质特征之一,那么小说和戏剧这些含有较多的虚构成分的文类是否可以被认为"更文学"?这些当然都是失之偏颇的观点。可行的是,我们可以对含有虚构的文类中的虚构份额进行一个量化,这样才能更清晰地区分传记和传记小说、历史和历史小说、报告和报告文学之间的区别。因此,对于想象和虚构的区分,结合文类讨论才更有意义,单纯讨论其中的任何一个概念都是不够的。

第三是从功能区分想象和虚构。18世纪末德国浪漫主义是最早将文学定义为"富于想象的艺术形式"的流派。19世纪初,专注于浪漫主义的斯塔尔夫人在《论文学与社会建制的关系》(*De la littérature*

---

① 参见[美]勒内·韦勒克、奥斯汀·沃伦:《文学理论》,刘象愚、邢培明等译,江苏教育出版社,2005年,第16页。

considérée dans ses rapports avec les institutions sociales）中首次阐释了文学中的想象元素。这被认为是文学产生现代性属性的标志。韦勒克、沃伦认为尽管"什么是文学"难下结论，但将文学定义为"想象性的文学"是最为贴切的。将文学等同于想象的创造性的书写并非将文学的含义狭隘化，而是成功地将文学与其他一些文本形式分开了：比如说明书、指南、菜谱和地图等书面作品就不能被视为文学，而诗歌、小说、戏剧或其他有想象的书写的类型可以被归为文学。[①]

文学的"虚构性"关涉文学话语的建构行为与指涉行为。两者是互为背景的行为：当我们通过参与话语的建构而沉浸于话语构建的世界中，我们就已经与现实世界分离了，于是在这个话语构建的虚构世界中我们暂时中断指涉，悬置了现实；当我们从这个话语世界中超脱出来，话语的指涉功能才又重新发挥作用，我们才将作品世界与现实世界进行对比参照。整个写作或阅读活动就交织着不同话语行为之间前景和背景关系的转换，交织着不断的越界。[②]因此故事被悬置于虚构与现实之间的夹缝地带。带有虚构性的文学作品有塑形的能力，但并不表示虚构可以信马由缰不受任何约束。作品的虚构成分可能会受到形式、文类以及意识形态因素的制约。文学会将这些制约和约束内化，转化为自我塑造的养料，从而实现自我约束。[③]

[①] ［美］查尔斯·E.布莱斯勒：《文学批评：理论与实践导论》，赵勇等译，中国人民大学出版社，2015年，第15页。
[②] 参见马大康：《重新认识文学虚构性和真实性》，《文艺争鸣》2014年第5期，第88页。
[③] Terry Eagleton, *The Event of Literature*, Yale University Press, 2012, p. 162.

第二章　文学理论

　　文学理论可以用来衡量文学研究的学术含量，也能提升文学批评的专业度。①文学理论首先是一种理论。那么究竟应该如何定义理论？它有哪些基本特征呢？美国文论家乔纳森·卡勒在谈到"理论究竟是什么"时，强调了理论的几个特点："第一，理论是跨学科的话语，是超出某一原始学科作用的话语；第二，理论是分析的话语，是对客体内涵和意义的探究；第三，理论是对常识的批评，是对被认定为自然而然的观念的批评；第四，理论具有反射性（反思性），是关于思维的思维，是带有很强质疑性的思维。"②总结一下，卡勒认为理论的跨学科性、分析性、反常识性与反思性是其本质特征。本书将从这四个层面对文学理论做一个相应的辨析和解读。

　　首先，正因为文学理论是跨学科话语，所以它与其他学科之间的边界是模糊的。文学理论自身的这种模糊和多元性加强了它与其他学科无法兼容又相互关联的关系。按照伊格尔顿所说的，文学理论是"幻觉"首先意味着"文学理论实在不过是种种社会意识形态的一个分支，根本就没有任何统一性或同一性而使它可以区别于哲学、语言学、

---

① 参见刘张杨：《从文学研究到文化研究——陶东风教授访谈》，《学术月刊》2007年第7期，第159页。
② ［美］乔纳森·卡勒：《当代学术入门：文学理论》，李平译，译林出版社，2018年，第16页。

心理学或文化和社会思想；其次，这种说法也意味着，它那个想要与众不同的希望——想缠住一个名为'文学'的对象的希望——是被放错了地方的"①。文学理论一方面是孤立的，它很难与其他学科产生系统性、规律性的理论联系，并构建一个完善的理论体系，它与其他学科的联系是随机的、松散的、个别化的。这种联系随着文学文本的变化而不断变化，各有侧重，很难说文学理论有一个核心的理论系统，因此也很难构建与其他人文学科之间泾渭分明的理论边界。正如比利时文论家保罗·德曼（Paul de Man）所说的："以一种令文学理论家比研究自然和社会世界的理论家更为敏感的方式来说，他们并不知道自己究竟在谈什么，不仅在形而上的意义上文学是什么或文学的本体论难以深入探究，而且，在更加令人难以捉摸的意义上，当人们应该谈文学的时候，他们却海阔天空，除了文学别的什么都谈。"②文学理论的模糊边界与其跨界能力是一枚硬币的正反两面，既注定了文学理论在学理上难以界定的困局，也使得文学理论能够关联其他领域的研究，使得文学研究构成一个围绕文学文本而形成的"星群结构"，文学研究因此拥有了相当强大的自我拓展和发散的可能性，具有可以成为一个极具综合性的多元学科构建理念的潜力。

其次，理论是分析的话语，是对客体内涵和意义的探究。这里点明了理论与文学的相互关系。第一，文学理论研究并不是一个单一的维度，而是需要在研究预设、研究范式、理论建构、学科建设、话语构建等层面进行规约和配置。第二，在深层结构性层面，做一个"元批评"反思。赖大仁认为文学理论不应该被当作一种"知识形态"，而是一种"理论形态"。因为知识形态没有功能，只能增长知识；而

---

① [英]特里·伊格尔顿：《二十世纪西方文学理论》，伍晓明译，北京大学出版社，2018年，第223页。
② [美]于连·沃尔夫莱：《批评关键词：文学与文化理论》，陈永国译，北京大学出版社，2015年，第178页。

理论有明确的功能：从实践中生成并指导实践。如果不能有这样的功能，则很难称其为"理论"。①文学理论不仅仅对某个文本进行分析，也不仅仅提供对各种文本更加精细复杂的研究方法，而是去探究文学本身和文学话语、制度和学科之间的相互关系，并质疑判断文学有无艺术价值的标准。②在本体层次上进行质疑，这或许才真正契合文学理论的要义，因为文学理论是一种对所有批评实践的预设进行质疑的"元批评"视角。这种"元批评"视角并不直接针对文学文本，而是整理、探究何种文本何以成为文学的方式和条件，也就是解释客观存在的文学经验如何成为可能。③理论的恶名很大程度上是由于它不从具体存在的文学作品入手，而从探究文学的抽象本质出发。目前学界甚至还有这样一种观点：理论可以是独立于文学的存在。法比欧（Fabio Akcelrud Durão）认为"理论"（Theory）已成为文学研究的一个敏感话题。他基于"理论"的基本矛盾、经验基础和符号功能，将"理论"描述为一种文类（genre），将其置于与文学对等的位置。在这里，对于理论（哲学）和批评之间的关系来说，最重要的是语言作为理论和批评的中心问题出现，这使得哲学家、文学家以及其他学者的讨论能够相对顺利地被纳入一个共同讨论的范畴中。④法比欧认为这样一种

---

① 赖大仁：《当代文艺学研究：在本质论与存在论之间》，《学术月刊》2018年第6期，第112页。
② 参见肖伟胜：《"文学终结"之后的文学理论何处去？》，《学术月刊》2020年第11期，第132页。
③ 参见肖伟胜：《"文学终结"之后的文学理论何处去？》，《学术月刊》2020年第11期，第133页。
④ Fabio Akcelrud Durão, "Responsible Reading of Theory", in *Revista Brasileira de Literatura Comparada*, 2021, Vol. 23, No. 42: Important here for the mediation between philosophy and criticism was the emergence of language as the central theoretical problem, which allowed for a relatively smooth inclusion of philosophers and literary scholars in a common ground, and which was only further reinforced by a renewed central role assigned to literary works in philosophical reflection.

相互关系对于辨析理论研究的客体很有意义，语言是文学活动的共同基础，而其他跨领域研究则可以以文学为中心。这种说法赋予理论独立于文学的存在意义，但剥离了理论与文学的关系，使得理论失去其研究客体，也因此剥夺了它的功能性。

再次，理论是对常识的批评。文学理论是否可以对一些自然而然的观念，也就是所谓的"常识"展开批评？这里卡勒并未对"什么是常识"做出明确定义，但我们可以对"常识"做出最简单的定义，即从日常生活经验中总结出的基本道理。而尊重常识意味着尊重日常生活中的基本价值、关系和规范。如果论及文学理论的常识，那么它就是关于文学的约定俗成和自然而然的道理。文学理论作为一种"元批评"，本身就应该反对先入为主的约定俗成。后现代意义上的理论更是实践了这样一种反对本质主义的特质：如果理论缺乏一种反思怀疑的气质，就不可能向约定俗成的经验或常识，向僵化落后的现状发出挑战，成为推动研究深入的动能。正是因为理论不断推翻自我和传统，推动时代的发展，因此它才能成为文学学科价值的所在。

最后，理论具有反射性（反思性）。这里的反射性至少包括两层含义，即自我反思和批判质疑。这样的反射性就文学理论而言，有两个基本内涵：第一，文学理论知识的内在矛盾需要被挖掘，文学内部话语的范畴、范式、实践、目的与意义应该被质疑，以实现文学理论对自身阐释和研究话语的构建，并启迪人们继续思考、研究及运用文学理论。第二，反射性也应该是文学理论生成与发展的运作方式，它表明文学自身和外部不同学派与学科之间对立甚至是冲突的观念及问题意识在文学理论这个共同的话语平台上可以产生交集和碰撞。文学理论的反射性在这里体现为从不同学派与学科中获得认知、反思和调节自身，以及综合发展的可能性。

第一节　从文学到文学理论
——中西对话的历史

从建立文学学科到将文学理论作为一种学科构建，东西方经历了不同的发展过程。无论是在西方还是在中国，文学学科都经历了从无到有、从式微到发展壮大并逐渐成熟的过程。其中东西方讨论最为激烈的无论是文学学科的内涵，还是文学本质的意义以及文学与其他学科之间的关系，其核心的争端仍然逃不脱文学研究究竟应该关注文学文本的语言、作者，还是关注文学所处的历史、文化、政治和社会语境，关于文学的本质与非本质的争论在近百年的时间内也此消彼长。

彼得·巴里在他的《理论入门：文学与文化理论导论》(*Beginning Theory: An Introduction to Literary and Cultural Theory*)一书中梳理了英国文学从理论萌发到蓬勃发展再到衰落的发展历程。1826年，一所大学学院在伦敦成立，并获得了向所有有宗教信仰或无宗教信仰的男性和女性授予学位的许可。在此之前，只有英国圣公会的教徒与参加大学礼拜的男性才能进入当时类似于修道院的牛津大学和剑桥大学学习。1828年，英语成为一门学科，并在1829年任命了第一位英语教授。当时正值英国国会改革，英国文学课程以及英国文学研究被看作一种对宗教的替代，可以消弭社会中不同阶层、宗教和职业之间的对抗情绪，并逐步建立一种统一的、具有凝聚力的民族身份认同。控制意识形态是英国精英在各所重要大学开枝散叶式地设立文学课程的动机之一。在早期英语教学的背后，还存在着当时英国统治阶级对社会不平等的明显的愧疚、对改善每个人生活的真实愿望、对传播文化和启蒙思想的一种传教士般的热情，以及维护社会稳定的利己主义愿望。

在19世纪的最后15年里，人们对"是否在牛津大学设立一个英语专业"展开了激烈的讨论和宣传。1887年，历史学教授爱德华·弗里曼（Edward Freeman）在一次公开演讲中阐明了自己的反对意见，涉及今天我们仍在讨论的有关文学学科的重要问题：如果说文学研究的目的在于"培养品位，教育同情心，扩大思想"①，那么如何才能衡量这些成果呢？品味和同情心难以考察。什么是文学的学科构成？为解决这个问题，早期的英语学科倡导者认为首先应该系统地学习语言；另外一些人则认为将语言学与文学分开，才能够兼顾彼此，使两者都不偏废。弗里曼对此的著名回应是："如果文学是指对经典作品的研究，而不是仅仅对雪莱的闲谈的研究，那么区分文学和语言有什么意义？"弗里曼以此赢得了这场论战，文学必须与语言一起研究，否则它根本就不能被称为一个学术科目。因此，牛津大学终于在1894年开设了英语课程，其中包含了非常多的历史语言元素研究，而且至今仍然如此。瑞恰慈（I. A. Richards）开创了被称为"实用批评"（practical criticism）的批评方法。这使得文本从历史背景中分离出来，独立的文学研究成为可能。文本细读的研究方法成为文学研究的主要方法，甚至由此诞生了一个流派。之后瑞恰慈的学生威廉·燕卜荪（William Empson）于1930年向他的导师提交了名为《朦胧的七种类型》（Seven Types of Ambiguity）的手稿，后出版成书。这本书将瑞恰慈的细致的言语分析方法理念推向了许多人认为的极端。作为英国文学理论界的里程碑式的人物、剑桥大学的评论家李维斯（F. R. Leavis）在一篇评论中说，这本书对诗歌的智慧进行一种数学式的分析，让人倍感不安。李维斯与妻子主办了名为《审视》（Scrutiny）的杂志，主题是"如何将细读的方法从诗歌扩展到小说和其他文学形式中"。之后从1930年到1960年，文学越发孤立，研究者认为它应独立于语言学和历史学之外；而自1960年起，后现代主义兴起，理论界开始构建三

---

① Peter Barry, *Beginning Theory: An Introduction to Literary and Cultural Theory*, Manchester University Press, 2002, pp. 12-16.

者之间的联系。文化理论的时代徐徐展开。彼得·巴里将20世30年代到60年代所倡导的以"文本细读"为特征的文学理论时代称为"自由人文主义"(liberal humanism)。

中国的外国文学学科的构建不仅与中国的现代化进程有关，也与中国现代学术思想的兴起密切相关。20世纪伊始，外国文学的译介和研究推动了中国近代史上的西学东渐和新文化运动。早在1902年，张百熙主持编纂《钦定京师大学堂章程》，首次设置文学、格致、政治、农业、工艺、商务以及医术等七个科目。[①]其中之一的"文学"自此成为一门独立的学科。回顾新文化运动，文学始终处于核心位置。1915年，以陈独秀创办《新青年》为发端的新文化运动，引入了西方的科学和民主。各种西方新思潮席卷中国知识界，文学革命首当其冲。新文化运动的核心人物胡适、陈独秀、鲁迅相继发表《文学改良刍议》《文学革命论》《狂人日记》，提倡白话文和白话诗，试图从文字和文学入手进行思想启蒙，进而推动中国的社会改造与思想变革。新文化派的代表人物鲁迅，以及与新文化派相对峙的文化保守派的林纾、辜鸿铭、严复等人也通过对西方经典著作尤其是西方文学经典的译介和研究，以另一种方式将西方思想和文化引入中国，拓展并加快了西学东渐与现代化的进程。这既包括对文学理论的学科与领域边界的探讨，也包括对其民族边界的探讨。

新文化运动带来了学界百花齐放、百家争鸣的景象，而瑞恰慈、罗素（Bertrand Arthur William Russell）等人共同称许的"中国的文艺复兴"正由此而来。随着中国学界向西方思想开启大门，欧美学术名流访华成为一时风尚，美国哲学家杜威（John Dewey）、英国哲学家

---

① 安传芳:《"文学是什么"与"什么是文学"论》，《赤峰学院学报（科学教育版）》2011年第8期，第48—49页。

罗素和印度诗人泰戈尔（Rabindranath Tagore）等，先后在1920年左右应邀访华，并在各大主要城市进行巡回演讲。这些世界文化名人的来访和讲学不但给中国思想界和知识界带来了或激进或自由或保守的文化理念与治国思想，也因此进一步激发了中国知识分子对世界文明语境下中国现代性的思考。这也为20世纪中国现代思想和现代学术的兴起带来了新的活力与生机，直接影响了中外人文交流和西学东渐的进程。从1929年到20世纪50年代再到1978年长达50年的岁月里，上文所提到的英国著名文学批评家瑞恰慈、燕卜荪先后几次赴清华大学、燕京大学、西南联大和北京大学讲学。20世纪30年代，他们在中国大学的传道授业直接影响了远居西方的一批中国学者对西方文学和批评的认知和实践。多名清华大学、燕京大学的学生以瑞恰慈的批评方法和理论为选题撰写学位论文（高庆赐、吴世昌、萧乾）。朱自清的《诗多义举例》，吴世昌的《诗与语音》，以及钱锺书的《谈艺录》《管锥编》《宋诗选注》等都能见到瑞恰慈、燕卜荪倡导的文本细读方法论的痕迹。无论是在批评理论、批评实践还是在新诗创作等领域，瑞恰慈和燕卜荪都在中国言传身教，直接启发与激励了一批优秀的中国学者如卞之琳、王佐良、袁可嘉、穆旦、郑敏等。这一代学人是中国诗歌创作和现代文学批评的先驱。这批翘楚后来都相继成为中华人民共和国成立以后外国文学学科的奠基者，以及改革开放之后外国文学研究与批评的主要推动者。另一方面，中国的外国文学和比较文学研究的先驱与代表人物如吴宓、梅光迪、叶公超、徐志摩、温源宁、叶君健、萧乾、钱锺书、王佐良、周珏良、杨周翰等，于20世纪20年代、30年代、40年代先后赴哈佛大学、剑桥大学、牛津大学、巴黎大学等世界著名学府留学深造，并将其在欧美大陆所学的知识带回中国。美国新人文主义（白璧德［Irving Babbitt］）、剑桥批评（实用批评）等西方思潮和批评方法先后登陆中国学界，成为中国现代文学、现代思想、现代学术与现代人文教育产生、发展和变化的外在动力，并引发和推动了学术的争鸣以及文学与诗歌创作的新动向，比如西南联大时期的现代派诗人群体"九叶派诗人"。

1862年创建的北京大学外语学院的前身之一——京师同文馆是清政府兴办的第一所现代意义上的大学。它建成的时间早于1917年建立的剑桥大学英文系。1926年，清华大学的西洋文学系诞生，并于1928年易名为外国语文学系。其办学宗旨就是强调"了解西洋文明之精神；汇通东西之精神思想"，并规定"博雅"与"专精"二原则："研究西洋文学之全体，以求一贯之博通；专治一国之语言文字及文学，而为局部之深造。"[①]课程要求教授中文，以中西文史为核心的同时也兼顾数理化生。

中华人民共和国成立初期中国文学界经历了"以苏为师"的阶段，全面译介和接受苏联文论，这无疑对我国文论发展产生了极为深远的影响。苏联文论秉持哲学反映论。在这种意识形态下，文学的重要功能就是为政治服务，而这一特征也使得当时中国文艺政治化。到改革开放之前，马克思主义上升为中国文艺的指导方针，具有无可比拟的崇高地位。我国逐步形成了文艺学的学科建制，马克思主义文论和古代文论二分天下，是文艺学的两大分支。之后毛泽东主张"古为今用，洋为中用"，要求批判继承古代文化遗产。而对古代文化遗产的批判大于继承，文艺研究在当时被赋予强烈的政治色彩，成为政治斗争工具。这使得对古代文论的研究受到了很大冲击，并在一段时间内处于低迷的状态。改革开放以后，我国开始全方位大规模地引入西方文论。[②]我国学界也跨越了文论发展的诸个历史阶段，直接紧随西方

[①] 参见齐家莹：《清华人文学科年谱》，清华大学出版社，1999年。

[②] 参见赖大仁：《影响的焦虑——论当代中国文论对西方文论的接受》，《文学评论》2021年第5期，第5页。

进入了"后现代"。①在新世纪，对于中国文论的"西化"的批评，引发了关于文论"失语症"的忧思，这使得学者们开始回归对中国文学和文论经典的研究，以挖掘构建中国文论的传统因素，我国文论的译介和研究逐渐实现与国外同步。国内学界也展开了对"审美意识形态"学说的争论，对文学与文化研究界限的探讨、"日常生活审美化"的讨论、"本质主义与反本质主义"的讨论，激发了对当代文论话语建构的讨论。新世纪以来随着中国崛起，中西文论的互鉴、马克思主义中国化和现代化改造、古代文论的现代转换等话语与思潮呈现断裂又连接、矛盾又融合、多元又单一的复杂关系。②

第二节　文学理论与文化理论

俄国形式主义所提出的"文学性"成为20世纪文艺理论流派中最为重要的概念。今天，一些中西学者认为"文学性"无处不在，哲学和历史学研究也涉及"文学性"话题，"文学性"已经不再是文学的专属属性，而可以视作人文社科学科的普遍属性。③卡勒在其书《理论中的文学》(*The Literary in Theory*)中对以"文学性"为标志的文学理论向文化理论转换的历史做了回顾。20世纪60年代语言学转向，"理论"这一术语的产生和结构主义的兴起紧密相关，所谓"理论"就是"结构主义语言学模式的普遍化运用，这种模式据称将适用于全部文化领域"，它"将阐明各种各样的材料是理解语言、社会行为、文

---

① 参见刘康：《中国遭遇西方理论：一个元批评角度的思考》，《上海交通大学学报（哲学社会科学版）》2019年第6期，第104页。
② 参见刘康：《西方理论的中国问题：兼论研究方法、古代文论的现代转换》，《武汉大学学报（哲学社会科学版）》2020年第5期，第57页。
③ 同上。

学、大众文化等有文字书写的社会和无文字书写的社会以及人类心理结构的关键"。①这里所讨论的"理论"仍然是基于有文字书写的文化产品来理解无文字书写的社会与人,这一时期的"理论"并没有将文学从其他文化现象中区分出来,而文学与它们可探讨的共同点恰恰是"语言"基础。形式主义的"文学性"概念作为文学研究的方法逐渐渗透到其他学科中,当然也就毫不奇怪。卡勒将结构主义之后的西方文学理论称为"理论"。它与传统意义上萌发于20世纪20年代左右的形式主义文学理论大相径庭。在巴里和伊格尔顿的论述中,理论都逐渐被"文化理论"的概念所替代,成为文论界的共识。

卡勒早在其专著《论解构:结构主义之后的理论与批评》(*On Deconstruction: Theory and Criticism after Structuralism*)中认为,自从德里达的解构理论作为一个欧陆的舶来品,对英美学界产生了重大的影响后,文学理论不再源自文学实践,而是来自其他学科。俄国形式主义、欧美新批评和结构主义以共同语言文本为核心的理论设定逐渐被"去文本中心"的后结构主义所解构。后结构主义者(解构主义者)认为语言的本质是修辞,这就模糊了文学与非文学之间的学科界限。德里达声称"文本之外别无他物"(il n'y a pas de hors-texte),认为一切文本都处于"互文性"的关系网络之中,使得文本的意义变得不确定且充满开放和多元的意涵。这使得文学批评不受文本终极意义限制,成为"一件快乐和激动人心的事情"②。可以说,当代文学研究中"文本"概念的突显与"作品"概念的式微使得文学研究从传统意义上的关于文学的语言学和美学研究转向文学的社会、历史学研究,

---

① Judith Batler, John Gillory and Kendall Thomas eds., *The Literary of Theory*, Routledge, 2000, p. 273.
② [法]雅克·德里达、伊丽莎白·卢迪内斯库:《明天会怎样》,苏旭译,中信出版社,2002年,第6页。

即出现了文学研究的"文本的转向"(textuel turn)。这也就是说,文学与其他文化现象的共同纽带文本被解构了:不仅仅几乎无所不包的文本成为研究对象,一些非语言文化现象如图像、电影和音乐也被纳入研究范围,这是一种"泛文本化"倾向。

从文学理论到理论再到文化理论,这样的路径使得文学的跨文化和跨学科研究逐渐失去了文学这个研究客体,而逐渐成为其他学科的附庸与点缀,这无疑是引发世纪之交对"文学之死"和"理论之死"等论断产生普遍焦虑的主因。对于文学研究来说,"它最终有一个不可或缺而且必须回归的家,这就是文学。这决定了文学理论就其本质而言,只能是关于文学的理论"[1]。文学研究回归文学是很多文学理论家推动理论改革的最大动机,文学与理论的互动才是推动文学理论思想进步的主因:"整个现代理论的发展过程一直都有文学在场,如果舍弃文学,失去了文学与理论这样一个经典的张力结构,可能会使一条仍然在不断延伸的思想之路中断。"[2]在宣告文化理论之死的《理论之后》一书的结尾,伊格尔顿坦言:"我们永远无法处于'理论之后',因为若没有理论,就不会有反思的人类生活。"[3]这一有与没有的悖论使我们看到伊格尔顿宣告理论之死的初衷:首先就是在理论的喧嚣之后让文学重归本质;其次,将对理论的追索提升到关乎人类生活和文明的高度。在反思中重新坚定信念,使得理论构建成为有意义的活动。在2012年出版的《文学事件》中,伊格尔顿果然回归对文学本质的探讨,可以看作对这段文字的呼应。回归文学本质成为21世纪的理论家不得不说的话题。

---

[1] 代讯:《中国文论:一个理论上的虚构》,《探索与争鸣》2013年第2期,第83页。
[2] 汤拥华:《理论如何反思?——由伊格尔顿〈理论之后〉引出的思考》,《文艺理论研究》2009年第6期,第137页。
[3] [英]特里·伊格尔顿:《理论之后》,商正译,商务印书馆,2009年,第212页。

1996年英国的一批专事文学和文化的学者举行了一场探讨后理论时代情况的研讨会，之后大会将与会论文集结成一本论文集，名为《后理论：批评理论的新方向》(Post-Theory: New Directions in Criticism)，这大概是"后理论"这一说法最早出现于文学理论批评界的时间。于是，我们徐徐进入后理论时代。后理论时代有以下几个特征：第一是人们仍然批判本质主义的思维方式和僵化的观念，这可以视作对后现代精神的承袭。第二是人们开始反思和反叛后现代文化理论。文化理论之所以逐渐落后于时代，不仅仅是因为它脱离了文学实际，也是因为它逐步陷入教条主义的窠臼，失去了曾经的反叛精神。文化理论脱离了文学本体，不能解决文学研究的实际问题，使得理论与批评实践逐步分离；文学则不可避免地淹没在文化理论之中。文化理论的研究范畴越来越难以界定。文化研究的研究对象已经不再局限于语言和符号产品，而是跨越到了形象或仿像形态；研究内容也逐步扩大至对各种文化和亚文化形式的研究。文化研究不再是文学研究的衍生物，而是不知不觉演变为对文化的研究。

第三节　文学理论与意识形态

文学本身具有这样一种似是而非的特性和解构与建构的能力，足以激发意识形态的颠覆和重建。在人类历史发生重大变化的关键时刻，文学都曾经在不同的时期、不同的地区、不同的领域中参与影响和改变意识形态以推动历史的进程。马丁·路德将拉丁文版的圣经翻译成德语，这不仅标志了德国民族文学的起点，更通过启迪普罗大众直接推动了新教改革；卢梭的《忏悔录》对自我和社会沉疴真诚的剖白引起了强烈的共鸣，是法国大革命前夜最具影响力的文学作品；鲁迅的杂文对启迪民智的作用是如此之大，以至于今天的读者仍然能够受到警示和启发。在印刷业崛起以后的500年的时间内，文学或以潜移默化的方式深入人心，或用深刻的文字启迪人们的灵魂，或用激扬的文字唤起人们的热情。这奠定了纸媒作为文学传播最重要的媒体的王者地位。在21世纪网络文学兴起之前，纸媒文学以"纯文学"之名改变着人们的生活和观念意识，是人类文明成果中可以传世的瑰宝。文学与意识形态之间关系密切："文学一方面是意识形态的手段，同时又是使其崩溃的工具。文学既是文化的杂音，又是文化的信息。它是一种制造混乱的力量，又是一种文化资本。概言之，文学是一种自相矛盾、似是而非的机制，是一种为揭露和批评自己的局限性而存在的艺术机制。"[1]文学是一个矛盾体，一方面它是意识形态的反映，是意识形态的工具和手段；另一方面，它自带反叛力量，可以对意识形态形成挑战和解构。作为指导和引领文学研究与文学批评的文学理论，无从否定它与意识形态具有千丝万缕的关系。那么，文学理论与意识形态的关联是什么？这里首先要厘清几个相关概念。很多学者说文学理论主要是文化理论。学界对意识形态的定义很多，本节仅对政治意识形态与文学理论的关系进行讨论。

伊格尔顿认为文学（文化）理论都不可避免地带有某种政治意识形态。他将文学理论视为当代政权和资本主义经济体制化的一部分，是政治意识形态的体现。理论的重要实践功能是揭露、批判和挑战主流的价值观。因而，文学理论不应因其政治性而受到谴责，"反而掩盖理论的政治性是无知的行为"[2]。文学理论的问题在于："它既不能战胜又不能加入后期工业资本主义的种种占统治地位的意识形态。"[3]伊格

---

[1] 肖伟胜：《"文学终结"之后的文学理论何处去？》，《学术月刊》2020年第11期，第135页。
[2] 特里·伊格尔顿：《二十世纪西方文学理论》，伍晓明译，陕西师范大学出版社，1987年，第197页。
[3] 同上书，第201页。

尔顿认为文学理论已经无法解决那些足够尖锐的社会和政治问题，因而他提出的补救办法是一种充满野心的"政治批评"①，当然文学理论不是承载政治功能的符号。一段时间内，一些作家和学者认为"政治"是文学功利化的元凶，认为它剥夺了文学在文学研究与文学批评中的主体性和自主性。②这其实是失之偏颇的。正如米勒所言，文学理论是唯一一种避免将文学封杀在唯美主义范围中的形式。③德曼道出了文学理论受到批判甚至被拒绝的根本原因："文学理论的什么东西这么吓人，以至于激起如此强烈的抵制和攻击？它由于揭示出意识形态的运转机制，而倾覆了根深蒂固的意识形态；它反对美学作为其重要组成部分的强大哲学传统；它瓦解了文学作品既定的经典，模糊了文学和非文学话语之间的界限。言外之意是，它也可能揭示出意识形态和哲学的联系。"④德曼这里所说的文学理论还是文化理论的范畴，它解构哲学传统，质疑文学经典，是意识形态的批判力量。但这并不意味着用文化理论对文学展开分析批评和诠释时就应该抛弃对文学的文本-形式的审美分析。相反，文化研究和文学政治批评仍然应该借重审美分析。只有当政治批评必须切入文学形式和审美结构的内在生成机制之中时，文学才能构成与影响我们的社会生活经验。可见过分强调文学和文学理论的审美性或意识形态性都是不可取的。⑤在西方的文学研究传统中，意识形态传统同美学传统的冲突带有否定理论的意识形

---

① ［英］特里·伊格尔顿：《理论之后》，商正译，商务印书馆，2009年，"前言"。
② 参见汤黎：《文学的审美与意识形态——基于当代西方文论中"审美意识形态论"的讨论》，《文艺理论研究》2020年第4期，第193页。
③ ［美］希利斯·米勒：《重申解构主义》，郭英剑等译，中国社会科学出版社，2000年，第246—247页。
④ ［美］保罗·德曼：《解构之图》，李自修译，中国社会科学出版社，1998年，第103页。
⑤ 汤黎：《文学的审美与意识形态——基于当代西方文论中"审美意识形态论"的讨论》，《文艺理论研究》2020年第4期，第193页。

态性倾向。唯有考察意识形态的深层次内涵，深刻洞悉文学的美学价值和意识形态价值的生成与运行机制，才能获得理论深思所需的纵深与距离感，才能坚持理论的实践性。理论的实践性与文学的审美性、意识形态性密不可分；若要恢复理论对实践的指导作用，理论、美学、意识形态这三者之间的关系是不得不仔细考量的问题。①

在当代中国文论构建中，"审美"两次起到了举足轻重的作用，并引发文论界新的讨论。第一次是在20世纪70年代，我国当代文论界出现了"审美化转向"。其中的主要原因有以下这些：一是"文革"结束，文艺学界为恢复文艺的功能做出了一系列的努力。1980年8月4日，"全国高等学校文艺理论学术讨论会"在庐山召开，文论界重新讨论了文学与政治的关系问题，并就文学理论学科建设方案做了深入交流。其中有这样几项主要内容：将文艺研究重心从文学的外部规律转向文艺发展的内部规律；挖掘古代文论与西方文论的理论资源精华，创建富有中国特色的文学理论学科体系等。中国全面的改革开放推动形成新的文化氛围，使其逐步变得宽松和包容，人们力图在全国范围内推动思想解放，努力突破极左思想的桎梏；第二次是从20世纪80年代末90年代初开始，随着大量西方著作被译介，西方的文化思想逐步被国内的学术界接受并产生了巨大的影响，国内学界充分吸收这些理论资源并推动了"文化理论"的繁荣。"理论"成为西方文论的中心，文化研究、新历史主义等思潮竭力渗透、吞噬和边缘化"正统"的以文本细读为主要方法的文学研究。审美转向要求重回文本，是对此倾向的反拨。文学理论界开始重提"文学性""文学是人学"等概念，并把文学的审美价值视为文艺批评的核心，开始构建当代文艺学科的学

---

① 汤黎：《文学的审美与意识形态——基于当代西方文论中"审美意识形态论"的讨论》，《文艺理论研究》2020年第4期，第194页。

科理念；直接启发了当代文论界对于文学审美特征、文学语言形式、文学研究方法、文学价值重估等方面的理论建构。①这些学术争论往往将"文学性"与"审美性"的意义等同，如金元浦在回顾20世纪80年代以后的文艺学范式转型时指出，"在很长一段时间里，审美性和文学性作为文学艺术的本质特征，已成为我国文艺学界的共识"②，并认为在文学作品当中，审美价值超出认识价值和实用价值，占据主导地位。③

"审美意识形态论"在当代文论的初始阶段有很大的学术影响力，被当时学界的大多数学者所认可。童庆炳将文学审美的功用视为一种"心灵的不可抑制的自由的颤动"④。人在审美中获得自由，忘记世俗，而进入无功利的艺术世界，获得了情感的满足和精神的愉悦。⑤他认为文学的审美是区别于其他意识形态的基本特征，文学反映人的个性化的美的生活。钱中文在1982年提出："文艺是一种具有审美特征的意识形态。"⑥钱中文认为，文学虽然是一种反映全人类审美的意识形态，但它自身有着鲜明的特点：首先它以情感为中心，但它是情感与思想的结合体；其次它有真实性，但它诞生于自由的想象之中；最后它有目的性，却与获取实利无关。集上述学者学术思想之大成的"审美意识形态论"成为20世纪80年代我国文学理论界提出的一个重要的理论命题，童庆炳将这一具有里程碑意义的概念写进《文学理论教程》中。

---

① 于瑞：《中西文论比较视域中的"文学性"问题研究》，江西师范大学博士学位论文，2021年，第129页。
② 金元浦：《别了，蛋糕上的酥皮——寻找当下审美性、文学性变革问题的答案》，《文艺争鸣》2003年第6期。
③ 孙绍振：《审美价值与认识价值、实用价值的矛盾》，《文艺争鸣》1986年第1期。
④ 童庆炳：《文学活动的美学阐释》，陕西人民出版社，1989年，第268页。
⑤ 同上。
⑥ 钱中文：《论人性共同形态描写及其评价问题》，《文学评论》1982年第6期，第92页。

这一经典命题在近30年的文学理论研究和教学中起到了无可争议的重要作用。

20世纪90年代,童庆炳、钱中文、王元骧几位学者把文学界定为"一种语言艺术,是话语蕴藉中的审美意识形态"。基于我国特殊的历史与现实状况,三位文学理论家围绕着"文学审美特征论"展开论述,试图将文学的本质特性,即审美性与"意识形态性"统一起来。他们批判了中华人民共和国成立以后到"文革"结束这段时间内的"文学工具论"并肯定文学的独特价值和特点;同时对另一个极端,即"唯审美论"做出了批判,走出了一条融合两者优长的中间道路。但童庆炳否认文学的"审美意识形态论"是"审美"和"意识形态"的简单嫁接。它更不是文学理论建设过渡时期的"权宜之计",而是一种深植于马克思主义理论的理论形态。童庆炳倡导"审美意识形态论"的实践作用,指出实践是"审美"与"意识形态"结合的中介,"人的情感在审美实践中直接生成审美意识形态"①。自童庆炳、钱中文二位学者之后,王元骧也将文学艺术视为意识形态的一种特殊形式,它是审美、政治、道德理想的交汇。②他认为,文学是作家审美意识的物化形态③,认为作家以审美来规定文学艺术的意识形态特性可以将其内化为自己的思想人格。④他的观点与西方学界"审美意识形态论"中审美和意识形态对主体的建构功能有一定的相似性。⑤王元骧指出,需要把现有的"审美意识形态论"进一步向文艺本体论和人学本体论拓

---

① 童庆炳:《实践是"审美"与"意识形态"结合的中介——对近期"文学审美意识形态论"质疑的三点回应》,《文化与诗学》2009年第2期,第16页。
② 王元骧:《我对"审美意识形态论"的理解》,《文艺研究》2006年第8期,第6页。
③ 王元骧:《文学原理》,浙江大学出版社,2018年,第25页。
④ 参见王元骧:《我对"审美意识形态论"的理解》,《文艺研究》2006年第8期,第12页。
⑤ 汤黎:《文学的审美与意识形态——基于当代西方文论中"审美意识形态论"的讨论》,《文艺理论研究》2020年第4期,第196页。

展，把以往的文艺形式批评整合到"审美意识形态论"当中。①从此文学成为有独立意义的学科建制，不再是政治意识形态的传声筒，也不是阶级斗争的工具。"审美意识形态论"在当时有解放思想的意义，并将文学的内部和外部研究有机地结合在一起。尽管审美意识形态的文学本质论在"理论"与"后理论"的时代引起了不少的争议，但将这个命题重置于20世纪八九十年代文论话语转型的背景下，有非常重要的学术和社会意义。

第四节 文学理论的民族性与世界性

新世纪，在推进"当代文论话语体系构建"这一系统性工程的语境下，"中国文论"构建已经成为文艺理论研究的一项核心要务。很多学者认为中国当代文论研究已经丧失了民族性，更是悲呼百年中国文学理论和研究已经陷入西化的泥沼，学者们在西方文论之后亦步亦趋。因此文论建设的当务之急是恢复我们的民族性，具体的做法就是"建立有中国特色的文学理论"。

文学理论是否具有民族性？"中国文论"是否为一个有效的命题？没有基于国别的特殊文论，既然文论被冠以"中国"二字，它的适用范围是否仅为中国文学？中西文论为"异质文论"的提法同样令人存疑，"异质"指根本性质不同，这种论断否定理论的共同性、普适性。在文论研究领域，过度强调文化差异的做法恰恰使得人为制造出对立，使国内学界画地为界、固步自封，对我国文论建设无疑有害无益。如果说文艺理论是指导文艺研究和批评的学说，那么只要文学

---

① 王元骧:《对"审美意识形态论"的再反思》,《西南大学学报（社会科学版）》2009年第5期，第160—165页。

有共通性和普遍意义，文艺理论是不是就不应该被狭隘的民族主义情绪所左右？代讯坦言："我们之所以把西方文论和中国文论在逻辑上对举，主要是由于西方文论在当今世界文论体系中的主流地位，我们更多的是觊觎西方文论在国际文论界的话语权，而非出自文学理论自身因素的考虑。"①力图突显中国文论的独特之处，并非探寻文学发展的普遍规律；将中国文学和文论孤绝于世界文学之外，也许并不能获得文学研究领域的话语权，反而有可能事与愿违。

从另一个角度来说，文学是否具有中立客观的规律性和传统的学术规范？这里要解决的一个关键问题在于文学研究指向何处。如果我们认为文学是人类文明共同的瑰宝，那么文学理论理应属于全人类。如果文学研究的目的是走向开放，在多元学术资源中获得养料，并在文学所构筑的共同平台上平等交流，那么文论在多元文化语境下的功用应该是促进不同民族文论之间的交流对话与融通，而不是闭门造车、自说自话。如果文学理论是关于文学的普遍和一般的原理，那么它就应该有超越某个特定国别与区域的共性。只有在这样的共识下，我们才能在更加宽广的领域、更加宽厚的基础上找寻文学生成和发展的普遍规律。那么无论是求同研究还是求异研究，都能殊途同归，不至于南辕北辙。如果我们偏执地拒绝文学目前已有的"现代性"的理论体系、原则与规范，认为这全然是"西化"的产物，那么这样的"中国理论"将在现代学术分类体系中失去自己的位置，难以在世界文论之林立足。这种偏狭的、只强调异质的做法，在今天这个已然全球化的世界中难以获得长足发展。

毛泽东一方面认为"艺术的基本原理有其共同性"；另一方面认为艺术的表现形式是多样化的，应该有"民族形式和民族风格"。因

---

① 代讯：《中国文论：一个理论上的虚构》，《探索与争鸣》2013年第2期，第79页。

此，艺术原理的共通性和艺术形式的多样性是统一体，并不矛盾。毛泽东也曾真诚地劝谏文艺工作者："中国的和外国的，两边都要学好……这不是什么'中学为体，西学为用'。'学'是指基本理论，这是中外一致的，不应该分中西。"①当我们从事理论文学研究时，可以奉行普适性和相对性的结合。一方面我们应该从国家或民族的具体文学作品出发，不应忽略特定的民族文学在文化语境中的相对价值和意义。民族文学的特殊价值，会给理论构建提供新的理论视角；另一方面，从世界主义（cosmopolitanism）的高度出发，我们就可能发现一个文学作品在世界文学语境下的普适价值。②总之，立足于民族文学实践和文学现实，从世界主义的高度，抱以开放与包容的心态，发掘民族文学的特殊价值和普遍价值。

第五节　文学批评与文学理论

后理论时代来临的标志就是对"理论"进行反思，而反思的最重要一环就是梳理理论与批评实践的关系。文学批评作为文学理论的应用，直接与文学作品发生关联。对文学作品的阐释和批评旨在发现作品的优美、独特或缺陷之处，是揭示作品内涵、意义的理性活动。批评起着重要的中介作用，不仅仅连接着理论和文学作品两头，同样也连通着作品与读者两极。今天的文学批评并未做好"双向媒介"的工作，人们对文学批评的诟病很多。有时批评与文本脱节，不再专注于文本的细节，而是仅仅为理论做注脚。批评是文学的批评，并非全

---

① 毛泽东：《同音乐工作者的谈话》，收入中共中央书记处研究室文化组编：《党和国家领导人论文艺》，文化艺术出版社，1982年，第15、22、23页。
② 王宁：《世界主义、世界文学以及中国文学的世界性》，《中国比较文学》2014年第1期，第19页。

然独立的书写。批评的目的是将普罗大众带到文学的世界中,让他们能够领略文学文本的独特魅力,了解一个丰富多元又美好的世界,或获得精神力量和道德感召。有时批评无法与文学作品并驾齐驱,与其深度不匹配,显得粗糙和浅薄。批评得好不好,是不是深入,与批评家的细读能力相关,也与其掌握了多少理论相关。因为理论不仅反思自身,也给批评带来自省的能力。文学批评者需要具备一定的理论和思想高度,因为他们承担着鼓励思想交锋、启迪智慧与守护时代的责任。

文学理论是对文学原理、文学范畴、文学标准的研究;文学批评是对具体文学作品的研究。理论提出批评标准和规范的同时,也设置批评的前提、逻辑与语境等。理论作为思想体系和观念系统也有着自己的知识体系与话语形式。在文学活动中,理论与批评不可分离。理论通过批评对文学创作施加影响,着眼于文学文本的批评又不断生成新理论。文学理论属于指导文学研究和文学批评的"顶层设计",涉及理念、构建假设与抽象概念,也就是"那些支撑着我们对语言的理解和阐释、我们建构意义的方式以及我们对艺术、文化、美学和意识形态的理解的(有意识或无意识的)假设"[1]。这些观念、概念和假设构成了文学理论的基本范畴。在后理论时代,理论与批评的关系有以下这些。

首先,文学理论应源自又反向引导批评实践。而理论构建的大忌就是将理论幻化成阳春白雪,高高在上,脱离了文学批评和研究实践。理论与实践相互印证、改变和共同发展的相互关系被改变了,理论构建成为一场"独唱"。塞尔登(Raman Selden)主张:"理论是要被使

---

[1] 参见肖伟胜:《"文学终结"之后的文学理论何处去?》,《学术月刊》2020年第11期,第11页。

用的、批评的，而不是为了理论自身而被抽象地研究的。"①正因为如此，孔帕尼翁才强调说："只要我们谈理论，就预设了一种实践，因为理论总是要面向实践，基于并指导实践。"②

其次，文学理论应该引导批评指向情感体验而不是科学认知。布莱（George Poulet）认为文学的关系性本质在于"文学不是认识的对象而是经验的对象"，而"文学作品不是一种可以通过科学途径加以穷尽的客体"。③如果用自然科学的思维和方法来批评文学，无疑是"牛头不对马嘴"的可笑行为。文学批评是批评者与创作者之间的一种关系性行为，其本质"是一种主体间的行为"④。文学批评的目的并非认知，而是分享、交流和体验。如果批评理论与大众处于隔绝和分离的状态，那么批评理论与阅读体验也将不可避免地面临分离，这种对读者的阅读体验漠视的态度使得理论家追求理性解析而忘却了文学的情感性，批评家于是"竭力保护自己不受艺术作品在我们身上激发起的情感的干扰"⑤，他们理性而智慧、科学而系统地解析充满情感因素的文学，能够说服人却无法再打动人。

因此对文学批评和文学活动进行指导的文学理论不能忽略文学的情感本质，一味地将文学对象化、科学化、非人化。

最后，文学理论的立场是分析和诘难，是一种广义上对所有批评实践的预设进行质疑、发问的"后批评"视角。文学理论在后理论时

---

① ［英］拉曼·塞尔登等:《当代文学理论导读》，刘象愚译，北京大学出版社，2006年，第10—11页。
② 郭宏安:《述要》，收入［比］乔治·布莱:《批评意识》，郭宏安译，百花洲文艺出版社，1993年，第4页。
③ 同上。
④ 顾悦:《当代西方文学理论与文学阅读的情感回归》，《南京社会科学》2011年第10期，第140页。
⑤ ［美］林赛·沃特斯:《美学权威主义批判》，昂智慧译，北京大学出版社，2000年，第37页。

代承载着指导文学批评和文学研究以及构建学科框架的任务。如果文学批评完全拘囿于批评对象，那么将使文学话语体系处于越来越边缘化的境地，文学批评的迫切任务是扩大批评的范围以及改变批评的策略，使批评活动既能关涉文学本身，又能对批评的前提做出批判和反思。这就需要对批评进行重新定位。[①]当今文学理论的构建也应融入"后批评"视角，以构筑更加完善和有生命力的批评体系。"后批评"就是试图在文学批评中寻找新的阅读和解释形式，超越批评、批判理论和意识形态批评的方法。这种方法被保罗·利科（Paul Ricoeur）称为"怀疑的诠释学"，被伊芙·科索夫斯基·塞奇威克（Eve Kosofsky Sedgwick）称为"偏执"或"怀疑"的阅读风格。对文学文本的后批判性阅读可以强调情感、情绪，或描述读者体验的现象学或美学层面；它也可以专注于接受问题，通过阅读收集相关的哲学见解，提出文本的形式主义问题等。[②]"后批评"还意味着通过个人存在、身心参与、同理心获得全新的知识维度，用关注积极情感的替代方法来补充批评方法。"情感研究""后人文"和"新物质主义"等领域的研究都与这样的"后批评"转向相关。

---

① 张进、缪菁:《文学"后批评"论》,《甘肃社会科学》2015年第1期，第81页。
② Toril Moi, *Revolution of the Ordinary*, University of Chicago Press, 2017, p. 108.

第二编　中西文论的对话与交流

中西文论的对话与交流对文论的研究和构建究竟有什么意义？中西文论交流的历史可以从20世纪80年代讲起。如果对自改革开放以来的中西文论交流做一个简单的回顾，那么也不难看到以下这些倾向：改革开放以来，中国文论界对西方百年以来的各个文论流派全面吸收，学者们往往忽略了理论生成的社会、文化与哲学背景，这难免出现囫囵吞枣和简单套用的现象。同时对于理论的过度关注和过度倚重使得学者们逐渐忽略中国的文学现实与文学传统。一方面，西方文论的涌入积极推动了我国当代文论的转型。这个时期文论界出现的一些重要的理论转向都与西方理论密切相关，比如"审美论转向"和"文化转向"。在这些转向中，都有大量的西方文学术语、思潮和方法涌入，这更新了新时期中国文论的话语体系。另一方面，西方文论的涌入也使得一时间我国文论界似乎丧失了话语自主和主体意识[①]，正如钱中文所说，"我国文学理论在反思中，深感我国文学理论的求变、求新的过程中，每个阶段自己都深受外国文论的影响"[②]。而对文论主体性不足的焦虑也带来了中国文论界普遍的"反影响"和"反失语"的浪潮。

进入21世纪，中国学界对西方文论和文学研究的了解几乎是同步的。之前学者们了解国外文论主要靠译介；新世纪以后学者队伍越来越年轻化，很多人都有发表英文学术文章与国外学者直接交流的能力。与此同时，很多西方的一流学者被邀请到中国参加学术活动，也促进了直接而密切的学术交流。因此，新世纪前后开始的几个重要讨论，如对一些重要的文论话题"文学终结""文学性扩张""反本质主义文艺学"的讨论几乎都是与西方同步展开的。借此，学者们全面丰富了当代文论的理论形态、方法路径和价值观念。这对于立足中西文论比

---

① 参见曾军：《古今中西视野下新中国70年文学理论的演变（1949—2019）》，《广州大学学报（社会科学版）》2019年第5期，第46页。

② 钱中文：《文学理论：在新世纪的晨曦中》，《文学评论》1999年第6期，第6页。

较的视域,探讨当代文论体系构建做出了重要铺垫。中国文论与西方文论的对话被赋予了深度和广度,成为中国文论话语转型极为重要的一环,为构建中国当代文论话语体系提供了理论源泉、支持和方法。对西方文论的接受、批评、交流与互鉴构成了我国文论话语建构的重要方式。"中西文论对话"是一个推动文论进步的重要方法,也是一项推进文论话语体系构建的必不可少的环节。

曾军认为,进入新世纪尤其是进入新世纪的第二个10年,随着如网络文学等新兴文学形式的崛起和中国的国际地位的提高,学者们开始逐步形成"新世纪文学"的自觉,这是"政治、经济、社会文化的社会主义建设的重要标志"[①]。"以人为本"的科学发展观,走中国道路的文化自觉和自信以及现代化的本土意识使得文学研究发生根本性的变化。与此同时,由于中西文论的背景不同、发展层次不同,因此领域各异、形态多元,对其进行全面比较,至今仍然是一项十分艰巨的工作。本编立足于"中西文论交流"的视野,对"什么是文学"以及"如何研究文学"在各不相同的语境中呈现的理论形态及其范式转型做了探讨,试图能够以"什么是文学"这个问题作为抓手,找到文论话语体系构建的着力点,推进中西互鉴、古今对话,为文论话语体系构建做一些基础性的工作。值得注意的是,对西方文论的接受、质疑和中西文论的互鉴之间并不存在绝对的界限,它们都是中西文论对话互动的方式,只是具体表现形式不同而已。本编的三个部分将分别讨论新世纪"对西方文论的接受、重组和构建""对西方文论的质疑"以及"中西文论交流互鉴"。"对西方文论的接受、重组和构建"板块涉及多个源自西方的文论流派在新世纪中国文论发展坐标上的现状;"对西

---

① 参见曾军:《古今中西视野下新中国70年文学理论的演变(1949—2019)》,《广州大学学报(社会科学版)》2019年第5期,第43页。

方文论的质疑"板块则研究新世纪以来对西方文论的重要置评以及因此而发生的论战;"中西文论交流互鉴"讨论几个世纪以来中西文论互鉴的范例。本编围绕前一部分"什么是文学"这个核心话题展开论述,讨论中西文论对话与互鉴对这个文论核心话题的贡献和得失。同时本编也会探讨以下一些问题:中国文论如何从对西方的单纯译介和模仿中走出来,以批判的眼光看待新世纪西方文论批评中最重要的理论批评并发掘其内在的精神价值,为建设新世纪中国文论流派提供新思路与具体的做法?如何从中国文论建设的视角来审视现代西方文论的价值和意义?如何从西方文论的发生发展历程来反思我们的文论建设的实践与理论?

第一章　对西方文论的接受、重组和构建

本书之所以将新世纪中西文论构建的起点设定为后现代文化理论的衰落，是因为后现代思想不仅在西方文化史上写下了浓重的一笔，在中国文化史上也留下了难以磨灭的印记。中西学界对伊格尔顿《理论之后》的反馈不同是由于中西学界对后现代文化理论有不同程度的接受、理解和反思。如果将中西文论交流的各个层面剖开分析，那么我们可以首先将视角集中在西方对中国的影响研究或中国对西方的接受研究。作为目前中西文论交流的主流，有关这个话题的研究论著汗牛充栋。20世纪60年代，后现代文化理论思潮从欧洲大陆兴起，到美国"重装重组"，并逐渐反向影响世界理论学术界。大约在20世纪80年代，中国开始大量译介西方文化理论著作，后现代文化理论才开始逐渐进入中国学人的视野。到了21世纪之初，后现代文化理论才在中国引起了更加广泛的反响，出现了译介与学术产出的双向高潮。[1]

21世纪初，后现代文化理论在我国学界并不是一个新鲜话题，我们时常会听到"理论死亡"的论调。伴随着后现代主义而产生的后结构主义哲学走向了穷途末路。伊格尔顿说"文化理论的黄金时代已经过去"有这样的含义：曾使得社会文化得以解放，并推动文化理论走向兴盛的

---

[1] 参见刘康：《西方理论的中国问题——话语体系的转换》，《文艺理论》2022年第4期，第16页。

后现代主义在西方社会中逐渐显露弊端。后现代背景下的文化理论到了20世纪90年代末已如强弩之末。后现代主义框架中的后结构主义带来的是相对主义、怀疑主义和不可知论。文化理论和文化批评在后现代思潮的种种激进姿态之下逐渐丧失曾经的先进性：对社会现实的关注度降低，解构立场逐渐演变成新的教条主义，对于社会历史语境的过度关注剥离了文学现实。因此在后理论时代，无论是哲学本身还是建立在对形而上哲学反思和批判基础上的后现代文化理论将何去何从，成为学界难以回避的话题。[1]后理论阶段众多理论发展脉络极其庞杂、多元和分散，本书只列举几个重要的、有代表性的发展潮流。

一是"理论"持续性地跨界发展。后现代的后殖民主义、女权主义研究和生态批评等重要西方文化理论并没有"死去"，其发展趋向多元化、跨文化化与跨学科化。后殖民主义的研究与身份种族问题、"流散现象"以及全球化问题相结合，赋予这项研究以新的生命力。伴随着西方世界"同性恋平权运动"的蓬勃兴盛，后现代女权主义研究逐渐让位给涵盖人群更为广泛的性别研究。全球环境问题的加剧则使得生态批评热度不减，不断推陈出新。[2]后结构主义的研究定式和方法虽不再受学界推崇，但由此衍生出的"性别理论"与"酷儿理论"发展势头惊人。后结构主义的生命力主要通过与其他学科的结合，实现自我更新。相对于哈贝马斯（Jürgen Habermas）的对话式"言论"，福柯（Michel Foucault）的后现代"言论"概念更广为学界所接受，成为历史学、政治学和社会学"言论分析"的理论基础，也被运用到文学文本的分析中。精神分析论的代表弗洛伊德（Sigmund Freud）、

---

[1] 薛原:《新世纪中西方文艺理论构建概述》,《中国社会科学院研究生院学报》2016年第6期，第81—82页。

[2] 王宁在他的《后理论时代的文学与文化研究》中以广阔的文化研究视角对文化理论在后理论时代的发展进行了详细的梳理。

荣格（Carl Gustav Jung）和拉康（Jacques Lacan）各有追随者，但随着后现代主义和后结构主义式微，拉康的理论也不再受追捧。西方叙事学研究从结构主义叙事学发展到后经典叙事学，并逐步实现与伦理学的交叉并轨。具体来说，后现代叙事学与后经典叙事学产生的时间基本重合，但前者只是后者的一个分支。相应地，后现代叙事学视读者对文本的动态阅读过程为重要研究对象，因此可以被纳入后经典叙事学的研究范畴。[①]以语言学为基础构建新的符号学分析系统，这就是说不仅仅运用形式主义和叙事学对文本展开分析，更为文化产品提供具体的分析方法。文化产品涵盖非常广，可以是影视、游戏、广告和建筑，只要将文化产品理解为广义的文本，那么理论上就可以运用符号学分析。如何将意识形态分析与语言符号分析相结合是学者们跨界研究必须要克服的一个难关。

二是"回归"传统的发展倾向。拉曼·塞尔登在最新版的《当代文学理论导读》（*A Reader's Guide to Contemporary Literary*）中新加入了"后理论"作为最后一章，描绘了20世纪后半叶"后理论"的萌发、兴盛以及逐步式微的图景。他认为在文化理论框架下意识形态和政治理论使得文学研究逐渐偏离了文学文本，在后理论时代重新提升"文学性"的价值并回归文学有重要意义。后理论时代，美学在后现代"反美学"思潮后又回归西方文艺研究领域，重获学界青睐。但由于传统美学适用范围的局限性，"美学转向"动力不足。所谓"伦理转向"又因其无限吹抬犹太人的"悲悼叙事"而颇受争议。于是，很多文艺理论家将形而上和辩证哲学重新纳入自己构建文艺理论的源泉，试图通过复兴哲学而激活文艺理论研究。[②]不仅如此，对现代主义经

[①] 参见尚必武：《当代西方后经典叙事学研究》，人民文学出版社，2013年。
[②] 程朝翔的《理论之后，哲学登场——西方文学理论发展新趋势》提到了文学理论的哲学化倾向。

典的研究兴趣在后现代之后也逐渐回归，现代主义的代表理论家瓦尔特·本雅明（Walter Bendix Schoenflies Benjamin）、阿比·瓦尔堡（Aby Warburg）、格奥尔格·齐美尔（Georg Simmel）、赫尔穆特·普列斯纳（Helmuth Plessner）、埃里希·奥尔巴赫（Erich Auerbach）、汉娜·阿伦特（Hannah Arendt），目前在人文研讨会和专题讨论会上出现的频率并不低于以福柯、德里达为代表的后现代理论家。[①]

三是后现代以后文化和文艺理论的发展方向。这是本书将要梳理的一个新的发展方向。21世纪初，西方学界开始提出"后后现代"（post-postmodernism）这个概念，以探讨后现代以后的文化的新发展。文论家们开始有意识或无意识地探讨"后学"以后的文艺理论走向，虽不见得会将其研究冠以"后后现代"之名，但都对后现代思想进行自觉或不自觉的承袭或反拨。自此，文论家们分别从社会学、文化学、媒体学、艺术学甚至自然科学等角度，阐明"后现代已渐行渐远，后后现代社会已经到来"的观点。后后现代文艺理论的兴起也是对伊格尔顿的"文化理论的黄金时代已经过去"的一个回应。理论家们进一步消解了文艺理论和文化理论的界限，他们从语言学、社会学、历史学、地理学和人类学等领域观察与描述后现代之后的文化走向，以开放大胆的眼光汲取其他学科的成果来构建、丰富自己的文艺理论，寻找诠释文艺作品的新角度。今天，虽然西方各国民粹主义浪潮暗潮汹涌，但全球化仍然是不可回避的趋势。在全球化背景下，西方文艺理论在经历了现代主义和后现代主义之后并未进入所谓"表现的危机"，而是进入了全新的发展阶段。后后现代文艺理论并不仅仅服务于文艺批评和文艺诠读。"后后现代"这个概念就如同"后现代"这个概念一般起源于社会现实，辐射到建筑学和人文科学领域，继而引起了哲学、

[①] 参见［德］西格丽德·威格尔：《文学、文学批评及文本可读性的历史指数》，薛原译，《文艺研究》2016年第8期，第36页。

文化学和文学界的一系列波动。"后后现代"这个概念同样涉及多层次、多角度问题。深入了解和挖掘这个概念，对于了解世界的人文思想动态具有深远意义。

2011年应清华大学之邀，美国著名文学理论家乔纳森·卡勒做了一个题为《当今的文学理论》("Literary Theory Today")的学术讲座。卡勒探讨了后理论时代西方文化和文学研究的发展趋向。他认为自20世纪70年代以来，西方文论界的跨界跨学科倾向越来越鲜明，从其他学科如语言学、心理学、人类学、历史学与哲学等借来的理论也被用来诠释文学。在当前的文学理论和文化研究领域内，出现了多个已经具备一定规模或颇有发展潜力的理论发展方向，这些方向包括叙事学的复兴、德里达研究、人与动物关系研究、生态批评、"后人类研究"（post-human）以及美学的回归。近期还有情感政治和文化记忆等发展方向也颇引人注目。综合卡勒的观点，本书将评述几个有代表性的方向，即叙事学、文学伦理学批评、生态批评、后人类研究、新审美主义以及后后现代文艺理论。

第一节 叙事学

叙事学是中西对话最为多元、丰富、频繁和深入的文论领域。我国叙事学[①]近年的发展令人瞩目，从"经典叙事学"到"后经典叙事学"再到"广义叙述学"和"中国叙事学"，我国的叙事学发展不仅在短短几十年内跨越了几个层次，也在新世纪之交与国外叙事学发展

[①] 叙事学（narratology）是受形式主义和结构主义文论影响而出现的一门学科，它与"文学性"的关系十分密切。叙事学关注的是文学的内部规律，从叙事人、叙事视点、叙事方法、叙事结构等问题入手，将文学实践看成一种语言叙事，通过对叙事作品进行归纳与概括来探寻其内部的叙事结构。

逐渐同步，一代代学人进入这个领域贡献自己的理论力量，逐渐将其构筑为中国文论的"显学"。叙事学不仅有相当深厚的理论积淀，也有一批有能力与西方学界直接对话的一流学者，同时也有一批已经开始逐步建构中国叙事学的理论家。综上所述，叙事学是最具蓬勃发展力的文论发展方向。"中外文艺理论学会叙事学分会"自2007年以来连续主办了4届叙事学国际会议。越来越多的西方知名叙事学家都受邀参加在中国举办的学术活动，足见中国叙事学界的国际影响力和号召力正在大幅度提升，也能说明国际叙事学的中心正在逐步发生偏移。这无疑为中国学者在国际叙事学舞台上登场提供了契机，也使人们的视线逐渐转向东方，推动了中国叙事学的构建。

如果对目前叙事学发展做一个总结，我们不难发现以下三个总趋势：第一，结构主义的"叙事语法研究"让位于后经典叙事框架下的"叙事语义研究"。叙事学在西方复兴的两大标志是后经典叙事学的"认知论转向"与它的跨学科趋势。虽然结构主义叙事学的语言学模式光华不在，但语言学方法并未退出历史舞台，在话语层面上从事叙事研究在学界中仍然有很多拥趸。第二，数字化时代叙事模式从纸质媒体转向电子媒体，传统的文学失去其统治地位，其领地在新媒体的压缩下逐步变小。世界范围内的叙事中心从"诗歌"转向"小说"再转向"镜头"。影视和网络媒体的份额越来越大，叙事的形式越来越多元。叙事越来越被认为是人类感知、体验和表达外部世界的主要方式。文学叙事与非文学叙事之间的界限越来越模糊。如何理解各个媒体"讲故事"的方式成为叙事学界的新命题。第三，随着中国综合国力的增强，汉语文学开始获得人们的关注，其叙事的独特性也开始被研究，中国学者开始梳理本土叙事传统。经典叙事学主要源于西方的叙事实践，而在全球化的背景下，这种一家独大的理论趋向正在悄然改变，中西叙事的传统和异同成为一个新的研究主题。

中国叙事学界出现了这样三个不容忽视的重要的理论发展方向：第一是与西方叙事学界深度对话。中国学者从西方文学研究中发现主要理论素材，由分析实践走向理论抽象，发掘新的理论增长点，构建新的理论话题，引领国际理论探讨。北京大学的申丹以近20年的深厚的理论积淀、文本细读的功底以及敏锐的理论视角，成为最受国际叙事学界认可的中国学者之一，近年来她参与了叙事学前沿问题的探讨，助力叙事学理论发展，或引发广泛的国际学术讨论，或提出新的理论构建的构想，西方学术界对其成就评价颇高。乔国强、尚必武、唐伟胜也是一批优秀的中青年学者，已打入西方主流学术话语圈，并与西方学界实现同步和平等对话。这些理论研究话题包括"不稳定的故事、事件研究""不可靠叙述的分类细化""叙事的伦理转向""可能的世界的叙事"等。第二是符号叙述学派，基于符号的普遍性，而将"叙事"概念拓展至"叙述"，并将其运用至各个领域。第三是基于中西叙事传统比较而不断梳理"中国叙事学"的命题。傅修延力图将中国叙事因素纳入叙事理论谱系，志在重新激活中国悠久的叙事传统；而赵宪章则试图跨越"图"与"文"两个截然不同的叙述方式，从中国古代到当代的图文关系史中，总结出图文关系理论。下文将主要评述各个方向的代表人物如申丹、赵毅衡和傅修延近期主要的学术贡献。

申丹提出了"双重叙事进程理论"，这是目前国际叙事学界最有热度的理论话题之一。她的学术创意使其成为国际叙事学界中相当有影响力的人物。世界知名期刊《文体》（Style）2021年春季刊特邀申丹以"'隐性进程'与双重叙事动力"为题撰写的目标论文（target essay），具有相当大的影响力。这次学术交流邀请9个国家共16位知名的叙事学学者参与其中。这是世界文学领域中的顶级杂志第一次以主题特刊集中探讨一位中国学者的理论创新。霍根（Patrick Colm Hogan）说："她（申丹）的任何新作都可能对叙事学研究做出颇有价值的贡献，其目标论文《"隐性进程"与双重叙事动力》也是如此。"①申丹所命名的"隐性进程"（covert progression），是指文学作品显性的情节发展之后，还有一股"叙事暗流"。这样的隐形进程与以往叙事学研究范畴内的情节是不同的。隐性进程一方面与情节发展并行，是完全独立运行的叙事进程；另一方面则在主题、人物和审美等层面上与情节形成互补、对立，甚至颠覆的关系。因此，申丹的"双重叙事进程"（dual narrative progression）或"双重叙事动力"（dual narrative dynamics）对传统叙事理念形成了重大挑战，开创了全新的文本理解视角和叙事分析模式。

申丹旨在破除自亚里士多德以来"唯情节发展论"的倾向，即情节发展是唯一的叙事运动。这一视野只突显了显性情节，而遮蔽了隐性进程。因此申丹也强调了隐形作者在文本诠释中的核心地位："任何单一作者（single-authored）的作品都只可能有一个隐含作者、一个作者主体。"②而她认为："只有摆脱传统的束缚，关注情节发展背后的隐性进程，才会看到一位隐含作者笔下两种叙事运动所体现的互为对照的作者立场和作者形象。"③文本阐释的关键并不在于读者的阅读能力。这意味着无论读者能不能发现隐形叙事，它都在那里，因为"作者一旦构建出隐性进程，它就诞生了，等待读者的挖掘。也就是说，隐性进程是否存在取决于作者的创作，而是否能被发现才取决于读者的阐释"④。申丹对叙事学的贡献源自她的文本细读功底，这使她的理

---

① 参见申丹：《叙事学的新探索：关于双重叙事进程理论的国际对话》，《外国文学》2022年第1期，第89页。

② 申丹：《叙事学的新探索：关于双重叙事进程理论的国际对话》，《外国文学》2022年第1期，第85页。

③ 同上。

④ 申丹：《叙事学的新探索：关于双重叙事进程理论的国际对话》，《外国文学》2022年第1期，第97页。

论有相当高的理论实用性,是真正从文学阐释实践走向理论构建的典范。

赵毅衡一反西方叙述符号学理论而开创出以符号叙述学为基础的广义叙述学。就符号叙述学的学理基础,可以这样理解:首先,叙述有着强大而且"无微不至"的渗透性,如今人类生活的各个层面都有叙述的痕迹。正是因为人类在各种社会和文化实践中从事叙述化的活动,叙述才得以弥漫了人类生活的方方面面。"科技"和"叙述"[1]是利奥塔知识谱系中对人类知识划分出的最大两类。詹姆斯·费伦(James Phelan)曾使用"叙事帝国主义"(narrative imperialism)[2]这一表述来说明媒体叙事领域向外扩张的规模和速度。毕竟时至今日,新的媒体形式层出不穷,无论是大众媒体(电影、电视等)、自媒体(微信、抖音、小红书等)、社交媒体(YouTube、Facebook和TikTok等),还是游戏等都在运用形式多样的叙述形式。其次,所谓"广义叙述学","就是各种体裁叙述的普遍规律研究"[3]。具体而言,赵毅衡的做法是在符号学的基础上,提炼这些或由文字或由图像或由声音所实现的叙述的普遍规律。从源头来讲,学者们不能否认叙述学与符号学的承袭关系,正如卡勒所说,符号学的一个重要分支就是叙述分析。[4]查特曼认为,"只有符号学才能解决小说与电影的沟通问题"[5]。要建设一门广义叙述学,符号学界抑或叙述学界的学者都无法单独完成任务。赵毅

---

[1] Jean-François Lyotard, *The Post-Modern Condition: A Report on Knowledge*, Manchester University Press, 1984, p. 43.

[2] James Phelan, "Who's Here? Thoughts on Narrative Identity and Narrative Imperialism", in *Narrative*, 2005, Vol. 3, pp. 205–210.

[3] 参见赵毅衡:《符号叙述学,广义叙述学》,《中国外语》2016年第2期。

[4] Jonathan Culler, *The Pursuit of Signs: Semiotics, Literature, Deconstruction*, University of Cornell Press, 1981, p. 186.

[5] Seymour Chatman, *Story and Discourse: Narrative Structure in Fiction and Film*, Cornell University Press, 1978, p. 2.

衡的学术背景是符号学,因此他有可能在跨越符号学与叙事学两门学科的基础上构建符号叙述学。赵毅衡用"叙述"代"叙事"的理由是:如果沿用"叙事"一词,就无法进行广义叙述学的讨论,因为"叙事"一词表明事件先于叙述,而赵毅衡认为只有被叙述的才能被赋予意义而成为事件,所以他认为"叙事"是因果倒置的错误说法。正因为如此,他认为应该使用能够更好地进行逻辑区分的"叙述"一词。在"叙述转向"(the narrative turn)的风潮之下,当代文化出现了所谓的"叙述化"。随着逐渐偏离了完全围绕小说展开研究的传统叙述学的研究范式,叙述学研究逐渐转向"后经典叙述学",这为创建一门广义的符号叙述学开疆拓土。而开创一个以符号叙述学为基础的广义叙述学绝非易事。当然,有一些理论家的理论构建已经接近符号叙述学,比如欧洲叙事学界早就开始讨论"自然"与"非自然"叙述的分界[1],这将最后导回对叙述本质的探讨。网络文化的兴起也呼唤"跨媒介叙述学"。[2]中国学者近年的贡献也不少,例如赵宪章关于图文叙述的研究、傅修延关于青铜器铭文与图案叙述的研究等。[3]因此,一门广义的对叙述体裁进行理论抽象的符号叙述学,在国内外学界中都已经萌发。在今天的叙事学界中,小说依然是最重要的叙述体裁,所以要建立一个一般化的、普遍性的可以运用于其他人文学科的叙述学,还需构建一个一般化的原理基础。赵毅衡认为可以将叙述放在人类文明的大背景下考虑,在广义叙述学建立之后,小说叙述学可以倒过来"比喻地使用(广义叙述学的)术语"[4]。而要实现

---

[1] Monika Fludernik, *Towards a "Natural" Narratology*, Routledge, 1996, p. 34.
[2] Marie-Laure Ryan, *Avatar of Story*, University of Minnesota Press, 2006, p. 9.
[3] 参见傅修延:《试论青铜器上的"前叙事"》,《江西社会科学》2008年第5期。
[4] [澳]莫妮卡·弗卢德尼克:《叙事理论的历史(下):从结构主义到现在》,收入[美]詹姆斯·费伦、彼得·J.拉比诺维茨主编:《当代叙事理论指南》,申丹等译,北京大学出版社,2007年,第40—41页。

这种学理上的转换，则首先要重新定义叙述，以拓展叙述的适用范围。将叙述做一个跨学科的拓展，前人已经做过很多尝试。海登·怀特（Hayden White）于1973年出版的《元史学：19世纪欧洲的历史想象》(*Metahistory: The Historical Imagination in Nineteenth-Century Europe*) 开创了用叙述化改造历史学的"新历史主义运动"。这样通过叙述来改造人文科学的其他领域的做法还在继续，其规模逐渐扩大化。心理学、教育学和社会学都开创了叙述化的研究方法。这要求不仅要有各种门类叙述特点的分析，而且必须有能提出总体规律的广义叙述学理论。

赵毅衡所谓的"叙述化"是指"在一个文本中加入叙述性，也就是把一个符号文本变成叙述文本"[①]。之后，赵毅衡拓展了"叙述化"的概念，将它表述为两个过程："（1）主体把有人物参与的事件组织进一个符号链。（2）此符号链可以被（另一）主体理解为具有时间和意义向度。"[②] 赵毅衡认为这个定义的关键点在于扫除叙述定义上的最大障碍，即叙述必须为对过去事件的重述。赵毅衡采用"叙述"一词的目的就是拓展被叙述的人物和事件的时间性。人物和事件不一定在过去，而是在叙述接收者的意识中被重构。叙述的时间及其意义"是阐释出来的，不是叙述固有的"[③]。如此一来就解除了柏拉图以降对叙述的最重要限定，这样各种叙述类型都可以被纳入叙述讨论的范畴。赵毅衡从这个基本点出发，对叙述行为做出细致的分类，第一是叙述的"虚构性与事实性"维度；第二是叙述的媒介（文字叙述、口头叙述、身体叙述和图像叙述）；第三是语态分类，包括陈述式（过去向度叙

[①] 赵毅衡：《广义符号叙述学：一门新兴学科的现状与前景》，《湖南社会科学》2013年第3期，第193页。

[②] 赵毅衡：《广义叙述学：一个建议》，《叙事（中国版）》2010年第2辑，第152页。

[③] 赵毅衡：《广义叙述学：一个建议》，《叙事（中国版）》2010年第2辑，第153页。

述)、疑问式(现在向度叙述)、祈使式(未来向度叙述)。每一种类型的叙述都能在三种分类所构成的三维坐标中找到一个位置。定义这个维度需要三个因素共同作用。赵毅衡的理论贡献为广义叙述学派构建了一个基本的分析框架。

赵毅衡的"叙述化"定义里提及"人物参与"也是十分重要的因素,如果排除了人物、事件这些符号的参与,那么关于科学、进化、公式、反应和功能的这些文本也能被视为叙述,那么"叙述研究就不再有与科学对立的人文特点,而人文特点是叙述研究的基础"[1]。赵毅衡认为人文特点是叙述的核心要素,是因为人的主观性是文本不确定性的源泉。正因为这种不确定性,读者才拥有理解人物行为的多重可能性。由此可见,符号学和叙述学的结合对两个学科来说都是很有革新意义的尝试,两个学科也因此被激活,焕发了生机,这为理解当代文化提供一个全新的视角。符号叙述学旨在在有明显叙述形态的传统题材如小说和电影中找寻新的共同特征,同时也探寻没有进入传统叙述学研究的叙述体裁如游戏、广告和新闻等是不是有一个共同学理基础。

了解西方是为了反观中国、了解中国。傅修延所秉持的"以西映中"的原则,其实是一种中西比较的视野。他主张参照西方叙事传统以了解中国叙事传统的发展,通过比较达到了解和反思自身。[2] 傅修延在其研究中所贯穿的问题有这样一些:叙事传统的定义、中西叙事传统的异同、中西叙事传统的比较研究的方法与路径、中国的叙事传统对叙事学研究的意义。这里最为核心的追问是:"中西叙事传统比较

---

[1] 赵毅衡:《广义符号叙述学:一门新兴学科的现状与前景》,《湖南社会科学》2013年第3期,第193页。

[2] 傅修延:《问题、目标和突破口:中西叙事传统比较研究谫论》,《外国文学研究》2018年第3期,第19页。

研究是否有利于叙事学成长为更具广泛基础的学科？"[1]为回答这个问题，傅修延作为比较文学学者做了长期的理论准备。他于1993年便承担了"比较叙述学"这一国家社科基金项目，旨在通过中西比较来考量我国的叙事传统，以构建一个更具普适性的叙事理论。傅修延认为中国是一个"叙事大国"，有着非常丰富和优秀的叙事传统，尤其是我们的诗体文学有着悠长的历史，因此我国文论主要以诗论诗学为主。明清以来逐渐出现了"诗消稗长"[2]的局面，甚至出现了金圣叹这样的小说评论家，足见当时叙事文学发展高度。金圣叹认为明清小说的成就完全可以与《诗经》这样的典籍相提并论。鲁迅和胡适是近现代文学叙事研究的先驱者，他们做出了一系列开拓性的工作。他们从研究小说开始，总结中国人的叙事经验。本研究在此基础上更进一步，将主攻对象扩大到包括神话、诗歌、小说、戏剧和民间叙事等体裁形式的叙事研究，对叙事思想和理论也有所涉猎。20世纪80年代以来中国叙事研究蔚为大观。陈平原在1988年率先提出"叙事模式"的概念标志着小说研究范式的改变。赵毅衡和丁乃通都在90年代出版过中西文学叙事比较的专著。新世纪以来已经有更多学者加入"叙事传统研究"和"中国叙事学"的讨论中。杨义在2009年出版了《中国叙事学》的图文版。董乃斌研究中国古典小说叙事传统，并于2017年出版了《中国文学叙事传统论稿》。傅修延通过梳理中国叙事学的研究史，认为这项研究在研究对象、研究方法上都有很大突破。他从视听的"路径依赖"来探寻中西之别的成因，并辨析中西视听文化差别影响下的中西叙事传统差异。这样的切入点无疑很有新意。傅修延反对用"科学"的方法研究叙事，认为"当今中国叙事学研究者应该守住人不等于机

---

[1] 傅修延：《问题、目标和突破口：中西叙事传统比较研究谫论》，《外国文学研究》2018年第3期，第20页。

[2] 傅修延：《从西方叙事学到中国叙事学》，《中国比较文学》2014年第4期，第15页。

器这条绝对底线"[①]，否则将"有可能陷入机械主义的泥淖，把人类充满灵气的精神驰骋等同于刻板僵硬的机械运动"[②]。

综上所述，第一种发展方向围绕文学特别是小说叙事，是目前参与研究人数最多的理论学派。其他两个方向已经偏离了文学叙事研究而转向其他媒体叙述或图文关系叙事等。这些研究的对象、方法、所依靠的学理以及研究的目标完全不同，呈现出非常丰富多元的态势，并以各自的方式展开中西对话。第一种模式旨在从对小说主要是西方小说的研究中汲取理论养料，进一步深化小说叙事研究。第二种则是走出小说叙事的拘囿，进一步探讨多元的叙述形式，并以符号为共同媒介来解析不同形态的叙事，成为一种普适性的叙事理论。这里并没有特别强调中西有别，而是发掘不同叙述形式的共同符号学基础。第三种则将中西叙事传统做比较，唤醒我国叙事的历史记忆和优秀传统，构建"中国叙事学"以区别于西方叙事传统，并试图标记中国叙事在世界叙事版图中的位置，这显然不是一项轻而易举的工作。从融入甚至主导西方学界的讨论或超越中西探寻叙事的共性到以中西对比为媒参与构建更有世界性的叙事理论，我国叙事学界优秀学人的成就令人赞叹。

第二节　文学伦理学批评

新世纪左右，伦理批评在西方学界逐渐式微，而文学伦理学批评却在中国成为一个重要的文学理论分支，在学界获得了相当高的认可度并迅速成长起来，发展为文学理论的中国学派，逐步为国际学界所认可。文学伦理学批评在中国兴起并逐渐蔚为大观，既有时代的机遇，

[①] 傅修延:《从西方叙事学到中国叙事学》，《中国比较文学》2014年第4期，第6页。
[②] 同上。

也是中国学人共同努力的结果。如果对其兴起、发展和兴盛的历程进行溯源，我们可以总结出如下几个原因。

第一，随着后现代文化理论式微，中西学界回归对文学本体论的强调。列维纳斯（Emmanuel Levinas）等哲学家对"他者"多义性的强调，带来了欧洲和世界后现代伦理转向，提升了"他者"在哲学话语中的地位，催生了后现代伦理阐述。这些思想随着20世纪60年代运动的浪潮逐渐席卷了整个西方世界。[①]这种"他者"思维旨在提升各个领域中"他者"的地位，包括边缘人群、少数族裔、女性和同性恋，当然也包括动物与机器等非人的"他者"。这些"他者"的设定以一个个假想式的霸权中心为敌，比如边缘对中心、少数对主流、同性恋对异性恋、有色人种对白色人种。这种"他者"与"霸权"的对立几乎主导了整个后现代文化意识形态。这种后现代式的伦理假设推动社会文化趋于平等多元的同时，也带了一系列负面倾向，比如文化相对主义、虚无主义、民粹主义和极端个人主义，使得社会各方势力愈发对抗。这些价值虚无、主张对抗和反智的文化倾向使得后现代主义在20世纪90年代末走到了穷途末路，而后现代的"他者"伦理当然也随之被质疑。这种"他者"思维被巴特、德里达、德勒兹（Gilles Louis Réné Delcuze）和阿特里奇（Derek Attridge）发扬光大，并拓展到读者和作者、读者和文本的关系之中去了。[②]在我国，后现代主义思想进入文艺理论学界最直接的表现形式是反本质主义。反本质主义的文学伦理学批评是一种对文学的本体、价值和意义的质疑。文学伦理学批评可以被视为对反本质主义的一种反拨，它已经超越了反本质主义对文学终极意义的解构，同样也克服了后现代的价值相对主义，强调

---

① 参见王嘉军：《列维纳斯与法国当代思想的"伦理转向"》，《哲学动态》2018年第9期。
② 参见王嘉军：《超逾本质主义与反本质主义：文学伦理学与为他者的人道主义》，《中国比较文学》2021年第4期，第35页。

文学的伦理意义和教诲功能。可见，在经历后现代主义风潮之后，中西学界都在呼唤价值中心的回归，也期待构建新的理论研究范式。

第二，中西学界推动伦理与叙事合流，使得文学的伦理批评具有更强的适用性。叙事和伦理两个领域都是目前理论学界的热门。叙述和伦理是什么关系？叙述侧重形式，而伦理则强调意识形态，两者的联袂可以使得文学批评能够兼顾形式和内容两个层面而更加完备。两者天然就是相互关联的：叙述中必然贯穿着人文伦理关注，叙述的要义也是宣扬道德意义；伦理的考量只有通过叙述才能以更加生动鲜活而不是僵化和教条的方式传播。早在1995年，牛顿（Zachary Adam Newton）在其著作《叙述伦理》中已经提出叙述和伦理的联袂。[①]叙述和伦理可以被视为同一个转向的两个方面。我国学界也一直将叙述和伦理的合流作为一个重要的理论发展方向。这种相互映照、交流和相互成就的理论发展态势使得目前的文学伦理学能够整合两个理论流派的优长而成为一个更具综合性与适用性的理论方向。

第三，伦理学在中国崛起是时代赋予中国学界的机遇，更是中国优秀学者努力的结果。20世纪80年代末，西方主要是英美的文学伦理学批评在后现代语境下重新获得发展，一方面理论家们试图规约伦理批评的范畴和范式；另一方面他们也逐渐摆脱了纯道德训诫的禁锢，转而从文学文本在审美与伦理层面上的互相印证与交融入手来展开分析。[②]学界对大屠杀的"悲悼叙事"的过度强调使得伦理批评始终禁锢在他者伦理和价值相对主义之中。因此西方学界在伦理批评领域中有诸多流派和分支，发展并不均衡，没有形成一个或几个相对集中的研究范式。我国学者在近20年间不断努力，集中多方学术资源建立了

---

① Zachary Adam Newton, *Narrative Ethics*, Harvard University Press, 1995.
② 参见韩存远：《英美文学伦理批评的当代新变及其镜鉴》，《文学评论》2021年第4期，第86页。

一个文学伦理学批评的话语体系,并不断与时俱进,拓展其理论的适用性,不仅系统厘清了理论的源头和发展,也构建了日趋成熟的术语与范式。我国文学伦理学批评有一个相当大规模的学术团队在不断吸引新生力量,扩充学术研究队伍,并逐渐将叙事学发展为中国文论界的"显学"。

聂珍钊的文学伦理学研究是我国伦理批评的集大成者。聂珍钊于2004年在学术会议上初步提出了文学伦理学批评的理论构想。[①]之后他的会议发言被整理成文,以《文学伦理学批评:文学批评方法新探索》为名首发于《外国文学研究》杂志2004年第5期上,成为第一次在我国明确提出文学伦理学批评方法的文章。文章对文学伦理学批评的理论基础与思想渊源、批评的对象和内容、意义与价值等问题进行了论述。聂珍钊在2014年出版的《文学伦理学批评导论》[②]中系统梳理了他自2004年以来的最重要的学术成果。此书吸取了西方伦理批评的研究成果。他详细梳理了从古希腊以来西方伦理批评的道德传统和道德批评,也回顾了中国学界对伦理批评的接受历程。他解析了关于文学起源的误读,并厘清了审美和伦理在文学理论话语中的区别与联系。在此基础上,他提出了"脑文本""斯芬克斯因子"等重要的学术概念。之后,他在"自然选择"和"伦理选择"的概念中加入了"科学选择",将其拓展为"文明三段论",也借此融入了对于人工智能的讨论,以构筑更加全面的、具有前瞻性的理论体系。基于"脑文本"的文本观使得文学伦理学讨论回归对文学文本本原和文学作者构思的讨论;而以伦理教诲为目的的文学观,则是对后现代主义价值虚无的一种有力反驳。这一系列的理论构建已经形成了一个清晰的理论核心,

---

[①] 即2004年6月在南昌召开的"中国的英美文学研究:回顾与展望全国学术研讨会",以及该年8月在宜昌召开的"剑桥学术传统与批评方法全国学术研讨会"。

[②] 聂珍钊:《文学伦理学批评导论》,北京大学出版社,2014年。

并且以开枝散叶的形式逐渐形成颇有独创性的理论和话语体系。同时，聂珍钊的文学伦理学批评也更加主张回到文本，着眼于文本细读，结合叙事学的一些具体文本分析策略，积累了大量的文学分析案例，使得这个学说以其旺盛的学术活力逐渐广为传播和使用，成为在国际学界中成功树立的中国学说的一个典范，有着越来越大的国际影响力。聂珍钊用新的对外传播的方法着力打造了融会中西的理论范畴、研究范式以及表达方式，以推动中国的文学伦理学批评在国际上获得更大的话语权。同时，聂珍钊所带领的研究团队常年笔耕不辍，在国内和国际上都发表了一批优秀的期刊论文，逐步将其理论的影响力从国内学界拓展到国际学界，并用国际会议和研究中心的组织形式网罗了一大批优秀的、极具潜力的学者，不仅综合了中西两个理论学派，也跨越了古今。今天有不少中国文论研究专家进入对"脑文本"的讨论中来，也激活了中国古代文论的现代转换研究。综上所述，文学伦理学批评之所以能够异军突起，成为中国学术"走出去"并获得国际学术话语权的范例，主要是因为它具有一系列系统的理论准备，奠定了坚实的理论基础。无论是统一的清晰的学科范畴，还是伦理与叙事结合的研究范式，抑或是卓有成效的传播方式，以及高屋建瓴的学科理想，都使得文学伦理学研究具备了独创性和发展的可持续性，已经掌握了国际学术话语的主动权，对于提升中国的文化软实力做出了应有的贡献。[①]可以说，文学伦理学批评是中国学术"走出去"及获得国际学术话语权的成功范例。田俊武认为2004年以后的15年间，聂珍钊的学术贡献已经在中国和其他国家中得到了广泛的接受。[②]作为国际比较

[①] 参见苏晖:《学术影响力与国际话语权建构：文学伦理学批评十五年发展历程回顾》，《外国文学研究》2019年第5期。

[②] Tian Junwu, "Nie Zhenzhao and the Genesis of Chinese Ethical Literary Criticism", in *Comparative Literature Studies*, Vol. 56, No. 2, 2019, p. 413.

文学界顶刊的《阿卡迪亚》(Arcadia)在2015年推出"文学伦理学批评：东方与西方"的专辑，足以展现聂珍钊文学伦理学批评的国际认可度。由欧洲学术院院士约翰·纽鲍尔(John Neubauer)为代表的杂志编辑部发表开篇社论，高度评价聂珍钊文学伦理学批评所获得的成就，他认为其文学伦理学批评理论所涉及的文学作品内容丰富、范围广阔，令人震惊。虽然文学研究的伦理视角是西方学界的传统研究重点，但聂珍钊教授能够在传统上获得新的突破，找到了所谓的"伦理缺位"，并填补了形式主义批评、文化和政治批评中的缺失，用全新的方法论，奠定了文学的基本功能是伦理教诲的理念。这种教诲并不是一种主观的道德批评，而是基于文本细读对文本伦理观念的客观表达。①著名的斯洛文尼亚文学理论学者托莫·维尔克(Tomo Virk)认为，在今天理论之后，文学批评仍然没有以人为核心，而只专注于文本和文本细读，而聂珍钊的文学伦理学批评范式则是最为完整、系统的和最具人文性的研究范式。②无论是广泛和深入的学术交流，还是高水平的国内外学术发表，抑或是高端的学术会议与学术组织，文学伦理学批评都在持续扩大自己的学术影响力并巩固学术成果。

如果对聂珍钊的学术成就做出归纳，可以归结为以下几个层面。第一，聂珍钊对"脑文本"的研究可以被视作在文学理论界声势浩大的反本质主义之后对文学本体研究的理性回归。文学伦理学的学术成就首先是强调对文学文本的研究，其实也就是回归对文学本体的研究。"脑文本"的研究旨在回归对作家的心路历程和创作过程的研究，这无疑是颇具挑战又有创新意义的研究领域。这项研究也可以对文学作品

---

① Arcadia Editors, "General Introduction", in *Arcadia: International Journal of Literary Culture*, Vol. 50, No. 1, 2015, p. 1.
② 转引自苏晖：《学术影响力与国际话语权建构：文学伦理学批评十五年发展历程回顾》，《外国文学研究》2019年第5期，第46页。

中的人物的心理状态和精神状态展开"脑文本"分析，无论是作品中的心理描写、独白还是抒情部分，都可以展开这样的分析。如果回到文本内部研究，那么"脑文本"的概念可以助力对人物伦理选择的研究，比如作品中人物在不同的身份、语境、环境和背景下做出某种伦理抉择的原因，还原这一抉择的过程、结果，最后对这一抉择所产生的教诲意义做出分析与评价。如果对文本外部因素展开研究，那么就可以对作家创作过程中的伦理抉择做出研究或对作家展开伦理批评研究，包括作家如何在作家、读者、评论者以及书中人物等不同身份中选择和转换。[1]这可以是作者创作时对人物的安排，也可以是作者将自我伦理价值带入文本，甚至是作为一个事件旁观者，展开伦理评价。这些不同视角可以结合文本中的叙事情形对文本的伦理取向做出不同角度的综合分析。这种覆盖文本内部和外部、文本形式和内容、文本细节与价值取向的全方位研究可以在"脑文本"的概念下得到整合。这无疑拓展了文学文本的研究，使得这样的研究更加深入也更具现实意义。

第二，文学伦理学批评引领文学研究回到价值本体。聂珍钊也引领世界伦理研究从后现代的伦理相对主义回归对文学价值的追寻。著名文学理论家威廉·贝克（William Baker）曾在《泰晤士报文学增刊》（*The Times Literary Supplement*）上应邀推荐中国的文学伦理学批评研究。他心怀对中国当代建设所取得的成就的敬意，肯定了聂珍钊的理论突破与中国国情的密切关系。他认为习近平主席提出的中国梦在很大程度上是对工业化、商业化和享乐主义所产生的社会问题的一种正向的引导。而聂珍钊的"文学伦理学批评可以看成知识界对此号召作出的回应，这不仅是对一种政治号召作出的回应，也是对一个被工业

---

[1] 参见杜鹃：《从脑文本谈起——聂珍钊教授谈文学伦理学批评理论》，《英美文学研究论丛》2018年第28期，第5—6页。

化和商业化所主导的时代作出的反应"①。这同样也是对后现代主义之后文化和学术领域中的一种价值与意义缺位的反拨。正如聂珍钊所说："文学的核心价值不在于为人类提供娱乐，而在于以娱乐的形式为人类提供教诲，即为人类提供正确认识生活和社会的各种有益知识，为人类的自我完善提供丰富的生活经验，为人类从伦理角度认识社会和生活提供不同的生活范例，为人类的物质生活和精神生活提供道德启示，为人类的文明进步提供道德指引。"②

第三，文学伦理学批评推动了文学研究范式上的诸多复兴和创新。如前所述，无论是通过"脑文本"回到作者意图的主张，还是对文本细读的回归，抑或是伦理与叙事结合的研究方法，文学伦理学批评既固本守正又锐意进取，使其发展获得了大量的文本支持和丰富的理论指引。聂珍钊对美学与伦理学关系的论证也有重要的文学研究范式意义。他并非主张取消文学的审美特性，而是将伦理定义为文学的基本功能。"文学的审美只有同文学的教诲功能结合在一起才有价值，这种价值就是伦理价值。"③文学的审美是感性认知，而只有上升到文学伦理学批评才能够获得文学的理性认知，也因此才能完成对文学的总体认知。这种清晰划分审美和伦理批评主次的做法也使学术界对两者孰轻孰重的争论得到了一个合理的解决方案。除此之外，文学伦理学批评在借鉴西方伦理批评和中国道德批评传统的基础上，构建了新的文艺批评范式。在聂珍钊的理论轨迹中，我既能看到西方伦理批评的传统和承袭，也能觅到从中国志怪小说与古典小说到五四新诗中的伦理演变，这种既借鉴西学精华又突破西学藩篱的做法，是中国文论构建

---

① William Baker and Biwu Shang, "Fruitful Collaborations: Ethical Literary Criticism in Chinese Academe", in *The Times Literary Supplement*, Vol. 7, No. 31, 2015, p. 14.
② 聂珍钊：《文学伦理学批评：论文学的基本功能与核心价值》，《外国文学研究》2014年第4期，第9页。
③ 同上。

的典范。与此同时，聂珍钊回归中国文学现实，发掘传统文艺中的理论因素和理论承袭，在新时代创建了既属于中国又兼容并包的批评与学术话语。在这样宽厚的基础之上，不断有国内外的优秀学者加入进来，将各个学科的知识融入文学分析和文学研究中，构筑了文学的跨学科研究范式。近年来，无论是心理学、人类学、哲学、社会学、法学等人文学科的学者，还是计算机科学和神经认知等学科领域的学者，都不断加入对于伦理批评的讨论。而围绕"伦理"这个共同主题，也有源源不断的学术跨界合作的可能性，这种倾向可以被视为"文学伦理学批评的跨学科转向"。这些研究都极具潜力，为文学的"大学科"研究提供了切实可行的路径。

当然对于文学伦理学批评也有一些不乏中肯的批评。韩存远认为文学伦理学批评的理论构建有公式化、程式化的倾向，一些运用理论进行文学批评的论文往往专注于在文学文本中找寻一些对应的理论术语，但对于伦理批评的理解较为浅显，并不能为文学伦理学批评的进一步发展提供助力。[①]另外文学伦理学批评对于"科学选择"的定义模糊不清，如果仅仅将"科学选择"完全区别于今天的"伦理选择"，认为两者具有截然不同的选择标准，忽视以人为中心的伦理选择，那么会使得文学的伦理批评在人工智能的"奇点"时代失去对这一科技发展的危险性的反思、批判和预警的能力。

第三节　生态批评到生态美学

20世纪60年代在西方萌芽并蓬勃发展的后现代主义，推动了西方学界对工具理性进行反思，对霸权中心以及二元对立进行解构。国内

[①] 参见韩存远：《英美文学伦理批评的当代新变及其镜鉴》，《文学评论》2021年第4期，第93页。

的生态批评发端于对西方生态批评的研究,尤其是其思想渊源与发展历程。美国学者鲁克尔特(William Rueckert)首先在1978年发表的论文《文学与生态学:一次生态批评实验》("Literature and ecology: An Experiment in Ecocriticism")中提出了"生态批评"一词并对其进行阐释。①生态批评将生态学融入文学批评中,主张批评家应该具备生态学的跨学科视野。具体而言,文艺理论家的任务是"构建出一个生态诗学体系"②。王诺这样定义生态批评的主要目的、任务、研究范围、批评对象以及主要特征:生态批评是"在生态主义,特别是生态整体主义思想指导下探讨文学与自然之关系的文学批评";生态批评兼有两种视角,既可以是对有关生态状况的特定文学的批评,也可以是从生态视角对所有文学中的生态内容的批评。③生态批评旨在评析涉及生态话题的文学作品所包含的生态思想;审视、批判并反思现实;挖掘产生生态危机的社会、历史和文化根源;探讨人类的生态智慧,唤醒人类的环保意识,为人类与自然的和谐共存以及人类的可持续发展提供精神和哲学层面上的支持,重铸一种新的以生态平衡和物种平等为核心理念的生态人文精神。同时生态批评也可以从生态视角解读文学、评价文学作品的生态审美取向及其艺术表现力。生态批评往往从生态视角重新梳理文学经典和当代文学理论中的生态理念,以期突显以往的批评家所忽视的自然与人的关系,从人类文明永续留存的视角审视现实到精神层面的人类生存现状,其核心关注人与自然关系的重塑。④生

---

① 1992年美国"文学与环境研究学会"(ASLE)在西部文学学会的年会上成立,是生态文学研究成为重要理论学派的标志。其宗旨是促进涉及思考人类与自然界之关系的文学的思想与信息的交流,同时鼓励新自然文学作品的创作以及各种环境文学的研究与跨学科的环境研究。
② 参见王诺:《生态批评:发展与渊源》,《文艺研究》2002年第3期。
③ 王诺:《欧美生态批评:生态文学研究概论》,学林出版社,2008年,第67页。
④ 参见党圣元:《新世纪中国生态批评与生态美学的发展及其问题域》,《中国社会科学院研究生院学报》2010年第3期,第118—119页。

态批评之所以在20世纪60年代西方萌发并逐渐影响中国学界，直到今天在东西方蓬勃发展、蔚为大观，主要有以下几个原因。

第一，生态批评发端于生态危机。生态话题在20世纪60年代的西方逐渐成为重要的社会话题之一。20世纪60年代西方资本主义国家频发的环境问题和生态危机迫使人们越来越深刻地反思其生存方式与思维方式。1972年在瑞典的斯德哥尔摩举行的联合国人类环境会议，是首次将环境问题作为主要议题的世界会议，"人与自然的共生"从那时起逐步成为各国人民的共识。2015年，200个缔约方在巴黎气候变化大会上一致同意通过《巴黎协定》，标志着人类携手共同应对全球气候危机。时隔近60年，人类所面临的生态危机越演越烈，人类还需要共同应对消费主义社会所带来的价值危机和精神危机。多重危机使得生态批评的研究范畴逐步扩大，其涉及的领域逐渐从有形的现实危机拓展到无形的精神危机。

第二，生态批评继承了后现代主义的去本质主义、去中心化，消解了二元对立的时代精神。顺应20世纪60年代的后现代主义思潮，生态批评应运而生，其核心思想就是去除"人类中心主义"并消除人与环境的对立。生态学在后现代萌起并蓬勃发展，其旨在弥合人与自然的分裂，将两者整合为有机的整体，在两者之间构建一种良性循环。后现代主义框架下的生态批评是对"人类中心主义"传统的挑战。而是否去除"人类中心主义"，以及以何种方式去除"人类中心主义"，往往是生态批评争议的核心。生态批评流派繁多。比如20世纪90年代，美国的生态批评流派强调通过文学和文学研究将读者带回自然之中，以期改变当时在文学研究中仍占主流的"人类中心主义"立场。取而代之的"生态中心主义"将包括文学艺术在内的文化生态[①]纳入

---

① 所谓"文化生态"包括人类适应环境而创造出来并身处其中的历史传统、社会伦理、科学知识、宗教信仰、文艺活动、民间习俗等。

其批评的范畴。所谓"文化生态"就是人类文明在一定时期内形成的生活方式与观念形态,"是以往全部世界历史的产物"①,它们都是文化生态批评的研究范畴。西方生态批评经历了这样几个发展阶段,即从现代主义的"人类中心主义"到以"生态中心主义"为核心的环境美学再到今天的"生态人文主义"与"生态整体主义"。生态批评也走过了现代、后现代以及后现代以后几个重要的理论阶段。

第三,生态批评领域的中西文化的对话不断加强加深。中西文明在生态文明和生态批评领域中的对话不仅仅是农业文明与工业文明的对峙,更是哲学思维方式的碰撞。中西之间在生态美学领域之所以能够形成跨文化对话,既是由于两者在生态文化领域中具有共同性,同时也是由于两者在文化理念上具有相异性。共同性使得两者在生态文化领域中具有共同感兴趣的话题,相异性则使得两者具有跨文化对话的空间。②西方学者逐步意识到"自然美"在哲学体系中的作用,这与中国学者殊途同归、不谋而合。赫伯恩(R. W. Hepburn)在1966年发表的《当代美学及其对自然的遗忘》("Comtemporary Aesthetics and the Neglect of Natural Beauty")一文中,认为分析美学对于"自然美"的轻视,使得西方学界长期将审美之中的人与自然置于敌对和对峙的状态,他力图唤醒西方美学界对"自然美"的重视,提倡在审美层面上人与自然的融合。关于生态和环境的话题由西方话语中心走向东西方平等对话,是东西方最容易达成共识的话题,也是当今时代的人趋势。

第四,生态批评是跨学科和跨文化研究的典范,为文学研究提供了未来发展方向。生态批评是一种思想风潮或运动,也可以被视为一

---

① 参见张皓:《生态批评与文化批评》,《江汉大学学报(人文科学版)》2003年第1期。
② 参见曾繁仁:《跨文化研究视野中的中国"生生"美学》,《东岳论丛》2020年第1期,第100页。

种新型文学理论或文学研究的方法论。生态批评的评判能力是从文学批评中获得的，借此实现了对现实危机的批评和反思。生态批评同时又有超越文学批评、实现跨学科结合的巨大潜力。生态批评可以与其他学科如可以被归为人文的哲学、社会学、政治学、伦理学和文化学，以及可以被归为科学的地理学、环境学和生物学等相结合，以产出交叉学科的研究成果。①厄休拉·海斯（Ursula K. Heise）作为环境与可持续发展研究所的研究员于2017年出版了《比较文学的未来：美国比较文学学会学科状况》一书。她认为生态批评在过去的几十年间不仅仅在人文和社会科学领域中获得了越来越重要的地位，甚至也将其研究对象拓展到动物、环境与气象。文学的生态批评学者获得了与地理、历史、人类和环境学者交流的越来越多的机会，这本身就是比较文学研究的范畴。批评家们从生态视角"审视文化、社群、政治、语言、意义、记忆、叙述、权利和自我等概念，超越它们纯粹的人类含义"②。

生态美学的产生是构筑在文学生态批评的基础之上的。关于生态美学，有狭义和广义两种理解："狭义的生态美学仅研究人与自然处于生态平衡的审美状态，而广义的生态美学则研究人与自然以及人与社会和人自身处于生态平衡的审美状态。"③文学的生态批评为生态美学的产生提供了丰富的文本、理论和哲学资源，推动它逐步成型，而生态美学的发展则反向促进了文学的生态批评方法与内容的改变。④在全

---

① 参见党圣元：《新世纪中国生态批评与生态美学的发展及其问题域》，《中国社会科学院研究生院学报》2010年第3期，第117页。
② Ursula K. Heise ed., *Futures of Comparative Literature: ACLA State of the Discipline Report*, Taylor & Francis, 2017, p. 299.
③ 曾繁仁：《试论生态美学》，《文艺研究》2002年第5期，第11页。
④ 曾繁仁、刘艳芬：《建设富有中国文化元素与中国文化之根的生态美学——曾繁仁教授访谈生态学与文化研究》，《中外文化与文论》2022年第51期，第244页。

球化、工业化、商业化和消费文化的背景下产生了生态美学思想，这是崭新的人类存在观。这一理想化的概念倡导人与社会、自然甚至是宇宙万物和谐共处，在不同的背景下构筑生态的动态平衡。这是一种和谐的、统一的、温和的、相互理解和实现和解的生态审美状态的存在观。这绝不是一种乌托邦式的幻想，而是一种理想的审美状态；这不是不可实现的，而是应该在全人类的共同努力下逐步成为现实。秉持生态美学的批评家应该将构建新时代人文精神视为己任，对当下严重威胁人类生存的社会、自然和精神状态都应该有所阐发，逐步唤醒人类对不美好的、危机重重的生存状态的批判意识。因为生态危机不仅仅是简单的环境危机，也是霸权肆虐、消费文化本位和市场本位所带来的危机，也是现代主义还未消退的唯科学与技术至上等进步论所导致的危机，更是一场将物质价值置于精神价值之上的道德危机。这不仅仅是每个个体的危机，更是全人类的生存危机。生态批评无疑是人文学者最重的和最有现实意义的社会任务，也是东西方最有可能打破意识形态的偏见，获得广泛共识，并携手让人类得以永续发展的一个契机。借此，不同观念的人们可以在构筑共同的自然家园与精神家园的基础上进行一次最有意义的对话，并携手合作。

中国在20世纪80年代开始译介欧美生态哲学和伦理学的理论。从20世纪90年代中期到21世纪初期，具有中国特点的生态美学才开始逐步成型。中国学者逐步开始了自己的生态美学研究，王宁于2005年提出的"文学的生态环境伦理学"[1]和王岳川在2009年提出的"对文艺自身生存状态研究"[2]都是借生态批评构建中国文论的大胆尝试。新世纪伊始，在中西理论的碰撞下，曾繁仁、鲁枢元、曾永成、徐恒醇、程相占、王诺等一批优秀学者以山东大学为理论基地展开了生态批评和

---

[1] 陈众议：《当代中国外国文学研究》，社会科学出版社，2010年，第361页。
[2] 同上。

生态美学的研究。他们形成合力，共同促成有中国特色的生态美学和文艺学的研究体系，并使其成为中国文论研究中的热点问题，具有相当强的独创性与前沿性。2018年以来，习近平提出"美丽中国"的生态文明思想，高屋建瓴地指出中国话语体系下的生态美学发展路径，将生态美学发展推向了新的理论与现实高度，从国家大政方针的高度推动生态文明建设。习近平倡导将"人与自然和谐共生"作为生态文明的核心，通过倡导人与自然的和谐相处，克服偏重马克思主义生态观的人类利益的局限性。在这一思想的指引下，中国学者不懈努力，将中国生态美学构建成为文艺理论界中相当具有发展潜力的理论流派。这一流派将有希望成为与英美分析哲学、环境美学与欧陆现象学、生态美学比肩的生态美学流派。

几场重要的会议展现了我国生态美学从国际交流到自我构建的发展路径。自2001年在西安举办了首届"全国生态美学学术研讨会"后，2011年山东大学文艺美学研究中心和山东大学生态美学与生态文学研究中心联合主办了"建设性后现代思想与生态美学国际学术研讨会"，邀请了美国的著名学者大卫·格里芬（David Griffin）以及后现代研究方面的其他主要学者，标志着生态批评和生态美学领域中的国际交流进一步加深了，我国学者的研究具有了一定的国际知名度。这次会议推动生态美学研究从后现代式的解构主义思维逐步迈向后现代以后的建构思想。2015年，山东大学文艺美学研究中心主办了"生态美学与生态批评的空间国际研讨会"。2019年，山东大学文艺美学研究中心召开了"理解与对话：生态美学话语建设国际学术研讨会"，更多的国内外学者参与理论共建。这些会议具有一定的广度和深度，扩大了中国生态美学研究的国际影响力，逐步推动了中国生态美学研究的逐步深入，培养了一批极有潜力的学者。曾繁仁、鲁枢元等著名学者推动生态美学从"小生态"进入"大生态"研究，着力于构建中国生态批评和美学的原则、观念以及发展范式与路径等，逐步开展了具备宏观与微观、体统化与深入化的研究，成果斐然。本章将主要辨析曾繁仁的"生生美学"和鲁枢元的"精神生态"概念，并解析两者之间的区别与联系。

著名美学家曾繁仁是当代中国生态美学的奠基人之一，被誉为"生态美学研究领域最有原创精神和学术影响的学者"[1]。曾繁仁认为他最初成为生态批评者的动机是20世纪90年代末因发展经济而诱发的严重环境问题。自2001年在西安参加"全国生态美学学术研讨会"后，他决心投身于生态美学研究。[2]他认为生态美学是"后现代语境下崭新的生态存在论美学观"[3]。自此，他开始致力于构建以国家的生态文明理论为指导的存在论美学；2017年以后，为弘扬习近平提出的"文化自信"思想，他发掘中国传统文化中的生态文化因素，构建"生生美学"的生态美学概念。曾繁仁批判地吸收了东西方理论传统的优长。他的生态美学观有这样几个理论源泉：最核心的内容，即其哲学理论基础是马克思唯物实践存在论哲学；阿伦·奈斯（Arne Naess）的"深层生态学"和海德格尔的当代生态存在论哲学也为他提供了丰富的学术养料。曾繁仁认为其生态美学思想实现了包括哲学基础、审美对象、自然审美、审美属性、审美范式、中国传统美学的地位等多层次的突破，具体包括五个方面的内容：从哲学基础而言，其存在观是对海德格尔在阐释《追忆》时所强调的存在论哲学观的继承和发展，其所倡导的生态美学从认识论到存在论、远离人类中心主义的桎梏而逐步偏向生态整体的概念；就审美对象而言，除了自然审美，他认为生

---

[1] 曾繁仁、刘艳芬：《建设富有中国文化元素与中国文化之根的生态美学——曾繁仁教授访谈生态学与文化研究》，《中外文化与文论》2022年第51期，第240页。

[2] 同上。

[3] 曾繁仁：《生态美学：后现代语境下崭新的生态存在论美学观》，《陕西师范大学学报（哲学社会科学版）》2002年第3期，第14页。

态美学还应该包含艺术与生活审美；就自然审美的突破而言，他主张克服著名的"自然的人化"的理念，而建立一种自然与人和谐共生的关系；他也吸取了海德格尔的"天地神人四方游戏说"，借此走出了对科学技术的偏执，展开对"诗意地栖居"的阐释；就审美属性而言，他认为应该突破康德的超功利、无利害审美观念，即仅仅重视视听感官而忽略嗅觉和味觉等其他感知方式；就审美的范式而言，曾繁仁提出了诗意栖居、家园意识、场所意识、四方游戏等一系列美学思维范式。[①]他试图在中西文化比较、交流和互鉴之中，找到中国文化之根，在生态美学研究中发掘中华文化独有的价值与魅力，给世界带来新的启示，构造各国学者都能理解和认可的审美理念，为推进人类文明进步做出中国人的贡献。

中国传统文化中到底有没有生态美学的理念？这个问题一直困扰着中国学者，也推动中国学者不断从民族文化之中找寻生态文明和生态美学的踪迹。曾繁仁认为中国古代始终没有一个外在于人的"环境"的概念，而"人"与"天"始终是一个合一的整体概念，"天人合一"这种亲和自然的文化对中国来说是一种"原生性文化"[②]而不是一种西方式的反思型文化。中国原生性的"天人合一"的文化中产生了一种自然生态的艺术，而中国古代审美与艺术就是基于这样的自然生态理念。他的中国传统生态美学研究有这样几个重要阶段：第一阶段是从2001年开始吸取道家思想，研究中国古代典籍如《易经》《诗经》以及国画中所蕴含的哲学思想和生态审美理念；第二阶段比较中西生态文化差异，尤其聚焦"环境"与"生态"美学的区别，描述中国美学的艺术呈现，定位中国传统生态美学的特征，发掘中国传统生态美学

---

① 参见曾繁仁：《中国美学在世界美学场域中的"缺席"及其解决路径——对刘康教授"西方理论的中国问题"之回应》，《山东社会科学》2022年第4期，第242页。

② 曾繁仁：《跨文化研究视野中的中国"生生"美学》，《东岳论丛》2020年第1期，第100页。

的价值;第三阶段则是系统论证"生生美学"的来源,辨析其内涵,并揭示其对当代生态美学的发展的重大意义。

曾繁仁学习了方东美的"生生之美"①,抓住了"生生之美"即生命之美的核心;认为用它来描述中国传统艺术的特征是贴切的,是最能代表中国生态美学精华的概念;用"生生美学"思想可以使生态美学研究实现中国化,并以其为基础构筑具有中国特色的生态美学理论体系。"生生"概念有着博大精深的内涵,被众多学者视为儒家乃至中国传统文化的中心理念。"生生"是最能代表"天人合一"的生态审美智慧的古典词汇。②"生生"两个字意义不同,前一个"生"字是动词,指创生;后一个"生"字是一个名词,意指生命。二者合一,指的是"生命的创生"。③作为一名真正融贯中西的学者,方东美将本体论与价值论统一,独创性地提出了中国传统哲学生命本体论。他所秉持的生态观的核心是"万物有生论",他说:"中国人的宇宙观不是机械物质活动的场合,而是普遍生命流行的境界。"④在这样的宇宙之中,生命是贯通流动的,它自身便具有向善的精神气质,也具有创生才能,这种"向善"和"创生"使其"不致为他力所迫胁而沉沦",也正因为如此,"生命前途自有远大希望,不致为魔障所痼弊而陷溺"。⑤在他看来,与希腊艺术只关注孤立的生命不同,中国艺术关注的是一种"生命之美,及其气韵生动的充沛活力","是注重全体生命之流所弥漫的灿然仁心与畅然生机"。⑥方东美的"生生美学"融合了儒家、道

---

① 目前关于中国传统美学的研究还有多种尝试,例如著名的"美在意象""中和之美""意境"等。
② 《周易·易传》所说的"生生之谓易""天地之大德曰生"等。
③ 曾繁仁:《跨文化研究视野中的中国"生生"美学》,《东岳论丛》2020年第1期,第101页。
④ 方东美:《中国人生哲学》,中华书局,2012年,第18页。
⑤ 同上书,第43页。
⑥ 同上书,第202页。

家与中国大乘佛学等学说的最本初的理论,将中国文化视为本体,诠释了"万物有生"的含义,弘扬了创生、向善、流动、坚韧和无声之美,对中国人的人生、艺术与社会理想都进行了意蕴丰富的阐释,为其研究提供了丰富的学术养料。曾繁仁对方东美的"生生美学"思想探索、整理、深入并逐步系统化,力图建立融贯古今中西的"生生美学"体系,推动生态美学的中国学派走向世界。

曾繁仁从2017年起系统构建"生生美学"[①]的概念,发表了一系列颇有学术影响力的论文,并将其思想精华在2019年汇集成《生生美学》一书。该书从文化、哲学、美学和艺术审美等角度全面分析与论述了生态存在论美学、"生生美学"的内涵及其艺术呈现。该书上下两编的内容各有侧重。上编涉及"生生美学"产生的哲学与美学背景、诠释其丰富内涵以及艺术审美范畴,主要从中西文明、哲学和美学比较等层面,在人类文明的大框架下论述了"生生美学"的传统与现代价值。下编则探究"生生美学"在中国音乐、诗歌、书法、绘画、园林等艺术形式中所呈现出来的精神意蕴。无论是汉画像石、敦煌壁画,还是明清志怪小说,抑或是当代书画,该书都以极为丰富多元的素材全面而深刻地展示并解析"生生美学"在中国艺术文化传统中的表现。借此,我们大可以回应黑格尔和鲍桑葵(Bernard Bosanquet)等人认为中国传统美学与艺术缺乏理性和逻辑的评断仅为一家之言。[②] 总之,

---

[①] "生生美学"概念一开始由程相占提出,但其研究主要集中在生态美学与环境美学,暂未进一步推进生生美学研究。参见刘欣:《程相占二十年生态美学研究评述》,《名作欣赏》2022年第36期,第43页。

[②] 黑格尔认为中国传统美学中的理性精神没有得到充分的发展,只能归为前美学时期的"象征型"阶段。美学史家鲍桑葵则认为,中国古代"这种审美意识还没有达到上升为思辨理论的地步",参见[英]鲍桑葵:《美学史》,张今译,商务印书馆,1985年,第2页。牟宗三则认为中西两方有两种不同的思维与逻辑模式,中国的"存在的思维"是一种真切的人生的生命的哲学与美学,参见牟宗三:《中国哲学的特质》,上海古籍出版社,2007年,第5—6页。

所谓"生生之道"是对阴阳之道的进一步阐释:"阴阳之气交互感应,创生了天地万物,促使着天地万物的生成、发育、演化,使天地万物充满了生命之跃动。"①中国的"生生"哲学、美学是一种东方古典形态的生命哲学、美学,与西方近代的生命哲学、美学差异极为明显。无论是"天人合一"的文化传统,还是阴阳相生的古典生命美学,抑或是"太极图"式的文化模式,"生生美学"在文化背景、基本内涵、思维模式和艺术特征上都呈现出与西方生态美学相较独特而鲜明的特征。因此,曾繁仁认为"生生美学"力主的"万物一体"的世界观超越了西方"去人类中心主义"的理念,甚至超越了西方的生命美学的局限:"生生美学"包含"宇宙万物日新月异、不断发展创新的广义内涵"。②曾繁仁2017年后的生态美学更加专注于中国传统文艺研究,发掘中国古代文学艺术中符合"生生美学"特点的作品。曾繁仁在中西比较的视野下,力图提升中华生态文明的地位。

鲁枢元的生态美学同样来源于中国传统的生态思想,即天、地、人三者原始的有机整体性。鲁枢元将文学艺术与生态之间的关系作为其研究对象,特别关注人类主体和其他种群之间的伦理秩序。因此,鲁枢元所关注的"自然"概念不仅仅是物质世界,更是具有传统文化和道德意蕴的"天"或"天道"的概念。从费利克斯·加塔利(Félix Guattari)的"三重生态学"来说,地球生态圈中除了"自然生态"之外,还应该存在着"社会生态"和"精神生态"。如果说自然界的生态危机是由人类造成的,那么生态危机的实质就是人类的道德和精神危机。所以要解决人类生态危机必须引入对人类价值和道德体系的讨

---

① 曾繁仁:《跨文化研究视野中的中国"生生"美学》,《东岳论丛》2020年第1期,第102—103页。
② 曾繁仁、张超:《从生态存在论美学到生生美学——生态美学中国话语体系的建构》,《美育学刊》2020年第4期,第30页。

论，以建立一个与人类自身内在价值系统密切相关的"精神生态"。鲁枢元提出"精神生态"的命题，为的就是讨论人类的精神、价值和道德在生态危机中所扮演的角色。鲁枢元的精神生态学研究作为精神性存在主体的人与其生存环境（包括自然环境、社会环境、文化环境）之间的相互关系。它一方面关涉精神主体的健康成长，另一方面关涉地球生态系统在这一精神变量参与下的良性运转。精神生态学研究的目的在于：（1）弄清精神生态系统的内在结构及其活动方式，促进个人精神生活乃至整个社会精神取向的协调与平衡；（2）把"精神因素"引进地球的整体生态系统，从人类自身行为的反思出发，重新审视工业社会的主导范式，重新调整现代人与自然的关系，为日趋绝境的生态危机寻求一条出路。[1]鲁枢元将精神变量引入生态研究，提出两者的相互关系可以推进人与自然关系的平衡演进和良性发展。

鲁枢元在1998年出版的《精神守望》中首次阐释了"社会生态""自然生态"和"精神生态"三个概念。在两年后发表的《生态文艺学》一书中，他尝试将上述三个概念系统化，并将其与文学艺术的诠释和理解相结合。在此框架下，他确立了"生态学三分法"，即精神生态学、社会生态学和自然生态学。2003年，在国家社科基金项目的支持下，鲁枢元将研究成果汇集成《陶渊明的幽灵》一书。在书中，他将"生态学三分法"尤其是精神生态学运用于文艺作品个案分析，探索独特的中华生态智慧和文化内蕴。鲁枢元之所以写这本书，就是为了在这个物欲横流的物质化社会中，在精神生活日益沦落颓败、大自然被无节制地掠夺和破坏的时代，"召回一个率真、素朴、清洁的灵魂，一个能够召唤现代人重新体认自然、与自然和谐共处的灵魂"[2]。

---

[1] 参见鲁枢元：《我与"精神生态"研究三十年——后现代视域中的天人和解》，《当代文坛》2021年第1期。

[2] 参见鲁枢元：《我与"精神生态"研究三十年——后现代视域中的天人和解》，《当代文坛》2021年第1期，第11页。

如何重建一个健康的人类生态模式，建立人与自然和谐和良性共存的模式？这涉及相当复杂的问题。如果从"生态学三分法"的理论框架入手，那么精神生态学、社会生态学和自然生态学各司其职，共同构建生态智慧。社会生态学作为"生态学三分法"中的一极，直接与现实相关，对社会现实有启示和指导意义。社会生态学关注所谓的"社会生态系统"，即"社会性的人与其环境之间所构成的生态系统"[①]。例如人类应该对生产与消费模式进行深刻反思，对工业化、数字化、人工智能的泛滥进行反思，对全球化和反全球化的浪潮进行反思，对经济发展与环境污染的关系进行反思，对资本的膨胀与底层的贫穷进行反思等。正因为人与社会的关系种种异化，才使得人类与自然的关系也面临异化，人与自然良性的关系在现代工业社会中遭到挑战和破坏。自然生态学的目的在于回归自然本真的存在状态。鲁枢元认为随着人类文明侵蚀自然生态，本真的自然已经不复存在，而回到自然本真的状态就是人与自然和谐共生。鲁枢元试图重新复原人与天地、自然和万物原本的位序，以唤醒古老东方文明中的生态智慧。也许只有实现人、社会和自然的协作、和谐与统一，才能将人类从并非危言耸听的生态危机中拯救出来。鲁枢元认为精神生态学是沟通自然生态学和社会生态学的桥梁，因此也是理论的最核心部分。只有通过对作为生态危机的始作俑者人类"精神生态"的启迪，才能使得其与社会和自然的关系成为良性循环，更新人们的生态理念，遵循万物原本的秩序。

那么鲁枢元的"生态学三分法"对于文艺批评而言有什么意义呢？为突出"精神生态"的核心作用，鲁枢元将文学艺术作品视为"精神生态"的承载者。文艺学和生态学之间的结合点是生态文艺批评，而这两者是相互交融、相互启迪、相互拓展其边界以及成就对方视野的关

[①] 鲁枢元：《生态文艺学》，陕西人民教育出版社，2000年，第104页。

系。生态学赋予文艺学以内涵、思想高度、关怀和温度，而文艺学则给予生态学鲜活的生活经验与艺术呈现。鲁枢元的文艺批评试图跳出概念、方法和范式的束缚，用一颗赤子之心给人们带来怀想与感念、良心与信仰、憧憬与升华。他拒绝抽象的理论概念的桎梏，不以文艺批评家自居。这样的他才能抛却一些世俗的禁锢，启发人们回到自然本真的状态，重构"精神生态"，恢复美好自然。他试图以文艺的真善美激发人类主体的自我反思、自我修复和自我启迪的再造之旅，构建一个完整的精神生态学理论体系，使得人类对生态危机的复杂性获得一个系统认知，这也将反向拓展生态文艺文学的视野，成就其思想高度。为此鲁枢元汲取了东西方古代哲学智慧而扩展其理论空间，一方面萃取了西方现代心理哲学、心理学和现象学的养料；另一方面也吸纳了"精神生于道"的生态智慧[1]，将中国古代传统哲学与西方现代及后现代生态批评思想相结合，以构筑中国式的"精神生态学"。

新世纪我国学者在西方生态批评理论的启发下，挖掘中国本土的理论资源，将体现中国古典美学和哲学精髓的核心观点"天人合一"融入生态批评中，构建出"生生美学"和"精神美学"等学术概念，推动有中国特色的理论话语建设。他们与西方学者展开深入而广泛的现实和理论对话，实现了中国古代文化的现代转换，将带有鲜明中国色彩的美学元素转换为世界学者可以理解的形态，在双向互鉴中实现了中西文论的互通互融，成为中西文论交流的典范。

第四节　后人类研究

伊哈布·哈桑（Ihab Hassan）的一篇题为《作为表演者的普罗米修斯：迈向后人类主义文化？五场景中的大学假面》的文章将"后

---

[1] 选自《庄子·知北游》。

人类主义"一词正式带入了西方批判话语体系。文中他这样说:"(文艺复兴以来)历时五百余年的人文主义或许已走到了尽头,因为人文主义已自身转型为我们必须无可救药地称之为后人类主义的东西。"①回溯历史,反观文艺复兴到启蒙时代,人本主义发挥了相当重要的历史进步作用,它认同了人的自我意识、自我价值,将人视为世界的中心,人的理性力量不仅能促使人类认知和改变自我,也同样能改变世界。启蒙时代以来反对宗教神权和统治阶级的压迫,迫使人类改造自然、改变社会并不断进步的人文主义与人类中心主义在20世纪后半叶开始受到普遍的质疑,已经到了必须反思甚至变革的时候了。在后现代主义的浪潮下,无论是"人之死"的宣言还是"历史的终结"的论断,都推动了后人文主义思潮的兴起。从此人们不仅仅从哲学层面,更从人类社会文化史层面思考自我与他者的辩证关系。生态批评、人机关系研究和动物研究这些带着后人类主义色彩的研究方向逐渐消解了人类中心主义和二元对立的思维模式,使人类重新定位自身与万物的关系。这些研究共同形成后理论的中坚力量。对于"何为后人类主义",王峰给出了这样一个极简定义:"一切与人的自我意识不认同的状态,都是后人类状况。"②於兴中认为"后人类主义"这个概念非常宽泛,其核心是反对传统人文主义以及批判和反思传统的人性观,对传统人性与人的主观性持怀疑态度。因此,后人类主义提倡一种能反映当今科学发展和科学认知的"人"的概念。在哲学上它积极反思人类中心主义,并赋予这种反思以伦理道德维度,使其适用范畴超越人类拓展到其他生命体。③所以后人类主义是在当代日新月异的科学认

---

① Ihab Hassan, "Prometheus as Performer: Toward a Posthumanist Culture? A University Masque in Five Scenes", in *the Georgia Review*, Vol. 31, 1977, p. 843,转引自孙绍谊:《当代西方后人类主义思潮与电影》,《文艺研究》2011年第9期,第86页。
② 王峰:《后人类状况与文学理论新变》,《文艺争鸣》2020年第9期,第85页。
③ 於兴中:《后人类时代的社会理论与科技乌托邦》,《探索与争鸣》2018年第4期,第18页。

知下对传统人文主义的反叛，逐步成型于20世纪90年代。随着21世纪四个重大科技领域（NBIC①）的发展，"人"的定义将因此获得前所未有的拓展。后人类主义（posthumanism）思潮在中西学界日渐崛起，其核心思想构建在技术价值观之上。后人类主义既是一系列包括基因工程、人工智能在内的科学实践，也是层次丰富、内容多元的人文学科探索，因此究竟如何定义后人类主义的时代特征？笔者认为后人类社会有这样几个显著的变化：一是世界观的变化，二是人类的概念的变化，三是人类与他者之间的关系的变化。

一、后人类世界观：科技乌托邦、"人类世"与"元宇宙"

人类与其身处的世界和宇宙究竟是怎样的关系？在气候危机愈演愈烈，资本竞争加剧的今天，后人类主义在西方被视为政治正确的思想流派。布鲁诺·拉图尔（Bruno Latour）是行动者网络理论（Actor-Network Theory，简称"ANT"）的创始人。他与实践冲撞理论的创始人安德鲁·皮克林（Andrew Pickering）、米歇尔·卡龙（Michel Callon）一起被视为后人类主义世界观的代表人物。其中拉图尔的观点颇具代表性，他试图以新的视角看待人类和其他非人类族群或实体的关系，主张本体论。拉图尔拒绝了主客二分的理论体系，认为世界是自治的系统。他所命名的"行动者"可以是人或非人、个人或群体，没有一定之规，这从根本上否定了主客二分，因此没有层级也没有二元对立，所有行动者之间是平等的。在后人类主义的视域下看待科学技术都是去中心化的，人类行动者与机械行动者在科技中同等重要。这样一种视所有行动者为平等实体的世界观成就了一种全新的科技乌

---

① 纳米（Nanotechnology）、生物（Biotechnology）、信息（Information Technology）、认知（Cognitive Science）四大前沿科技的英文缩写。

托邦。如果这一愿景可以实现，那么将构建出一个由算法和数字"统治"的社会，人的存在也将逐渐被异化为算法和数字，人将失去我们在传统意义上所理解的"人性"，而掌握技术与科技的实体将成为统治力量，并构建新的世界层级和秩序，科技化的世界将失去温度变成冷冰冰、没有感情的存在。

诺贝尔化学奖得主保罗·约瑟夫·克鲁岑（Paul Jozef Crutzen）认为，"全新世"已经过去了，人类已经进入了"人类世"（the Anthropocene）。他所提出的"人类世"可以被视为与"更新世"和"全新世"并列的新纪元。拉图尔认为"人类世"的生态危机可以被视为一场现代化的危机。为了摆脱这一场危机，人类唯有从"非人类行动者"的视角构建一种全新的世界图景，在气候治理等重大问题上跳出主权国家的框架和限制，既不考虑民族主义政治也不考虑全球化，而是推动全人类的交流与联动。这能使得人类真正摆脱"人类中心视角"而进入一种"地球立场思维"，完成从人类为本到"作为星际存在者的地球思维"[①]的根本转变。而地球在这样宏大的世界观念中可以被视为一种"自组织系统"[②]。

"元宇宙"的概念为我们带来了一个算法和物质融合的世界，这也是一个虚实相交的世界。以新的信息传输媒介为标志的"元宇宙"将人类文明从信息时代推向"元宇宙时代"。而这种"新媒介"可以不受时间、空间的限制，储存、承载与传播海量的信息和知识。这将人大提升人类传播信息的能力，使其传播速度和体量呈几何倍数增长。"元宇宙"概念将实现后现代式的乌托邦幻想，真正实现现实和虚拟之

---

① ［美］克莱顿·克罗齐特、杰弗里·W. 罗宾斯:《哲学、政治与地球：新唯物主义》，管月飞译，安徽师范大学出版社，2019年，第2页。
② 常照强:《行动者网络理论的后人类主义困境》,《自然辩证法研究》2022年第2期，第63页。

间的界限的消解。虚拟是现实的反映，虚拟与现实不再是对立的。"元宇宙"的世界有截然不同的构成规则，在其中虚拟与现实可以实现相互转换，不再遵循现实世界的法则，人类可以尽情挥洒自己的想象，运用自己的意识，其界限正随着科技的日新月异而不断拓展，打破局限。所以，就像电影《黑客帝国》里描述的"异次元世界"是现实世界的"平行世界"，"元宇宙"的世界已经不受现实世界制约，是一个真正的"独立世界"。"元宇宙"力图打破现实世界的时空概念，旨在营造与现实世界极为相似的沉浸式体验。这种沉浸式的体验不局限于感官体验，而是构造与现实相似的社交和社会空间。"元宇宙"将带来截然不同的现实体验感，这将不仅仅塑造人类的感知、体验，也将直接改变文学存在的形式。可以想见，"元宇宙"概念下的文学给读者的是多元的、浸入式的和超越现实世界的体验。

二、后现代的人类图景

福山（Francis Fukuyama）认为人类终将跨入一个后人类的未来，在那个未来图景中，科学将逐渐赐予人类改变"人类本质"的能力。在人类自由主义的大旗之下，也许很多人将充满欣喜地拥抱这一权利。[1]自启蒙以降，笛卡尔的"我思故我在"理性观念奠定了西方哲学传统中的一条重要原则：相比人类的身体，理性头脑与灵魂意识起主导和决定性作用。"灵与肉"这一组最著名的二元对立既树立了人类主体性，也确立了人类灵肉分离的观念，因此心智功能被认为独立于身体之外。在既往西方哲学传统中，身体是精神与肉体二元对立中处于较低层次的一方，是主流文化中不登大雅之堂的"他者"；从后现

---

[1] 参见［美］弗朗西斯·福山：《我们的后人类未来：生物技术革命的后果》，黄立志译，广西师范大学出版社，2017年，第216页。

代开始,哲学家们力图消除二元对立,尤其是从尼采开始,肉体的地位得以提升;到后现代,身体成为反本质主义的构建,这是对精神在哲学体系中的霸权的反拨。后现代与后人类语境中的"肉体"概念区别明显,后现代哲学关注的身体改造更偏重基于政治经济制度之上的文化维度,而后人类身体成为科学技术介入和改造的基础。人类身体在后人类主义观中的学术地位越来越高,成为认识科学中的重要实体性因素,"身体"意义非凡。科技使新物质介入物理意义上的身体,开启了"人类"概念阐释的新路径。

在后人类语境中,人们仍然承认身体是人类生命和意识的唯一物质载体,一切的意识与思想都必须以身体的存在为前提;同时,身体也是生物技术、仿生学、人机联合(赛博)等新技术的聚焦之处。麦考麦克(Patricia Maccormack)认为,"后人类伦理可以称作后人类身体,因为身体在后人类哲学中占有关键的地位。身体是后人类所有事件的基础和场所,它超越了表象和表象感知形成的外部和意识性真实,重构了身体关联和伦理显现"[①]。通过"具身性"(embodiment)和"离身性"(disembodiment)两个概念,可以对身体与意识的关系做一个更为详细的分类。这二者的分歧源于对于人类物质身体作用的认知不同,不同的答案分出两种后人类主义:一种承袭笛卡尔的哲学思想,认为心智功能独立于人的身体之外,认为技术可以取代人类身体,以此为出发点延伸出了以离身性为基础的传统认知科学。另一种则认为技术无法取代人类身体存在而构造心智功能,即具身性秉持离身性的后人类主义者的身体无关紧要,生命最重要的载体不再是肉体本身,生命可以体现在抽象的信息或者说是信息模式中。无论是具身

---

① Patricia Maccormack, *Posthuman Ethics: Embodiment and Cultural Theory*, Ashgate Publishing Limited, 2012, p. 1.

性还是离身性，都有其拥趸，也有相应的科技背景支撑其合理性。①

人类在后人类时代通过各种高科技手段重造，有可能在智能、体能、心理和生理层面突破各种极限，延年益寿甚至获得永生。生物、基因技术或外接设备使得人类改造身体成为现实，直接冲击人类的天然本性。人类将拥有超越天然近似"造物主"的能力，使得人类对世界的体验方式和宗教观念发生巨大变化。目前生物学方面的新技术主要有：克隆技术、培育新器官、脑机接口、用遗传工程规避新生儿疾病风险。这些技术被广泛运用于人类身体之上，仍然属于具身性的范畴。在赛博时代，人类身体与机械结合可以突破肉体的局限，被塑造为机器人、电子人或生化人。凯瑟琳·海勒（N. Katherine Hayles）认为赛博格（Cyborg）由人类和具身的信息组成："建构赛博最重要的因素是将有机身体和对于身体进行辅助的延伸连接起来的信息通道。"② 海勒认为人类已经进入了与智能机器的共生关系之中。③ 而这种具身性的在现实空间中的主体可被转换为算法和信息，通过虚拟现实同时存在于赛博空间中，这也是"元宇宙"构想的基础。

当然如果这些尝试旨在摒弃人类身体，使机器成为人，那么也许就进入了更加激进的离身性后人类时代，有人赋予以离身性为特征的后人类主义新的名称，即"超人类主义"（transhumanism）。比如美国的"莫拉维克实验"试图将人的意识下载至电脑，这意味人类意识的载体将不再是物质肉体和大脑。莫拉维克（Hans Moravec）预言2030—2040年，机器人将进化为一系列全新的人工物种。有朝一日，

---

① 参见冉聃：《赛博空间、离身性与具身性》，《哲学动态》2013年第6期，第87页。
② [美]凯瑟琳·海勒：《我们何以成为后人类：文学、信息科学和控制论中的虚拟身体》，刘宇清译，北京大学出版社，2017年，第4页。
③ N. Katherine Hayles, *How We became Posthuman: Virtual Bodies in Cybernetics, Literature, and Informatics*, University of Chicago Press, 1999, p. 285.

人类科技将发展到所谓的"后人类时代"。在这个时代,身体的物质存在与计算机仿真之间、人机关系结构与生物组织之间、机器人科技与人类之间,不再存在本质上的不同或者绝对的界限。①海勒对这种去除物质身体的离身性后人类主义倾向表示忧心,试图为具身性的后人类主义正名,她认为具身性的后人类主义是更值得期待和倡导的。具身性的后人类主义没有否认人类物质身体的重要性,很大程度上将提高人类的科技和医疗水平,正因为它没有完全放弃"科技以人为本"这个既往科学研究中的核心因素,所以才具有反思目前科技发展的视域。试想,如果真的放任某一些研究发展,将科技推进到"去身体""去人"的发展阶段,有可能终有一天会带来一系列严重威胁人类生存的重大改变。这种对于科技进步的片面和极端的追求,终会伤害甚至反噬人类。

所以在后人类主义蔚为大观的今天,我们更有理由对人工智能的飞速发展深感忧虑。马泽里西认为:"在不久的将来,计算机不仅能思考而且变得比人聪明,并在下一步进化中建立一个混合的电子人物种,把我们目前所知道的人类概念抛到脑后。"②很多人认为,人工智能与人类的最大区别是人工智能不可能拥有人的感情和同理心等。但目前的研究已经将人工智能和脑神经科学相结合,这也就是所谓的"人工情能"(Artificial Emotional Intelligence,简称"AEI")。③这意味着人工智能在21世纪有可能全面超越并代替人类,因为人工智能在海量数据的支持下可以实现自我习得甚至自我进化,成为新的超级"物种",

---

① 参见[美]凯瑟琳·海勒:《我们何以成为后人类:文学、信息科学和控制论中的虚拟身体》,刘宇清译,北京大学出版社,2017年。
② 转引自吴士余、曹荣湘:《后人类文化》,上海三联出版社,2004年,第3页。
③ 参见於兴中:《后人类时代的社会理论与科技乌托邦》,《探索与争鸣》2018年第4期,第20页。

并逐渐有能力主宰优胜劣汰的法则，甚至视人类为"低等""错误"或"障碍"，这也许将不再是科幻创作中的情节。福山也这样提醒人类："后人类的世界也许更为等级森严，比现在的世界更富有竞争性，结果社会矛盾丛生。它也许是一个任何'共享的人性'已经消失的世界，因为将人类基因与如此之多其他的物种结合，以至于我们已经不再清楚什么是人类。"①福山所描绘的以极高科技水平为标志的、去人化的新社会并不是人机和谐共处的乌托邦，而大有可能是一个等级森严的、反乌托邦式的可怕梦魇。

三、后人类与他者的关系

后（新）人文主义诞生于人文主义的危机中。这种危机包括人类越来越清晰地意识到，人与动植物一样，只是自然界庞大生态中的一员，人与世间万物之间有着复杂的共生关系，并共同受制于自然规律。构成地球生态安全的物种（动物、植物和微生物）很多，也许丧失一两个物种我们觉察不到，但当越来越多的物种离开我们的生态圈，那么终有一天会突破生态安全的临界点，引发连锁反应，造成不可挽回的生态灾难，到那时人类必然受到大自然严厉的惩罚，这是目前世界范围内倡导生物多样性的根本原因。如果人类对这样的事实还没有觉悟，那么将不可能合理有效地发展，甚至会逐渐走到穷途末路上去。人类的狂妄自大使其忽视其他物种的生存权，将自己视为所有物种之王，拥有对所有物种生杀予夺的权力，这样不可避免地对生态造成伤害。在后人类时代，人类应该有这样的假设：一旦证实宇宙中存在其他进化程度、科技水平更高的理性生物，那么人类也可能面临被其他

---

① ［美］弗兰西斯·福山：《我们的后人类未来：生物技术革命的后果》，黄立志译，广西师范大学出版社，2017年，第217页。

物种选择甚至灭绝的处境。所以人类只是很幸运地成为地球生物中进化得最快的种群，因此成为这个星球的"主宰"，似乎拥有了独一无二的地位。人类肆意地处理、配置和灭绝动植物，终有一天会造成反噬人类自身的恶果。人类远没有强大和自信到可以毫无畏惧地伤害生物、破坏生态平衡、无视自然法则的地步。应运而生的动物研究在弘扬动物性的基础上呼唤一种普遍的动物伦理学，这一思想也深刻影响了当下正炙手可热的后人类主义思潮。当今的动物研究融合了生物学、人类学、社会学等多学科知识，逐渐走向复合化和跨学科化，并逐渐与生态批评融合。正因为如此，思辨实在论（speculative realism）将平等权推演到任何存在物的层面，成为近年来发展非常迅速的后人类生态主义的研究方向。

那么后人类的理念与文学究竟是什么关系呢？简单总结，后人类时代的文学和文学理论有以下三个层面的变化。

第一，文学形式在后人类时代面临重大变化。首先值得关注的动向是科幻文学在后人类时代崛起。科幻文学作为一个文学类别，揭示后人类生存状况，有无可取代的独特性。科幻文学所涉及的科学并非由严谨的科学实践和科学推导所得，其中所融入的科学内容是激发读者阅读兴趣的叙事元素。科幻作品将现代科学的进步和猜想当成一种文本的结构性元素。所以科幻作品最鲜明的特点是文本创新性、新奇性和先行性。同时，为达到科幻文学的"塑造一个真实世界"的艺术效果，科幻作品使用了一系列的表达技巧以渲染气氛，使得读者获得真实的体验感。这些表达技巧是科幻文学独有的特征，值得学者深入研究。

科幻叙事的创新性毋庸置疑，正因为科幻文学指向未来，描述未来发生的事件，所以其先行性有更加重大的意义。科幻文学的叙事源于现实的科技发展，同时又展望未来，所以其既有现实性也有前瞻性。

科幻叙事文本尽可能将人类的未来生活宛如真实地描画出来，所以即便读者所看到的内容并未发生在现实中，但仍然能窥见后人类的具体状况。毕竟单纯的科学技术的发展离我们生活太远，人们往往不会为一些虚无缥缈甚至似乎危言耸听的科学预言驻足，但如果文学文艺与科学联袂，两者的影响力都将超出预期，才可能真正引起不仅仅是社会精英阶层的关注，也让更多的人认可这种世界观。这样的科幻作品构建成就了后人类，后人类的种种理念因此有了"落脚之处"。这是科幻叙事的力量：科幻作品本身不仅被后人类主义塑造，也成为这个时代独特的文化风景，它也在成就这个时代。它并非因为叙事虚构就是虚假的，反而有一种和现实交相呼应甚至预言式地改变、引导现实发展的强大能量。我们不难发现许多著名科幻作品中描画的故事已经逐步变成现实，人类的科幻叙事在后人类时代将以更快的速度变成现实，因为今天科技发展更快，科技成果转化为现实生产力的速度也更快。这就是在与现实的互动中所形成的科幻文艺铸造出新的后人类文化状态。后人类文化状态和塑造出的与之相适应的心灵状况，以及人们对于未来、未知领域的兴趣、热情构成了一个新的审美场域，我们或可称其为"未来审美"。我们可以借文学作品审视科技发展与人类社会的新问题，探讨新的发展的可能性，因为"文学文本并不只是被动的管道。它们在文化语境中主动地形塑各种技术的意图和科学理论的能指。它们也表达一些假说，这些假说与那些渗透到科学理论中的观念非常相似"[①]。

有人这样认为："奇点"虽然不是一个叙事概念，但在科幻和社会叙事中，"奇点"将成为一个意义重大的转向标。"奇点"描述的是

---

① [美]凯瑟琳·海勒：《我们何以成为后人类：文学、信息科学和控制论中的虚拟身体》，刘宇清译，北京大学出版社，2017年，第28页。

未来可能出现的一个科技发展的临界点，自"奇点"之后技术变革将以惊人的速度发展，人类的生活将面临翻天覆地的改变。①"奇点"也可以代表人类生物思想与现存技术融合的临界点，从此人类能够超越自身的生物局限性。人类与机器、现实与虚拟之间将不再存在差异。②虽然"奇点"目前还只是一个预测，但按照目前科技发展的速度，这将成为可能。如果"奇点"势必发生、不可逆转，那么我们是否应该坦然进入新的社会和文化形态，开启一个全新的文化叙事？"如果我们的意识状态中接入、扩展并融进非生物的东西，以此形成我们的基本人性，那么问题就不再是我们是否走这条路，而是我们以什么方式积极改造它，塑造它。通过将我们自身视为真正的自己，我们就有机会将我们的生物技术联合体变得更好。"③

第二，后人类叙事正在形成新的伦理取向。任何一种在文学艺术作品中的叙事都有其伦理考量。科幻叙事当然会给当前的社会伦理观带来新的维度。文学伦理与社会文化观念相互作用，形成新的伦理形态。应该说后人类叙事天然就有这样一种伦理意味：科幻叙事构造了一个先见性观念的演练场景，它将实验性的社会观念置于其中，提前给读者考量反思这些伦理取向的机会。在今天的媒体社会中，一部好的科幻作品作为一种当前相当喜闻乐见的通俗文艺会引起相当广泛的讨论，于是叙事伦理与现实伦理有相当多的机会可以相结合、被讨论，甚至深度交锋，以构造一种广泛的并为大众所逐步接受或拒绝的后人类伦理。而后人类叙事包含着一种伦理考量，它将推动人类伦理

---

① [美]雷·库兹韦尔：《奇点临近》，李庆诚、董振华、田源译，机械工业出版社，2011年，第1页。
② 同上书，第2页。
③ 《将意识上传到虚拟世界，人真的可以获得永生吗？》，https://baijiahao.baidu.com/s?id=1686954738686719264&wfr=spider&for=pc。

观念的逐步转换，其中包括这样一些话题：人类如何与动物和大自然和谐共处？如何看待改造人体与人机结合？是否可以通过多感官通道融合的刺激放大人类的身体感知？脱离物质的纯粹的信息是否可以被视为一种生命体？这些涉及伦理的话题也许构成了布拉伊多蒂（Rosi Braidotti）对未来世界的愿景。她希望创建一种后人类人文学科，"以新叙事的方式说明全球化人类星球维度、道德进化来源、人类及其他物种的未来、技术设备的符号系统，强调数字人文学科的翻译过程，指引走向后人类宣言因素的性别和种族角色以及以上所有的制度内涵"①。而这一人文学科的规划，将引领文学创作、研究和批评走向一个理性的后人类世界。这些伦理观念发展成型的过程，不是超越人类中心主义观念，而是形成一种具有超越性质的后人类中心主义。这也许能将"人类从狭隘的天然宇宙观中解脱出来"②。世界伦理观念的转变将给文学和文学理论带来新的维度与视域。

第三，叙事载体也发生了改变。海勒认为科幻小说无疑是后人类文学的最好载体，它将帮助人们认识"信息如何失去它的身体，电子人如何被创造为一种文化偶像/标志和技术性人工制品，人类何以变成后人类"③。除此之外，后人类时代文学的载体将更加多元。如前所述，现实境况与和前瞻性虚拟相结合的后人类文学需要新的文学承载形式。这意味着文艺的泛文本化、融媒介化、IP化。除了科幻小说和影视大发展，游戏产业与虚拟现实也将找到更广阔的舞台。在后人类时代，文学将以新的书写和影像形式提供更加丰富多元的身心体验，比如以

---

① 江玉琴：《后人类理论：比较文学跨学科研究的新方向》，《中国比较文学》2021年第1期，第154页。
② 王峰：《后人类状况与文学理论新变》，《文艺争鸣》2020年第9期，第90页。
③ [美]凯瑟琳·海勒：《我们何以成为后人类：文学、信息科学和控制论中的虚拟身体》，刘宇清译，北京大学出版社，2017年，第32页。

虚拟现实为文学与影像艺术的载体，以赛博格的形态加入文学实践之中。对读者和观众来说，读、看、听这样的单一维度的文学体验形式将被改变，人们有机会通过各种身心介入的方式，得到全新的多维体验。这时，文学将成为一种交互式的共同书写和多元的感官体验。这些变化都将给文学理论研究带来新变化，打开新领域。

后人类研究作为后理论时代人文研究的新兴领域，拓宽了人文学术研究的视野，将人文研究的触角伸向了科学文化、科学历史和科学伦理；同时也从地球生态的高度，探讨人类作为一个种群其生存与发展的可能性。这些研究与科技人文和数字人文领域的研究相联系，具有很强的前沿性。近年来我国科幻文学和影视蓬勃发展，科幻文学的叙事研究也在蓬勃发展。随着中国科学技术的进步，与科学相关的越来越多的文艺作品也会逐步涌现，到那时可能会有更符合时代发展的文艺理论诞生。

第五节　新审美主义

新世纪开启后理论时代，"文学性""审美"和"文本细读"等概念重回理论界。"新审美主义"（new aestheticism）应运而生。很多学者将文学理论远离文学实践和审美的原因归结于后现代文化理论的"反审美主义"（anti-aestheticism）倾向。卡勒认为20世纪60年代后期以来，所谓的"理论"带来了巨大的冲击，西方文学和文化研究出现了重大的范式变化与转型。而那些被人们认为是"理论"的其实并非文学理论，因为它们并不探讨文学的基本特征，也不讨论对其进行研究的方法和原则。[①]文艺理论家的著作与文学研究无关，或只是将文学

---

① 参见［美］乔纳森·卡勒：《当今的文学理论》，《外国文学评论》2012年第4期，第49页。

作为其研究的一个方面而已。这种理论与文学文本的偏离，以及文学研究界定的缺失，"势必使文学的特征与锋芒丧失"①。重新考量文学与文化理论的关系，并重新激活对文学审美的讨论，是理论家们重新构筑文学"边界"的重要尝试，诚如卡勒所说："也许该是在文学中重新奠定文学性根基的时候了。"②他指出了六种当今的理论发展趋势，最后一种便是对文学审美的回归。无独有偶，哈比伯（M. A. R. Habib）在新作《从柏拉图到当代的文学批评》（*A History of Literary Criticism: From Plato to the Present*）中也把"新审美主义"列为新世纪的几个重要的西方批评潮流之一。在经历了后现代主义框架下的文化理论的冲击之后，文学研究应该如何进行？如果要从已经严重偏离文学实际的文化研究（理论）重新回归文学研究，那么应该怎么走？文学研究显然不可能回归纯粹的"唯美主义"或"简单地回到原地"。③

在西方，自文艺复兴开始到启蒙时代，人的理性逐步战胜神性，成为进步观念的支撑点；当理性（精神）失去了至高无上的位置，审美就成为最本真的存在方式。自此，审美主义开始蓬勃发展。海德格尔、伽达默尔（Hans-Georg Gadamer）、萨特（Jean-Paul Sartre）、梅洛-庞蒂（Maurice Merleau-Ponty）等人的理论都不同程度地走向了审美主义，形式也是千差万别。审美主义的兴起说明人们仍然憧憬超越和升华，也因此需要美学的思考。④而20世纪大多数后结构主义理论家，如德里达、福柯、拉康、德勒兹等及其追随者都倾向于尼采的权力批判。他们认为西方关于宗教、真理和美等的论述是一些被构建

---

① ［英］拉曼·塞尔登等：《当代文学理论导读》，刘象愚译，北京大学出版社，2006年，第329页。
② 同上。
③ 朱立元、张蕴贤：《新审美主义初探——透视后理论时代西方文论的一个面相》，《学术月刊》2018年第1期，第118页。
④ 杨春时：《后现代主义与文学本质言说之可能》，《文艺理论研究》2007年第1期，第14页。

的幻觉，它们的存在是为了掩盖对权力的争夺。当后结构主义者论及美学时，几乎总是将其视为一种庞大权力体系中被构建的一部分，比如德里达在《绘画中的真理》(*The Truth in Painting*)中对康德的评论，福柯的《事物的秩序》(*The Order of Things*)也有类似的批判，两位哲学家所关注的领域都是知识，而不是美。20世纪90年代末到21世纪初，后理论时代开始萌起，西方的理论家重新对美学产生兴趣，比如伊莱因·斯卡里（Elaine Scarry）的《论美与行义》(*On Beauty and Being Just*)。其原因各不相同，但都直接或间接地与恢复康德的美学理念有关，即美可以在直觉（anschauung）中体验。由于后结构主义理论（表演主义、球体学、马里昂［Jean-Luc Marion］的现象学、甘斯［Eric Gans］的符号理论、巴迪欧［Alain Badiou］的伦理学、朗西埃［Jacques Rancière］的美学）开始突出人与人之间的直观互动，淡化了话语，因此被理解为对某物的积极感性体验并被赋予伦理色彩的美学又重回文学理论的中心位置。代表性的相关著论有伊格尔顿的《审美意识形态》(*The Ideology of the Aesthetic*)、罗斯伯格（Jonathan Loesberg）的《回归美学：自主性、冷漠与后现代主义》(*A Return to Aesthetics: Autonomy, Indifference, and Postmodernism*)、朗西埃的《美学中的不满》(*Malaise dans l'esthétique*)等。他们共同对文学的审美观念提出了新的发展思路，进一步影响了文学批评方法的变革。在后理论转向的背景之下，理论家们开始重提"审美""形式"以及"文学性"等概念，推动一种审美回归的趋势，为"文学性"以及文学理论建构等问题提供了新的启示。首先，是文学审美观念的回归。"后理论"对"理论"提出批判性反思，一个重要的症结在于："理论"过于追求一种总体化和普遍性的叙述模式，通过聚焦于文本中的政治性议题来展开理论的体系化建构。一方面，大多数"理论"的研究对象和问题不再是文学文本，而是脱离了文学文本，也不再属于文学学科的范畴，因此偏离了文学理论发展的正道；另一方面，"理论"即便涉及文学文本，也只是将其当作历史、政治和社会文化内容的载体，而不再关注文本的"文学性"与"审美性"特征。① 在后理论语境之下，理论界出现了两股针锋相对的思潮。有人从文化主义角度持"拒绝审美"的观点（如福斯特［Hal Foster］的《反审美：后现代文化论集》［The Anti-Aesthetic: Essays on Postmodern Culture］），也有人持"激进审美"的观点（如阿姆斯特朗［Isobel Armstrong］的《激进审美》［The Radical Aesthetic］）和通过捍卫"西方经典"来维护文学审美的精英主义立场（如布鲁姆的《西方正典：伟大作家和不朽作品》［The Western Canon: The Books and School of the Ages］）。二者可谓代表着两个"极端"，但它们又基于同一个理论现实，即"理论"偏离了文学审美的研究方向，扩张到其他社会科学的领域之中。对这一现实无论是持支持还是持批判的观点，二者都反映出对"文学性"存在状态的认知。换句话说，"文学性"既是文学的特性，也是文学的功能，二者是统一在一起的。从这一意义上说，后理论转向背景下的理论家，试图打破过去"文学性"介于文本中心与文化研究之间的界限，重新建立起二者的内在勾连，进而丰富"文学性"的内涵和功能。

不少学者重提了文学审美的观念，要求将研究的对象和议题聚焦于文学审美和"文学性"上。"新形式主义"（new formalism）应运而生，它开始重新关注与强调文学形式、文学本质和"文学性"。如前所述，传统形式主义的核心要义在于将"形式"视为完全可以自足和自律的存在。无论是新批评还是俄国形式主义者，都将"形式"看成"以语言为载体的封闭体"。伊格尔顿在其著作《如何读诗》（How to Read a Poem）中亲自践行了文学文本阅读与批评的新形式主义。

---

① 参见于瑞：《中西文论比较视域中的"文学性"问题研究》，江西师范大学博士学位论文，2021年，第68页。

伊格尔顿回顾了俄国形式主义分析方法的主要内容，努力展现艾略特（Thomas Stearns Eliot）和叶芝（William Butler Yeats）等诗人的诗作的语言特征（包括句法、修辞、语调、格律）。同时，他也现身说法，将历史文化和政治背景的分析融入诗歌分析中。马乔里·莱文森（Marjorie Levinson）在《什么是新形式主义？》（"What is New Formalism?"）一文中将新形式主义学者又细分为两个派别，即"激进形式主义"（activist formalism）与"标准形式主义"（normative formalism）。激进形式主义主张将形式研究置于文学文本的历史解读中，支持恢复阅读历史时对形式的关注。对于激进形式主义者来说，所谓内容，即历史和现实关怀与文学形式不应该是对立的。激进形式主义承袭了一批包括马克思和黑格尔在内的哲学家与思想家，以及阿多诺（Theodor Wiesengrund Adorno）、阿尔都塞（Louis Pierre Althusser）在内的西方马克思主义理论家的核心思想。标准形式主义则主要追随康德非功利、无目的的审美取向，以形式来严格区分文学艺术与历史的界限，因此形式研究也应该区别于历史学研究，回归文学的审美并强调审美的愉悦性。激进形式主义和标准形式主义最大的共同点就是强调"细读"，也就是认同文本的复杂性，而不是仅关注文本对社会历史的反映。新历史主义的重要缺陷就是以文本的历史性遮盖文本本身。激进形式主义一方面承袭新历史主义；另一方面则试图修正新历史主义研究的缺陷，即用历史取代文本、用文化取代形式。标准形式主义则认为形式是文学文本之所以成为艺术作品的标志，体现出文学文本的特殊性，例如文学语言"陌生化"现象。激进形式主义和标准形式主义的另一个共同点在于两者都不完全否定文学与历史的内在联系。而如果为了强调文本的历史性就将文学作为历史阐释的工具，将文学的形式边缘化，那么就偏离了文学研究的正轨。这也许就是使曾经势不两立的两大学派——形式主义和新历史主义重新建立沟通的思路。传统形式主义封闭自身，切断历史内容；文化研究则偏爱历史内容，忘却形式。新形式主义调和两个对立面，拓展曾经封闭的"形式"一词的内涵，赋予文学形式研究以更多外部的伦理、政治、文化和历史层面的意义。

那么应该怎样将内容与形式合二为一、融为一体？卡勒认为，文学作品与非文学作品包括理论研究之间的界限并非牢不可破，它们可以同时研读，或者说可以采用相似的研读方法。但卡勒不是重复理论侵蚀、吞没文学、"文学性"那一套文化研究的理路，而是走了相反的道路，竭力将"文学性"渗透、扩展到理论研究中。①詹明信（Fredric Jameson）认为阅读文学作品恰恰应当从审美开始，关注纯粹美学的、形式的问题；然后在体验审美之后再用政治、历史和文化的视角反观文学。同时他认为阅读中审美和政治的体验总是相伴出现的："无论何处，要是你一开始碰到的是政治，那么在结尾你所面对的一定是审美；而如果你一开始看到的是审美，那么你后面遇到的一定是政治。我想这种分析的韵律更令人满意。不过这也使我的立场在某些人看来颇为暧昧，因为他们急不可耐地要求政治信号，而我却更愿意穿越种种形式的、美学的问题而最后达致某种政治的判断。"②这是一种结合审美和政治视角阅读文本的综合方法。从文本细读开始，运用审美经验、审美感受、自主性、形式、趣味、模仿和本真等现代美学概念对文本展开审美分析。同时，也不是排斥政治，而是要在批评活动的核心位置上结合美学话语和意识形态话语来研究辩证美学原理。换言之，无论是激进形式主义还是标准形式主义，都将研究的重心从美学的本体

---

① 朱立元、张蕴贤：《新审美主义初探——透视后理论时代西方文论的一个面相》，《学术月刊》2018年第1期，第119页。
② [美]詹明信：《晚期资本主义的文化逻辑》，陈清侨等译，生活·读书·新知三联书店，1997年，第6页。

论逐步转向美学认知。这种研究范式的转向体现了新审美主义和新形式主义的一条重要原则，就是不再纠结一些美丑标准，而是认识到文学的审美价值在于给予读者审美体验，使得他们能够在形式和内容并举中反思与重视文学的人文价值。后理论学者所谓的"新"，一方面要对"大理论"的反审美主义或去审美化的观念进行纠正；另一方面则要在文学的坚守和文化政治研究之间寻求某种"中间路线"，以克服文艺理论非此即彼的局限，并构建新的理论范式。这些理论家将审美带入社会、文化、历史和政治语境中，以构筑一种更为宏大、多元、综合的理论框架。

出于对"审美"这一文学基本属性的认同，以及对20世纪80年代"文学审美性"观念的反思，新世纪以来，国内文论界对文论发展现状充满了忧思。学者们也认同所谓后理论时代的定位，并将中国理论界带入"美学转向"。对美学的疏离，普遍认为是20世纪六七十年代兴起的后理论时代对文学的文化政治层面过度关注所导致的。后现代框架下的文化理论时代使得政治、阶层、历史和民族等话题成为文学研究中的重要议题，对文学特殊性与独立性的关注退居二线，在此阶段美学被置于文化理论的对立面。正如周启超所说的："这些年来，随着文论界学者向文化批评、文化研究或文化学的大举拓展，文学理论在日益扩张中大有走向无边无涯之势。相对于以意识形态批评为己任而'替天行道'的'大文论'的风行，以作家作品读者为基本对象的'文学本位'研究似乎走到了尽头。"[①] 这导致传统的文学研究范式逐渐消逝，文学的审美研究在强势的文化研究的不断膨胀下逐步萎缩。

关于形式和内容的经典争论，很多中国学者都曾提出自己的观点。早在20世纪40年代，朱光潜用"象"和"理"说明形式与内容的关

---

① 周启超：《多方位地吸纳 有深度地开采》，收入［英］彼得·威德森：《现代西方文学观念简史》，钱竞、张欣译，北京大学出版社，2006年。

系:"艺术不能说理,却可化理于象,在象中理已失其原有的性格和功用,成为象的因素。"①这里"象"就是形式,"理"就是内容,"化理于象"就是将内容融于形式之中,所谓"体匿而味存"就是"有意味的形式"。②所以,我们不能否认形式是有内容的,内容的表达也不可能不通过形式。而将内容和谐地融入形式,才是文艺的理想境界。李泽厚曾在20世纪80年代阐释了"有意味的形式"的概念。这也就是,美的形式虽然看似抽象,但其中包含了非常感性的内容,比如人的情绪、观念、想象等,充满了丰富的社会内容。刘康认为中国学术界应该就此话题展开与世界美学同行的对话,从较为传统局限的审美论述中走出来,将情感、感性、生命、政治和意识形态纳入美学的讨论范畴,加入世界美学界的讨论。③中国现代性的情感因素(精神、思想、意志、感情)与中国传统源流(情本体、乐感文化、感性思维)的关联,在20世纪80年代"文化热""美学热"中被李泽厚等学者热议。④除了与世界美学同行展开有关美的形式和内容的关系的争论,一代代优秀的中国美学学者也在激活中国文化独有的美学理念,以构筑美学的中国学派。在西方美学界步入后理论时代之后,中国现代美学界也开始深度反思西方后现代思潮,建构起后实践美学和生态美学等后理论美学或后现代以后美学。这些流派都凝聚了中国智慧,具有中国形态。

李泽厚在20世纪80年代初提出的"实践美学"引起了广泛关注。他首先围绕《1844年经济学哲学手稿》(*Ökonomisch-philosophische Manuskripte aus dem Jahre 1844*)展开关于美的本质的讨论。这一美

---

① 朱光潜:《克罗齐哲学述评》,收入《朱光潜全集》第四卷,安徽教育出版社,1988年,第383—384页。中国古代文论中也早有"化理于象,如盐溶于水,体匿而味存"之说。
② 曹谦:《重返审美——后现代语境下新审美主义的理论想像》,《江苏社会科学》2009年第6期,第147页。
③ 刘康:《美学与"西方理论的中国问题"》,《山东社会科学》2022年第4期,第65页。
④ 刘康:《美学与"西方理论的中国问题"》,《山东社会科学》2022年第4期,第67页。

学论述的理论成果被收入1984年他和刘纲纪主编的《中国美学史》第一卷中。在书中他提出了实践本体论,并在此基础上构筑中国美学研究的理论框架。这本书展现了中国美学的历史传承与精神内涵,围绕儒家、道家、禅宗佛教的美学,以"天人合一""气韵生动"为中国美学的核心要义展开论述。进入新世纪,陈望衡①在提出美学本体论的"境界美学"的同时,对实践美学进行了反思。他认为:"美和美感都是审美创造的产物,二者不可分割。审美创造的动力为情感、想象和超越。创造的美分为情象、意象、境界三个层次。境界是美的最高层次。"②他的"境界美学"与李泽厚的"实践美学"区别在于前者强调个体体验,后者则侧重群体实践。杨春时也提出了走向"后实践美学"的主张,潘知常则提出了"生命美学""生存论美学"来反对实践美学。总的说来,学者们都尝试提升感性和个体的价值,反对倡导理性、基于集体与物质生产劳动的实践美学,以构建更加具有新时代色彩的实践美学理论体系。为了跳出我国实践美学研究简单的唯物和唯心之争的范畴,朱立元系统梳理了我国美学构建向实践美学的发展路径。他认为,"主客二元对立的认识论"就是把美作为先在性的、现成的实体来认识,把求知作为目标的认识论美学,是目前中国实践美学发展的一个重要障碍。朱立元回顾中西美学发展史,认为美和人的本质都是生成的而不是先验的、永恒不变的。他主张将审美活动而不是审美客体作为美学研究的出发点以构建新的美学理念,也就是将美当作一种人生实践与人生境界,以克服主客二元对立,跳出美学研究中唯物和唯心的循环讨论,从而引导当代美学研究走向实践存在论美学。③

---

① 陈望衡陆续发表了《美在境界——实践美学的反思》《实践美学体系的三重矛盾》《美在境界种美本体论》等。
② 唐卫萍:《〈中国美学史〉简评》,《美育学刊》2013年第4期,第121页。
③ 参见朱立元、张蕴贤:《新审美主义初探——透视后理论时代西方文论的一个面相》,《学术月刊》2018年第1期。

徐碧辉在《实践美学：迈向"后现代"之后》一文中，首先肯定了实践美学的价值和意义。她认为实践美学是对古典哲学思想资源的继承，使得与中国现代性追求相适应的中国美学研究落到实处。今天美学研究已经处于后现代之后的后理论时代。后现代以后的实践美学以"个体的安身立命为旨归"。那么在碎片化、去中心化的当代社会中，美应该如何使个体获得"安身立命"的归属感？带着这样的问题意识，徐碧辉如是定义后现代之后的实践美学："就具体的审美过程和审美活动来说，美是与个体的情感、欲望、认知、经历、理解等等人性情感和人性能力相关的'境象'。具体地说，美是由于物体的某种形式或形象引起了情感上的共鸣或主体心理上的愉悦感受，从而形成了一种主客合一的'境象'，这种境象具有自由的联想和想象空间。'境象'并非一成不变，随着审美主体和对象的不同，其具体内涵也千差万别。'境象'的具体内涵随着审美主体与客体的变化而不断变化。它可以是艺术对象在人心中引起的愉悦、感动和震撼；也可以是恐惧、哀伤和愤怒等情感和心理感受的呈现。'境象'也可以是某种自然的景色/景物给予人的畅快与感动而在主体心理所呈现的情象/意象，亦或某个日常生活的场景在某个特定的时间与空间引起的心灵呼应与回响所构成的心象。"[①]徐碧辉给美下的定义是"自然的人化"，这里的"自然"包括"外在的自然"和"内在的自然"，而"人化"则是指人通过实践活动使自然达到美的境界。从美学意义上说，美是"自在之形"，是主客合一、富有想象力的"境象"，这无疑是一种有益的尝试，可以消除主客之间的二元对立。实践美学继承中国哲学的精神，认为"本真"就在"非本真"的日常生活中，在有限中寻求无限，让

---

① 徐碧辉：《自然的人化、自由的形式与情感的境象——后现代语境下美的本质的再探索》，《学术月刊》2019年第11期，第124页。

因偶然机遇降临世间的个体被赋予独特的生命意义和价值。徐碧辉借儒家的"立命"和"正命"的思想来突显实践美学话语下个体的价值。就此，徐碧辉认同的"情本体"概念指的是"在人的情与理、个人欲望与社会规范、心理需求与外在条件之间寻找并达成最佳配置，达到情与理的最佳比例或状态"①。

同样承袭中国文化传统，并将其发扬光大的还有"生生美学"概念。"生生美学"从《周易》开始，以"生命的创生"为主线，贯通古今的各个艺术门类，力求创建出一种足以与欧陆现象学、生态美学和环境美学相比肩的中国生态美学。生态美学的发展可以说同时满足了"中国问题"与"批判理论"研究两个方面的要求，因为它是完全从中国传统与现实出发的，又具有批判反思传统理论的"后现代性"。尤其是在当前新的生态文明时代中，这样的生态文明发展空间更加广阔。中国美学在世界美学领域的"缺席"，是文化力量和文化话语的缺失所造成的客观事实。中国美学从国家层面倡导文化自信，伴随着民族复兴，以在理论建构层面上提升自身实力和影响力为重点，对中国传统文化精神进行当代建构，并持续推动跨文化的美学交流。

第六节 后后现代文艺理论②

纵观文学史，社会现实的变化和新哲学思潮的产生都将催生文学理论与批评研究的更新。在后结构主义批判和解构一切的风潮过后，文学研究者和评论家渐渐发现，后现代主义的思考与分析方法已经不

---

① 徐碧辉：《实践美学：走向"后现代"之后》，《郑州大学学报（哲学社会科学版）》2020年第6期，第86页。
② 本部分节选自薛原：《"表演主义"理论——后现代以后文学理论的一个尝试》，《文学理论前沿》2018年第19辑。

完全适用或不适用于文学作品的诠释了。加之相当一部分学者的新的研究成果已经突显出诠释文学作品的强劲功能，后结构主义的方法原则在文学批评研究中的地位渐失，后后现代主义文学理论研究渐成气候，成为西方文学理论研究的新方向。20世纪90年代以后，无论是"9·11"事件后反恐战争的爆发，还是金融危机和社交媒体的大行其道，都使得以开放和多元为主要特征的后现代文化在西方各个文化圈（主要是欧美文化圈）内受到质疑而逐渐走向没落。取而代之的是政治领域的新保守主义[1]、经济上的反全球资本主义和消费主义倾向以及文化领域的反多元文化倾向。越来越多的西方理论家分别从社会学、文化学、媒体学、艺术学等角度，提出"后后现代"这个概念。[2]

俄罗斯语言文学学者米哈伊尔·爱泼斯坦（Mikhail Epstein）认为后后现代文化是脱离了无休止的、剥离了意义和目的的后现代式的反讽（irony）的乌托邦主义（utopianism）。[3]美国学者克里斯蒂安·莫阿鲁（Christian Moraru）的泛现代主义（cosmodernism）认为标志后现代的怀疑主义给西方社会带来社会意识的分裂和对抗之后，西方社会逐步走向一个趋于和谐的意识整体。[4]德国学者克里斯托夫·里德维格（Christoph Riedweg）编辑的论文集《后现代以后：关于文化、哲学和社会的最新讨论》[5]认为后后现代出现的时间是

---

[1] 薛原：《后现代多元文化之殇——希特勒是否又回来了》，《探索与争鸣》2016年第9期，第132页。

[2] 以下对后现代以后的时代特征和文论总结的部分节选自薛原：《新世纪中西方文艺理论构建概述》，《中国社会科学院研究生院学报》2016年第6期，第82—83页。

[3] Mikhail Epstein, *Russian Postmodernism: New Perspectives on Late Soviet and Post-Soviet Literature*, Berghahn Books, 1999.

[4] Christian Moraru, *Cosmodernism: American Narrative, Late Clobalization, and New Cultural Imaginary*, University Press of Michigan Press, 2011.

[5] Christoph Riedweg, *Nach der Postmoderne: Aktuelle Debatten zu Kunst, Philosophie und Gesellschaft*, Schwabe, 2014.

"9·11"事件和金融危机以后。西方社会文化各个领域出现的危机意识集中体现为一种对多元文化主义的批判和反思,里德维格认为文化、政治、社会与哲学等领域出现了摒弃后现代式的理想主义,以及回归现实或称"新现实主义"的倾向。英国学者阿兰·柯比(Alan Kirby)的数字现代主义(digimodernism)将高科技数字化革命视为导致当今后后现代社会快速、简单、肤浅和空虚的罪魁。[1]

综上所述,这些概念都批驳了一些典型的后现代主义的流弊,即怀疑主义、极端个人主义和文化相对主义。学者们虽感到当今社会与后后现代社会已经大相径庭,但后后现代的出现不意味着后现代已经完全终结,后后现代是扬弃了后现代的一些思想精髓后的嬗变。

新时代的文学呼唤新的文艺理论体系。一些后后现代的文艺理论学者宣布典型的以"反讽"为主要特征的后现代文学正在逐渐消亡。[2]玛丽·霍兰德(Mary K. Holland)在《延续后现代主义:美国当代文学中的语言和人道主义》中认为"21世纪的美国小说无论从看起来,读起来和感觉起来都与20世纪的后现代文学大相径庭"[3]。霍兰德将21世纪的新小说视为一种人道主义和现实主义的结合,是对后现代"反人道主义"(antihunmanistic)[4]的反叛。虽然如此,但霍兰德把这些新现象视为后现代的延续,而不是颠覆。倪克琳·提莫(Nicoline Timmer)的《你也感觉到了吗?世纪之交的后后现代美国文学症候》

---

[1] Alan Kirby, *Digimodernism: How New Technologies Dismantle the Postmodern and Reconfigure Our Culture*, Continuum, 2009.

[2] 罗伯特·麦克劳克林认为在文学领域,特别是小说中出现了大规模的美学转向。Robert Mclaughlin, "Post-Postmodern Discontent", in R. M. Berry and Jefferey R. Dileo eds., *Fiction's Present: Situating Contemporary Narrative Innovation*, 2007, p. 103.

[3] Mary K. Holland, *Succeeding Postmodernism: Language and Humanism in Contemporary American Literature*, Bloomsbury Academie, 2013, p. 1.

[4] 后现代的"反人道主义"是指对"自由人文主义"的颠覆。

以作家为例描述了当代美国文学中使主体（自我）"重新人性化"（rehumanization）的策略。[1]在这一主题下，作者列举了后后现代文学中19个与后现代文学相左的特征，其中包括后后现代文学中的主体和框架构建等。两部著作虽然都对后后现代美国文学做出了相当有益的尝试，但始终没有完全摆脱后结构主义语言学的分析方法和分析思路。所以，两部著作虽然已经向前迈进了一步，但终究缺乏实质性的进展。瑞士伯尔尼大学的英国语言文学学者伊尔姆陶德·胡伯（Irmtraud Huber）在专著《后现代以后的文学：重塑的幻想》[2]中将反叛和颠覆视为后现代文学的第一宗罪，将后现代定义为"缺乏乌托邦的时代"。所以，她把后后现代的新文学中的叙事策略定义为"重新定向"和"美学重构"。在经历了后现代文学以后，新文学并没有退回到传统意义上的现实主义，而是在现实中构建出一个美的乌托邦。这些文学批评理论著作植根于文学文本的分析，有较强的针对性和适用性，但作者往往囿于自身所处的文化圈，强调某一个文学现象的重要性，缺乏全局视野，结论有时未免失之偏颇。

综上所述，后现代之后的西方理论专著主要出现了以下两种理论构建思路。首先，一些理论家进一步消解了文艺理论和文化理论的界限，他们从语言学、社会学、历史学、地理学和人类学等领域观察、描述后现代之后的文化走向，并援引文学、艺术领域中的例子，来佐证他们对时代的诊断与预测。其次，另一部分理论家或以开放的眼光汲取其他学科的成果来构建和丰富自己的文艺理论，或从美学、伦理学或哲学等领域另辟蹊径，寻找诠释文艺作品的新角度。最后，在这些理论中，"话

---

[1] Nicoline Timmer, *Do You Feel It too? The Post-Postmodern Syndrome in American Fiction at the Turn of the Millennium*, Rodopi, 2010, p. 23.

[2] Irmtraud Huber, *Literature after Postmodernism: Reconstructive Fantasies*, Palgrave Macmillan, 2014.

语建构主义"（discursive constructionism）已不再是人文学科领域研究的关键词，"现实主义"以新的方式回归，政治、文化、哲学和伦理等界则出现了回归"统一"和"一元化"等哲学概念的倾向。

《国外理论动态》全文刊发了一篇荷兰学者的题为《元现代主义札记》（"Notes on Metamodernism"）的论文。[①]这篇文章正式宣告了"后后现代"（或如该文提出的"元现代"[metamodernism]）这一概念在中国人文学术界的登陆。文章认为在元现代的实践中"最杰出的代表当属劳尔·艾什曼（Raoul Eshelman）教授的表演主义"[②]。究其原因在于艾什曼作为身处德国学界的美籍斯拉夫文学学者，具备跨文化、跨学科和跨语言的视野。他同时受到德国、美国和斯拉夫的文化与文学的影响，对于不同文化有着天然的敏感，这无疑反映于表演主义的理论构建中。艾什曼在2000年系统提出表演主义理论之后，又在8年时间内相继将其运用到多种语言文学和多种媒体现象的诠释中，大大地扩展了表现主义理论的适用性，使得理论与实践相结合，并推进了理论的进一步发展。[③]

艾什曼认为，自20世纪90年代末起，曾经在人文社会科学领域内独霸一时的后现代主义、解构主义所倡导的开放性与多元性正逐渐为新的封闭性和单一性所取代。这些在文学和艺术领域内出现的新现象，虽不能说与后后现代哲学理论转向同步出现，但两者所代表的一些典

---

① [荷] T. 佛牟伦、R. 埃克:《元现代主义札记》，陈后亮译，《国外理论动态》2012年第11期。原文载于瑞典期刊《美学与文化》（*Journal of Aesthetics & Culture*）2010年第2期。

② 艾什曼在其著作《表演主义，或称后现代主义的终结》（*Performatism, or the End of Postmodernism*，下文简称《表演主义》）中独创出表演主义（performatism）理论。虽然是否可以将艾什曼教授的表演主义理论纳入所谓"元现代"概念还需商榷，但文章对表演主义的评价并不偏颇。

③ Raoul Eshelman, "Der Performatismus oder die Kulturentwicklung nach dem Ende der Postmoderne", in *Berliner Osteuropa Info*, Vol. 17, 2011, pp. 53-55.

型特征可以说是异曲同工、不谋而合的。从研究方法上来说，艾什曼对新时代文学新现象进行总结、分类和归纳。艾什曼从文学现象入手，回到哲学理论，再从哲学理论反观文学现象，形成了实践与理论紧密结合的批评理论体系。艾什曼并非要发展一套"放之四海而皆准"的理论，而是整合几个不同但相关的领域，即文学、媒体和艺术中出现的共同倾向，形成一套系统性的理论体系。艾什曼用"符号""主体""框架"和"升华"等概念的互动关系来诠释后后现代欧美文学、电影与建筑学等领域内的共同的新现象。

后现代到后后现代是否是一个时代的切换，抑或是一种延续？这是许多文化关注者和研究者共同追问的问题。后现代文明的衰落不可逆转。从20世纪60年代到90年代，后现代主义从兴起、繁盛到衰落，统治西方意识形态和人文学科近30年。后现代主义是建筑在西方社会对"二战"屠杀犹太人的集体罪恶反思之上的：被启蒙思想和人本主义深刻影响的欧洲大陆，为何会发生这样一场人道主义危机？而由民主制度选举上台的希特勒，为何可以在德国民众的支持和纵容下，主导这一场屠杀？带着这些问题，人们以决然的态度与"唯进步论""中心论"和"优选论"等思想决裂。自此，后现代思想消解了包括欧洲中心主义在内的霸权主义文化，使得世界文化向着开放、包容、共通和共同繁荣的方向发展。当多元文化逐渐成为世界文化的主流趋势后，西方社会开始经历多元文化带来的震荡和颠覆。在欧洲，多元文化带来的冲击之大，足以改变自"二战"以来欧洲人所秉持的价值核心。[1]后现代思潮主要的争议点在于后现代多元文化固然促进社会和文化的包容性，却也使得欧美政治越来越"左"，越来越多的社会问题在"政治正确"的掩盖下沉渣浮起。一些正常言论被压抑，人们

---

[1] 薛原：《后现代多元文化之殇——希特勒回来了吗？》，《探索与争鸣》2016年第9期，第132页。

则言不慎就有可能被划归到"极右"阵营中去,使得一些确实存在的问题累积恶化。德国前总理默克尔(Angela Dorothea Merkel)和英国前首相卡梅伦(David William Donald Cameron)都曾宣布"多元文化已死",道明了多元文化与"政治正确"等后现代思想在欧美社会的困境。不仅如此,柏林墙倒塌、冷战结束,标志着西方社会在经历了后现代的怀疑主义所带来的社会意识的分裂和对抗之后,逐步成为一个趋于和谐的意识整体。在欧美经济和社会基础遭到金融危机重创之后,西方世界重新评估了全球化在当今世界政治经济中的地位,而与全球化相伴而生的多元文化理念也遭到了质疑。

如果为上述的西方理论流派对中国文论构建的启示做一个总结,那么我们可以得到这样的结论。首先,西方文论给中国文论带来了充实的理论养分。西方文论在深厚的哲学积淀下和理论实践中,积累了相当丰富的理论成果。这些成果可以与中国当代和古代的文论优势互补。在中外学术互动中,中西学者搭建了理论对话平台,在对话中取长补短,完善和充实了理论构建。其次,西方文论给予中国当代理论构建"异文化"视角。在跨文化的比较视野中,这使我们能够更加准确地定位自身理论的优长,也使得我们能够反思自身理论的缺陷。所谓"失语症"也正是在跨文化比较中的自我觉醒,正是看到了与西方文论的差距才使得我们积极地推动西方理论的中国化以及中国理论的现代化。这种双向归化,使得中西文论始终处于一种相互涵濡的动态变化中,也使得双方都走出了本土文化的局限,不轻易地陷入盲目自大或自我否定之中,这是中西在世界文论体系中相互学习、共同成长的过程。

第二章 对西方文论的质疑

结合我国现实，学术圈发起可以推动某一西方思想的批判性接受和反思的讨论，使学术发展始终关怀人与社会的发展，不脱离实际。学术只有与社会现实相结合，才能获得长久的生命力，从而获得向前发展的灵感和动力。新世纪伊始，"日常生活审美化"的大讨论反映了西方后现代亚文化在中国兴起，标志着我国社会文化向消费主义转型。"日常生活审美化"的大讨论从学院派美学的角度观察与普罗大众息息相关的生活瞬间，致力于沟通学术和生活之间的鸿沟，是很有现实意义的讨论。

首先是我国学术精英探讨在多元信息化社会背景下文学和文艺理论的危机与出路。中国中外文艺理论学会在2002年和2004年分别发起了"如何界定文学与文艺理论研究的边界"的讨论。2006年，韩寒和白烨的网络论战则引发了"精英与大众文化"大讨论。当年，中国文艺理论学会以"大众媒介技术和消费主义挑战下的文学和文学生产"为题召开了第八届年会。面对新世纪社会文化的变迁，我国文艺理论学者表现出应对现实、革新思维的勇气。他们积极适应新状况，寻找应对策略，调整话语体系，参与国内外与此论题有关的研讨。这类学术讨论很"接地气"，也能带来积极的社会效应，甚至大大推动社会发展的进程，成为文化思想史上的标志性事件，给后人启示和警示。

其次是就某一话题直接与西方学术界讨论和交锋。2014年张江借《当代西方文论若干问题辨识——兼及中国文论重建》和《强制阐释论》两篇论文提出"强制阐释",即当代西方文论的基本特征与重大缺陷。①这引起中国学术界的关注和重视,并成为新世纪最具理论与学术价值的热点议题之一。通过译介学术专著和召开海外学术专题会议,"强制阐释"在国外人文学者中间也引起了不小的反响。张江近年来与美国理论家米勒的对话也被刊登在著名国际学术期刊《比较文学研究》(Comparative Literature Studies)上。②中国学者主动与国外著名学者就某一共同感兴趣的话题建立联系,展开讨论,甚至发起论战。在国际理论学术界,批判和争论无疑是最能引起关注的对话形式。这不失为一种未来中国学者进入国际主流学术圈的策略。

以上两种形式都能积极促进我国文论的构建。就一个社会来说,热点议题和大讨论的背后有观念的冲突、文化的变迁。就一名学者来说,发起一场发人深省的争论需要学术的积淀、思想的锐度和对身处世界的敏感关注。这些涵盖广泛、含义丰富的思想交锋必然可以带来新一轮的反思与质询,从而推动某一论题向更深和更广处发展,进而为文论发展提供智力支撑。③质疑之后就是构建的尝试,曹顺庆基于跨文化交流与传播的普遍规律而提出"比较文学变异学",张江从中国古代的"阐""诠""解""释"思想而生发出有别于西方解释学的"中国阐释学"。

第一节 从"失语症"到变异学

20世纪90年代中期"中国文论失语症"话题的大讨论是20世纪最

---

① 张江:《强制阐释论》,《文艺评论》2014年第6期,第6页。
② [美]希利斯·米勒:《"解构性阅读"与"修辞性阅读"——致张江》,《文艺研究》2015年第7期,第70页。
③ 薛原:《新世纪中西方文艺理论构建概述》,《中国社会科学院研究生院学报》2016年第6期,第86页。

有影响力的文论事件之一。有一些学者认为，自20世纪初以来，我国文学和文学理论界在反传统的背景下，引入了苏联的形式主义。在80年代"面向现代化，面向世界，面向未来"①指导方针之下，我国译介了大量西方文论作品，使得我国现当代文论从全盘"苏化"又匆匆走向了"西化"。在以西方为榜样的"现代化"进程中，西方成为学习的目标。因此，即便人们也认同文艺的"民族化"，但在"现代化"与"民族化"的观念竞争中，后者不免落于下风。当然我们不能否认逐渐共时性地译介西方文献，使得中国文艺理论界获得了百年来西方文论思潮的养分和精华，呈现出前所未有的蓬勃发展的趋势。在主动或被动地接受西学思潮的背景下，中国的文学和文论逐渐失去自主性。中国的文论之所以"失语"，究其原因主要有两个层面：一是中国文论话语与西方文论话语的差异性较大。二是在西方文论话语占主导的前提下，中国文论话语失去了构建自我话语的能力；而文艺理论不再以文艺现实为基础，仅以理论谈论理论。诚如朱立元指出的，"当代文论的根本危机不是'失语'，而是疏离文艺发展的现实"②。两个问题交相呼应，成为世纪之交我国文论面临的主要问题。就中国学界的"失语症"的症候，季羡林在1996年这样说："我忽然得到了'顿悟'，觉得东西方文学有极大的不同。专就西方文学而论，西方文论家是有'话语'的，没有'失语'；但一读到中国文学，我认为，患'失语症'的不是我们中国文论，而正是西方文论。"③西方文论绝非"放之

---

① 1983年10月1日，邓小平为北京景山学校题词："教育要面向现代化，面向世界，面向未来。"这为新时期我国教育体制的改革和发展指明了正确的方向。后来，人们又将"三个面向"的内涵延伸到科技及其他社会生活领域中，作为各领域、各行业改革开放工作的指导方针和行动口号。
② 朱立元：《走自己的路——对于迈向21世纪的中国文论建设问题的思考》，《文学评论》2000年第3期，第6页。
③ 季羡林：《门外中外文论絮语》，《文学评论》1996年第6期，第6页。

四海而皆准"的普适真理。西方文论显然不足以理解和概括中国文论的特异性与丰富性，从这个角度来说西方文论的确是全然"失语"的。这里季羡林首先肯定了东西方文学存在本质差异，西方文论对这种差异既无知觉也不可能应对，因此东西方处在不对等的信息差距中。他指出中西文论在语言文字和思维方式等方面存在根本差异，话语体系根本相异，因此"难以通约"。①当然他也肯定了西方文论的成就，并提出了吸取西方文论精华，完成中国理论话语体系构建的具体路径：其一是重新阐释和复兴我们有千年历史的文论术语，站稳脚跟；其二则是仔细甄别，无论是古代还是现代的西方文论，都为我所用。②20世纪90年代，很多学者也从知识构架、研究模式和探索路径等层面入手，分析中国文论与西方文论之间的异质性特征，认为恰恰是对中西文论异质性和中国文论特殊性问题的忽视，才造成了中国文论"失语"。③曹顺庆是20世纪90年代末"中国文论失语症"话题的大讨论中的重要代表人物。他认为虽然中国文论与西方文论有着从根子上就截然不同的异质性，但这恰恰形成了中西文论对话的天然前提条件。④承认差异恰恰是相互理解和互鉴的根本出发点。

比较文学就是这样一门"研究文学、文化、文明的横向发展规律的学科"⑤。在世界比较文学界中主要有法国和美国两个学派，其中20世纪三四十年代的法国学派认为"比较文学的目的，主要是研究不同文学之间的相互联系"。他们强调围绕国际文学关系展开"影响研

---

① 季羡林：《门外中外文论絮语》，《文学评论》1996年第6期，第6页。
② 同上。
③ 参见曹顺庆等：《中国文论的"异质性"笔谈》，《文学评论》2000年第6期。
④ 参见曹顺庆：《中国话语建设的新路径——中国古代文论与当代西方文论的对话》，《深圳大学学报（人文社会科学版）》2017年第5期，第121页。
⑤ 曹顺庆、李甡：《变异学：探究人类文明交流互鉴的规律》，《成都大学学报（社会科学版）》2020年第3期，第1页。

究"，着重研究的也是同一文学传统的历史承袭的"类同性"。而美国学派在20世纪60年代所提倡的平行研究，则将研究的重点集中在以"类同性"为中心的跨学科研究中。因此法国和美国的比较文学学派赋予了比较文学"纵"的跨国影响维度和"横"的平行的跨学科影响维度，成为长久以来比较文学研究的范式。

比较文学作为建制性的学科在中国成型于20世纪80年代，之后发展非常迅速。1971年7月在中国台湾淡江大学召开的第一届"国际比较文学会议"上，一批台湾学者[①]提出了构建比较文学中国学派的构想。之后陈惇和刘象愚在其著作《比较文学概论》中，首次提出了"双向阐发"的观点，以弥补台湾学者所提出的"单向阐发"的不足。从此这种"双向阐发"成为比较文学中国学派的方法论基础，即"两种或多种民族的文学相互阐发、相互印证"[②]。这种"对话、互释和印证"的方法论是建立在跨文化意识上的中国方法。文学阐释是比较文学研究中长久以来不被重视的一个层面。比较文学的阐释是对不同语言、国家、文化和文明所产生的文学作品的阐释。这种阐释天然具备跨界性，而它最重要的特点就是变异。[③]这种中国方法和中国学派构建之初也受到了质疑，比如著名的荷兰学者佛克马（D. W. Fokkema）就对构建比较文学中国学派的倡议曾持否定态度。在2007年举办的"跨文明对话——国际学术研讨会"上，佛克马看到中国学者近年来在这一领域中取得的学术成果，终于意识到构建比较文学中国学派的必要性。这种以平等、长期和深入的学术交流说服学术同行的做法，也是一种推动中国学术与文化"走出去"的有效方法。

---

① 朱立民、颜元叔、叶维廉、胡辉恒等学者参与了这次讨论。
② 陈惇、刘象愚：《比较文学概论（修订版）》，北京师范大学出版社，2000年，第127页。
③ 参见杜红艳：《比较文学的未来：比较文学变异学研究——第22届国际比较文学学会年会比较文学变异学分论坛会议综述》，《当代外国文学》2020年第2期，第172页。

"比较文学的变异学"是曹顺庆提出的一个有独创性的话题，标志着比较文学中国学派逐渐成型并走向发展和成熟。曹顺庆早在1995年就提出了比较文学的五大方法，即"阐发法""异同比较法""文化模子寻根法""对话研究"和"整合与建构研究"。[①]这些方法有很强的实操性和适用性，是对当时比较文学研究范式的清晰定位。曹顺庆于2005年在《比较文学学》一书中正式系统而全面地提出了"比较文学变异学"的学术理念，倡导将比较文学研究从求同的思维定式中解放出来，从变异的角度重新定义比较文学的研究侧重点。一年之后，他在《比较文学学科中的文学变异学研究》一文中为"变异学"做了更清晰的定义和阐释。他的英文专著 *The Variation Theory of Comparative Literature*（《比较文学变异学》）由施普林格出版社在海德堡、伦敦、纽约等城市出版。在书中曹顺庆总结了国内外比较文学研究的成果，分析其缺失。首先是反思中国理论学界的"失语症"。其次是总结了法国、美国比较文学学派在理论构建上的缺失，提出了一个具有范式意义的命题。曹顺庆认为"在'求同'思维下从事跨文化研究，是会面临诸多困难的，而变异才是现今的比较文学学科理论应该着重研究的内容"[②]。比较文学变异学，让中外学界开始关注和解决比较文学所涉及的变异问题，成为中国的比较文学研究的一个创新点。它不仅仅是一种方法论、研究范式，也是一个有着广阔视野的理论视角，甚至是一种新的世界观。因为"只有承认'异'的存在，理解'异'的内涵与文化互动产生的'变异'现象，才能在'异'的基础上总结和提炼出'同'来，从而构建起能够呈现'东方特性'的总体诗学体系来，

---

① 参见曹顺庆：《比较文学中国学派基本理论特征及其方法论体系初探》，《中国比较文学》1995年第1期，第19页。

② 转引自王超：《比较文学变异学与世界文学史新建构主义》，《西南民族大学学报（人文社会科学版）》2020年第3期，第168页。

在这一体系中,'异'被承认和理解,并且在'同'中和谐共存"①。对曹顺庆来说,"异中求同"指的是在充分发掘文化、文明、文学之间的相异和变异性之后,获取更广泛更深层次的理解与共存的基础;这种建立在趋于平等多元而不是"一家独大"基础上的对话和交流才能找到中西文化之间真正的"同"。

曹顺庆认为比较文学变异学是"对不同国家、不同文明的文学在影响交流中呈现出的变异状态的研究以及对不同国家、不同文明的文学在相互阐发中出现的变异状态的研究"②。这个定义囊括了变异学的两大研究领域:纵向的影响研究中的"实证变异"与横向的平行研究中的"阐释变异"。③影响研究中的变异,容易通过追溯实证而确认;而平行研究中的变异,就有些难以确定。但二者的变异性都不可否认。这个定义综合了法国、美国学派的优长,又弥补了这两个学派的缺陷以及解决了其所面临的危机。根据这个定义,此项研究具体包括五个方面。

一是跨国变异研究,"形象学"和"接受学"两个方向的学术影响力较大。形象学研究的是在文学作品的语言、形象、描绘、情景和主题层面的一国人在他国形成的文化的印象或集体想象。而接受学关涉接受本身和接收者。接收者因其所处的时代、地域和文化背景千差万别,对于所接受事物的感受也相去甚远,其接受的状况也产生了变异。因此形象学和接受学刚好是两个相互对应和映照的学派,可以形成一套从文化传播到文化接受的研究范式,还原一个完整的文化交流事

---

① 曹顺庆、夏甜:《变异学与他国化:走出东方文论"失语症"的思考》,《文艺争鸣》2020年第12期,第79页。
② 杜红艳:《比较文学的未来:比较文学变异学研究——第22届国际比较文学学会年会比较文学变异学分论坛会议综述》,《当代外国文学》2020年第2期,第172页。
③ 同上。

件，可以构筑一个系统性的、综合性的研究。曹顺庆的变异学接受学与法国学者所说的"影响接受"有很大区别，强调不同传播和接受的主体的变异，而法国学者所说的形象学与接受学主要涉及形象、主题的变异。二是跨语际变异研究。比如谢天振所提出的译介学本身就含有"变异"的因素。译介学不再将传统翻译的原则"信达雅"奉为最高标准，而是强调翻译中的创造性。这种"创造性"翻译可以甚至用"叛逆"二字形容。这种对原文意义的创造性反叛就是一种变异。这样的"创造性叛逆"①有时会带来相当成功的异文化体验，甚至超越原文本的艺术效果。当然这种"创造性叛逆"的合理性在学界仍然存疑：这究竟是对原文本艺术性的还原、增强，还是彻底的偏离、反叛？三是跨文化变异研究。比如"文化过滤"和"文化误读"是比较文学变异学中两个有区别的概念。前者指的是读者或译者在理解或转换文本的时候自觉地用自身文化中已有的内容去置换一些在本文化中难以理解或意义缺失的内容。相比于文化过滤，文化误读可能更加偏向于一种不自觉的行为，由于自身知识、文化和社会背景的限制，自然而然带有一些自身身份的偏见，这样读者或译者可能会产生这样或那样特异性的误读。四是跨文明变异研究。"文明"是比"文化"更宏大的概念。跨文明变异跨越更长的时间和历史，涉及更广大的文化圈，造成了更深远的影响。曹顺庆所举的典型例子就是禅宗在中国的产生：印度佛教传到中国后与中华文明产生了碰撞、交流和融合，最后变异产生了中国的禅宗。五是"文学的他国化"研究。"文学的他国化"研究的主要对象是文学本身的变异，这是指文学在传播过程中，经历了文化译介和文化过滤而被接受之后产生的变异。这种变异主要是指文学

---

① 埃斯卡皮（Robert Escarpit）提出的一个术语——"创造性叛逆"（creative treason），他认为翻译总是一种创造性的叛逆。

输出国的内在的文学话语和外在的文化规则在他国被改变了、内化了、最终与他国文学、文化融合了。①具体到中西的文论研究中，这指的主要是西方文论的"中国化"以及中国文论的"他国化"。由此可见，曹顺庆基于"异中求同"理念的比较文学变异学囊括了几乎所有重要的比较文学研究范式和方法。其中最鲜明的特点是强调研究主体（包括文化输出者、接收者以及文化传播者和译者）的变异；其次就是不仅仅关注文学文本，还注重文化语境与规则的变异的研究。

曹顺庆认为"文学的他国化"研究是比较文学变异学的核心研究。"他国化"对于外来文化的吸收、改造和融合的本土化进程无疑会给一国的文学与文论系统带来新鲜血液。文学研究范式和学科体系从而也得到了创新性的发展，进而推动文学研究历史维度的变异。这种纵横交错的深层次改变，从长远来说逐步改变了文论话语规则，甚至潜移默化地反向改变了文学创作规则。文化输出国的文学和文化逐渐被接受国内化，成为接受国文化难以剥离的一部分。"他国化"推动着最深层次的复合式变异，即"文化结构变异"②；这也就是说，"接受国根据本国文化发展的实际需要，对他国文化进行适应性改造，继而形成新的文化变异形态，它们从根本质地上改变了接受国文化结构体系，并形成一种具有生产性、孕育性的文化新生力量"③。因此"他国化"不仅提供了跨文化研究的方法论，更为人类文明提供了通过碰撞和沟通进行创新与重组的机会。由此可见，曹顺庆并非将外来异文化视为一种对本土文化的威胁和侵蚀，而是一种丰富与推动的力量。文学、文

---

① 曹顺庆、秦鹏举：《变异学：比较文学学科理论的新进展与话语创新——曹顺庆教授访谈》，《衡阳师范学院学报》2019年第1期，第114页。
② 比较文学的变异现象体现为"流传变异""阐释变异""结构变异"三种范式。
③ 段吉方：《"西方"如何作为方法——反思当代西方文论的知识论维度与方法论立场》，《学术研究》2021年第1期。

化和文明只有不断吸收新鲜血液,才能真正地获得创新的元素与发展的动力。如果我们因惧怕文论"失语",失去了海纳百川的胸怀和勇气,那么就会在固步自封中失去推动自身文明进步的最重要源泉,丧失自身发展的最重要机遇。

作为对于"文学的他国化"研究范式的补充和完善,付品晶将其研究的重点集中在文学文本,围绕文学文本"他国化"的具体内容、形式以及原因展开分析,将文本变异细分为五个主要层次:语言变异、叙事变异、形象变异、主题变异和文类变异。

语言变异是指译出文本的语言形式和表达内容都在目的文本中发生了程度不等的变化。译出和目的语之间虽然有对应关系但不可能完全对应,而产生这种"对应偏离"的重要原因是译者与作者可能存在文化、认知、思维、习惯和个体差异。"增译、漏译、误译、意译、风格变异"是译出文本和目的文本之间有语言差异时采取的翻译策略。叙事变异是指"由于译者所具有的先在结构和文化密码与源语作者是两个截然不同的体系,而翻译中为了更广泛地传播原著,译者不得不选择与译语国读者相契合的叙述方式、叙述视角、叙述顺序和叙述节奏等进行翻译"[1]。而文本层面的形象变异主要专注于对"一国文学中对他国形象的塑造和变异,并探究这种变异发生的深层动因"[2]。其研究方法包括文本细读和历史考察(如通过人物传记、游记、使用物件以及实地考察等)。文本主题学研究主要涉及相同和类似的题材、母题、主题在不同国家与地区的文学文本间的成因、相互流传和变异研究。这样的主题往往被不同民族和文化背景的作家重新书写而产生变

---

[1] 付品晶:《论比较文学文本变异学的五个层面》,《中国比较文学》2022年第4期,第172页。

[2] 付品晶:《论比较文学文本变异学的五个层面》,《中国比较文学》2022年第4期,第173页。

异。这项研究可以呈现不同民族文学对话、交流、影响的历史,并突显这些民族文学和文化的鲜明特征。[1]而文类变异是指一种文类经译介、传播、接受之后发生的变异。文类变异更容易受到接受国文化的规约和同化,并通过深层次转化成为他国文化的一部分。[2]

曹顺庆这样总结比较文学变异学所做出的学术创新。第一,无论"变异"还是"异质",都是首次成为比较文学的比较基础。在批判接受法国、美国学派的"影响研究"和"平行研究"的基础上,中国学派力主去除西方概念模式的标准化倾向。而这种批判性本身意味着中国学派从文本的差异性和传播所带来的变异性出发,改换研究思路,不再简单套用西方理论。第二,变异学提升差异性在比较文学研究中的地位的同时,也不忽视类同性,两者共同构成了比较文学变异学研究,是一个统一的整体。影响研究包含了文学同源性和其传播中的变异性;而平行研究,则从文学类同出发,研究其阐释的误读和变异。比较文学变异学推动比较文学从传统的以西方中心主义为主导的研究思路直接转向"求异"。因为之前的"求同"遵循的是西方的文学和理论的标准化模板,而"求异"本身就提升了包括东方文化在内的"异质"文化的地位,使得世界各个国家和地区的文学、文化与文明逐步成为平等的对话者,这不仅仅是学科研究方法的转换,更是学科理论构建的根本转换,真正推动比较文学成为文学、文化与文明平等比较的学科。第三,"求异"推动了文化的创新和文明的进步,将文化中的异质因素与变异现象视为对文化的增值,而不是将其视为侵蚀文化的"洪水猛兽"。衡量某种文化或某种文明的伟大绝不在于其维

---

[1] 付品晶:《论比较文学文本变异学的五个层面》,《中国比较文学》2022年第4期,第175页。

[2] 付品晶:《论比较文学文本变异学的五个层面》,《中国比较文学》2022年第4期,第177页。

持一种高高在上的统治地位的能力，而是在于不断创新的生命力。而这种源源不断的生命力的获得，很大程度上取决于一种文化和文明能否在面临异文化与异文明的冲击、挑战时坚持开放、包容的态度，甚至在相互的冲击、对撞中，逐步实现对话、杂交、互补，最后走向融合。因此变异学打开了研究者的思路，从学理上肯定了文学和文化创新的路径，即从文学、文化的交流与传播的变异中获取创造性，推动、加深文化和文明的互鉴。比如我们不难发现有时一些准确的翻译不一定能在跨文化语境里获得好的交流效果，而深谙双方文化差异的优秀译者往往能够有创意地对待文化差异带来的交流劣势，将其作为加强文化沟通的契机。正是这些创造性的改写才能成就优秀文艺作品的跨文化传播，其中译者功不可没。比较文学变异学为解决目前理论学界的一些危机和困境提供了宝贵的思路。如何评估"创造性叛逆"的价值并合理规约其界限？这是否可以被视为一种相对独立的文学创作，并且其价值何在？这些问题值得我们深究。

今天，世界文学研究的重心也逐渐偏向对文学和文化的差异性与变异性因素的研究。奥尔巴赫认为世界文学的预想"是一种幸运的错误（felix culpa）"[1]。今天各个地区的人们被按照特定的文化归属分类。这种分类泯灭了多元性，是一种标准化的做法。这一标准化、同一化的归类最早源自欧洲，它正在伤害文化和文化的独立传统。[2]由此可见，文化与文明如果敝帚自珍，总有一天会走到标准化的道路上去，也会失去创新和进步的动力。为了对抗这种标准化，文学最鲜活的"民族性"，在新的世界文学体系中不应该被忽视，而应该在文化传播中得到保留、强化和升华。只有民族文学的特异性被关注到，民

---

[1] Erich Auerbach, "Philology and Weltliteratur", in Theo D'haen, Cesar Dominguez and Mads Rosendahl Thomsen eds., *World Literature: A Reader*, Routledge, 2012, p. 66.

[2] Ibid.

族主体性才能被看到、被确保，所谓世界文学才算名副其实。正如季羡林所说的："所谓世界文学，内容是民族的，形式是世界的，总是先有民族的，然后才是世界的。只要国家民族还存在，就决不会有一个超出一切国家民族高悬在空中的空洞的世界文学。"[1]正是由于中国文学有这种异质性特征，才能从跨文明视角为构建世界文学体系贡献新的理论增长点。丹穆若什（David Damrosch）一语道破天机："当今世界文学的一个主要特征是变异性：不同的读者会被不同的文本体系所吸引。"[2]正是文明的相互碰撞，带来了中西文论双向的反思、改变和重组。基于文化的变异性而构建世界文学，是第三阶段的中国比较文学区别于西方学派的根本特征。

第二节　本质主义[3]与反本质主义的讨论

在西方学界，反本质主义以后结构主义（解构主义）为哲学观念，旨在消解逻各斯中心主义，而在各个领域发起了一场针对本质主义思维方式的战役，以推动理论和社会文化走向开放与多元。反本质主义表现在文学研究和批评中，则是通过对文本中心论的解构，释放文学研究活力，并为更为广阔的文化研究奠基。20世纪90年代末我国当代文艺学受到后现代主义思潮的影响，展开了关于反本质主义的讨论，学界主要批判了80年代以来单纯以审美为中心的文学观念及其理论模式。这引发了我国文论界的反思，文论界认为我国文论没有摆脱本质主义的桎梏，需要被解构和重新建构。而对于20世纪90年代后半叶以

---

[1] 季羡林：《比较文学与民间文学》，北京大学出版社，1991年，第322页。
[2] David Damrosch, *What is World Literature?*, Princeton University Press, 2003, p. 281.
[3] "本质主义"指在形而上学的体系影响下形成的脱离具体的历史条件而寻求事物的绝对本质的学说。

来逐渐在学界兴盛起来的后现代理论和文化理论自身的批评与反思并不多。之后西方学界以"理论已死"为名的文学理论反思开始，中国理论家也融入其中，开始考虑理论的合理性和有效性。在中国学界，反本质主义究竟反对怎样的本质主义呢？这里主要有两层含义。

第一是对以"反映论"为代表的苏联文艺理论的反拨。从苏联传入的"反映论"也被认为是本质主义文学理论的代表。"反映论"将文学视为现实生活的反映。现实作为客观实体，是历史因果规律的具体体现。"反映现实"成为文学的本质规律。在"反映论"的指导下，现实主义成为最重要的文学形式。这一倾向使得文学创作、评论和研究趋于单一。之后"反映论"的文学理论被主体性文学理论所取代。逐步成为主流的主体性文学理论主张文学体现的是人性或人的本质。文学是"人学"，是人类主体的创造。主体性文学理论同样被后结构主义解构了。在后现代主义的主导下，主体、人性或人的本质都不再是实体存在的，而是话语权力和意识形态的构建。后结构主义对普遍、永恒人性的解构彻底地推翻了主体性文学理论的根基。后结构主义无疑释放了实体论本质主义的文学理论，为开辟新的文学理论建构道路做出了贡献。[①]刘平认为文论的发展变化和研究绝非单一的维度，而与社会文化环境紧密关联；他认为正是由于文论的社会性本质，我们无法不从社会和国家的高度来考量文论的功能。在社会变迁之中，文论研究主体将不断进行立场的转换并选择最为合适的研究范式。[②]杨春时则认为把意识形态和话语权力的构造视为无处不在的存在，并偏激地否定一切构建独立话语与意识的可能性，又是另一种谬误，比如

---

① 参见杨春时：《后现代主义与文学本质言说之可能》，《文艺理论研究》2007年第1期，第12页。

② 参见刘平：《社会转型与价值文化研究——新本质主义价值文化时期的开启》，《人文杂志》2015年第3期，第2页。

科学、艺术和哲学就是相对独立的存在。①大卫·格里芬在批判形而上学本质主义的基础上提出了"构建性的后现代主义",更注重建构新的理论体系。"构建性的后现代主义"主张主体间性以及人与世界的和谐共处,批判主体性和主客对立。②同样,陶东风也倡导这样的"构建性的后现代主义":"我的反本质主义(如果可以这样称呼的话)更接近于建构主义的反本质主义,而不是后现代的激进反本质主义。"③

第二是对文学本质,即所谓"文学性"的解构。我国20世纪90年代末展开的反本质主义的争论主要是从形式主义的"文学性"概念入手的。"文学性"是20世纪八九十年代几乎所有文学议题的出发点,也是关于本质主义和反本质主义文艺学的讨论的起点。20世纪80年代以来,"文学性"概念在我国当代文论的审美转向中获得了极大的认可,在一代代文论家的努力下,逐渐被构建成文论的核心议题。20世纪90年代国民经济的长足发展以及互联网技术的发展,使得大众文化获得一席之地。在消费文化的侵袭之下,"纯文学"和"大众文化"各自的边界不再清晰,文论家试图以"文学性"为名的审美自律来捍卫文艺学的学科尊严,却越来越难以应对社会发展对文艺学的要求,出现了理论与现实脱节的情况。鉴于此,文艺理论学界开始考量并应对新的情况,"文学性扩张"和"审美泛化"等话题被推到文艺学讨论的前台,这将新的学科构建与学科范式的话题重新置于讨论的中心。"文学本质观念"和"审美现代性"这样的话题被文论家视作僵化的本质主义倾向,其核心的争论点在于文学理论不应与社会文化现状"分

---

① 参见杨春时:《后现代主义与文学本质言说之可能》,《文艺理论研究》2007年第1期,第13页。
② 参见杨春时:《后现代主义与文学本质言说之可能》,《文艺理论研究》2007年第1期,第14页。
③ 陶东风:《文学理论:建构主义还是本质主义?——兼答支宇、吴炫、张旭春先生》,《文艺争鸣》2009年第7期,第12页。

家"。但"理论"向社会文化的无限扩张，使得文学本身被覆盖、被吞噬了。这也成为文艺学的反本质主义的重要出发点。① 这场讨论不仅仅带来了思维方式转换的讨论，同样也带动了对文学研究范式以及文学理论教学、文学学科构建的一系列问题的讨论。秉持后现代理论观点的学者在这次论战中发挥了重要的引领作用。后现代主义者质疑文学的审美超越性，也就是否定了文学的审美本质。后现代主义结束了传统的文学理论模式，创造了新的文学研究范式，以解构取代建构。关于文学本质的言说一时之间似乎完全不合时宜了，而研究者转而关注特定历史语境下所诞生的文学观念，并考察相应的话语形态。形而上学-本质主义对文学历史性的关注也成为过时的研究范式，人们转而研究文学背后的话语权力和意识形态。有不少学者认为苏联模式大大影响了以从"反映论"到"审美意识形态论"为代表的当代中国文学本质观念的变迁。但苏联的影响只能归结为文学本质主义成型的外因。学界的形而上学的本质主义理念被赋予了特定的时代特征，与当时国家意识形态不谋而合，使高度政治化的苏联模式在中国被非常顺利地接受下来了。②

20世纪90年代国家政治和经济体制改革带来了深刻的思想解放，文学艺术的本质和去本质之争也应运而生。这实质上是中国文论界突破文论发展阻力，重新在新的政治、经济和文化背景下激活文学研究的努力。纵观中国文论发展史，每当社会文化偏执地追寻本质主义时，大都有极左思潮的底色。任何思想意识走到极端，都有可能排斥其他理论和学说，将理论简单地以门派与阶层分类。这种简单粗暴的态度

---

① 于瑞:《中西文论比较视域中的"文学性"问题研究》，江西师范大学博士学位论文，2021年，第110页。

② 参见李自雄:《反本质主义与文学理论的重建——近十年来反本质主义文学观念所引发的理论探讨述论》，《文艺理论与批评》2012年第6期，第38页。

一旦与僵化、封闭、独断和极端的思维方式相结合，就会带来严重的后果以及深刻的教训。[1]因此，无关乎时代，对本质主义倾向始终保持批判性反思无疑是必要的，无论是对理论发展还是对社会文化，都具有积极意义。

新世纪初提出的"反本质主义文艺学"是之前有关"文学性"讨论的延续，在理论学界带动了一波关于本质与反本质的激烈争论。西方学界对本质主义进行的反思源自对形而上哲学传统的反思，有深厚的哲学理论背景。我国学界借"反本质主义文艺学"进行一种几乎完全抽象的理论构建，脱离实际，将这种抽象逐步极端化。反本质主义对文艺的本质主义缺乏清晰的基本定位，将其划归于"僵化、封闭、独断的思维方式和知识生产方式"，这种"解构"来自一种"非黑即白"的理论出发点，难免失之偏颇。被冠名为"本质主义者"的学者对于文学及"文学性"的维护并非在超历史的真空环境下进行。童庆炳认为他的批评者并没有将其主编的《文学理论教程》放到应有的历史文化语境中去考察，并未考量文学是"显现在话语含蕴中的审美意识形态"这一论断；这一论断兼顾了文学自身的审美特性和意识形态，是当时历史语境下"所允许走过的最远处"。[2]童庆炳所理解的"文学本质"并非源自一种固化、僵化的思维方式。他始终秉持一种开放和多元的姿态，因为他认为哪怕是坚守"文学性"的学者在面对新的文学与文化现象时，也同样需要直面现实，汲取其他学科的方法，解答社会转型时期的新问题。[3]将一些学者简单划分为"本质主义者"或者"反本质主义者"也是失之偏颇甚至毫无必要的。

---

[1] 参见赖大仁:《当代文艺学研究：在本质论与存在论之间》,《学术月刊》2018年第6期，第107页。
[2] 参见童庆炳:《反本质主义与当代文学理论建设》,《文艺争鸣》2009年第7期。
[3] 童庆炳:《当下文学理论的危机及其应对》,《文化与诗学》2010年第2期，第74—86页。

随着对这一话题的争论的展开和推进，关于"反本质主义文艺学"的讨论又转换成为更具有冲击力的对当代文论反本质主义问题的讨论。反本质主义的学者倡导打破对文艺理论构建的束缚，积极应对当下的文化现象，做出与文化发展相符的改变。陶东风认为文艺理论学界的本质主义倾向，使得学术界对"文学终结"以及对"文学性扩张"等提法持否定态度，这"严重束缚了文学理论研究的自我反思能力和知识创新能力，使之无法随着文艺活动具体形态及时空环境的变化保持不断创新的姿态"①。我国文论界在对本质主义的解构之后，主张建构一种更加"自由、多元、民主的文学理论"②。这样的观点当然得到了一些学者的呼应与支持，但也引发了一些质疑的声音，即认为如果照搬西方语境不假思索地贯彻反本质主义，会导致自身文论系统被全面解构和颠覆，并不可避免地走向虚无主义。这些观点之间的激烈交锋，直接反映了当代文论界在面对西方理论的强势影响和极大冲击力时所呈现的焦虑状态。

近来有学者认为"本质论"文艺学应当被终结，而以"存在论"文艺学取而代之。这种更激进的反本质主义不再追问"研究对象的本质究竟是什么"这样的问题，而存在"如何是"的问题，即通过分析存在者的存在方式而了解其存在的目的。"存在论"文艺学主张立足文学活动整体、文学文本全貌对文学进行综合性和总体性研究。③赖大仁认为即便我们着眼于"存在论"文艺学，也不可能对事物的本质避而不谈，"存在论"所谈的也是存在者的存在方式。了解一个存在物究竟是什么，是对其展开一切讨论的起点。如果将一些追寻本质的做法

---

① 陶东风:《大学文艺学的学科反思》,《文学评论》2001年第5期,第17页。
② 陶东风主编:《文学理论的基本问题》,北京大学出版社,2004年,"导言"第18页。
③ 参见赖大仁:《当代文艺学研究：在本质论与存在论之间》,《学术月刊》2018年第6期,第108页。

都视为本质主义，显然也是失之偏颇的。赖大仁认为必须区分"本质论"与"本质主义"："如果把凡是以文学本质论问题作为切入点和研究思路，或者以文学本质论观念作为理论基点而建立理论体系，都统统归结为'本质主义'而加以否定，甚至武断地宣称'本质论'文艺学研究应当终结，这种极端化、绝对化的论断，岂不正是他们所要极力批判否定的'本质主义'思维方式吗？"因此，对于理解文学，反本质主义做出的重大贡献也包括让"本质论"和"存在论"成为一个问题的两个方面，二者各有侧重，应该映衬配合，不可偏废。

第三节 强制阐释、本体阐释与公共阐释

就一个社会来说，热点议题和大讨论的背后有观念的冲突、文化的变迁。就一名学者来说，发起一场发人深省的争论需要学术的积淀、思想的锐度和对身处世界的敏感关注。这些涵盖丰富的思想交锋必然可以带来新一轮的反思与质询，从而推动某一论题向更深和更广处发展，进而为文论发展提供智力支撑。张江对当代西方文论批判性研究做出的重要贡献是他提出了"强制阐释论"的概念。这是学者引领学术话题，并主动创造条件引发国内国际讨论的经典例证。张江以2011年获得的全国哲学社科基金重大委托项目"当代西方文论批判性研究"为起点，逐步积累理论准备；于2014年提出了"强制阐释论"概念；之后在2015年主持了全国哲学社科基金重大委托项目"中国特色社会主义文学理论话语体系建设"，从"文论批判"逐步走向了"文论构建"。张江在两个社科重大课题的加持下提出了这样一些理论追问：什么是文学的本质？文学阐释的终极目标是什么？中国文论有没有其自主性？这些话题的潜在对话者有西方文学和文化理论以及后现代主义文论等。以"强制阐释论"为起点展开的讨论旨在以中国文论的构

建为最根本的问题意识,对西方文论的知识生产的问题做出批判性反思;在中西文论的比较研究的基础上,聚焦于克服西方文论阐释的根本局限的方法和途径;超越西方文论阐释,并对中国文论话语进行体系性的构建,奠定"中国阐释学"的基础。"强制阐释论"以及后续的"主体阐释论"和"公共阐释论"可以算作新世纪文论界最具思想性与原创性的话题。文论界对这些极具深度与广度的话题进行了激烈的一轮轮讨论,并逐渐超越文学跨到人文科学的其他领域甚至开始涉及社会政治文化和国际关系等话题。"强制阐释论"是具有很大学术影响力和冲击力的理论命题,堪称"文学介入现实的典范"[①]。

2014年张江借《当代西方文论若干问题辨识——兼及中国文论重建》和《强制阐释论》两篇论文提出"强制阐释",将其定义为"当代西方文论的基本特征和重大缺陷"[②]。这一观点以其思想锐度和理论高度立即在国内学者中引发热议,带来了对西方文艺理论的新一轮反思。无论是"没有文学的文学理论"还是"理论中心主义",都获得了很大的反响和共鸣,都直接摆出了当时理论研究的一些亟须克服的理论话题。"强制阐释论"的核心观点的提出,让文艺学界以西方理论自身的根本缺陷为抓手,展开了相当深入的理论批判。张江不仅仅对西方文艺理论所谓的"严密逻辑性"和"科学性"进行解构,还质疑西方文论的"神话",批判其绝对高度。之后,张江立足于文学的"本体阐释",将其理论视野拓展到"公共阐释"的高度,从微观和宏观角度逐步推进当代文论话语体系构建的具体方案提出。透过这一系列的相关讨论,可以看出,关于"文学是什么"以及"应该如何阐释文学"的话题仍然是最核心的本位性的文论问题。"强制阐释论"将西

---

① 金惠敏:《阐释的政治学——从"没有文学的文学理论"谈起》,《学术研究》2019年第1期,第16页。

② 参见张江:《强制阐释论》,《文学评论》2014年第6期。

方文艺理论的固有缺陷总结为四个基本特征:"第一,场外征用。广泛征用文学领域之外的其他学科理论,将之强制移植文论场内,抹煞文学理论及批评的本体特征,导引文论偏离文学。第二,主观预设。论者主观意向在前,前置明确立场,无视文本原生含义,强制裁定文本意义和价值。第三,非逻辑证明。在具体批评过程中,一些论证和推理违背基本逻辑规则,有的甚至是逻辑谬误,所得结论失去依据。第四,混乱的认识路径。理论构建和批评不是从实践出发,从文本的具体分析出发,而是从既定理论出发,从主观结论出发,颠倒了认识和实践的关系。"[1]这里聚焦了理论与阐释的关系、阐释者和阐释的关系、阐释逻辑与阐释过程的关系以及理论构建与文学实践的关系,几乎囊括了当时文论阐释讨论的所有基本和重要的问题导向。对于这些问题导向,张江有明确的理论主张。第一,张江坚持文学理论的原生和本体特征,认为文本本身具有应有之义,阐释行为不能偏离文本的视域;第二,阐释者从自己原有"前见"而不是"立场"出发,在对文本的研磨和对话中不断检验、修正与扩大"前见",从而形成一个新的视域;第三,阐释应该避免"自相矛盾""无效""循环"和"无边界"的论证;第四,阐释应该厘清"实践与理论""具体与抽象""局部与全局"的关系。[2]

如果做一个总结,那么张江"强制阐释"阶段的理论主张主要体现在两个层面:一是"作者之死"作为后现代主义话语体系下一个标志性的又极其重要的理论话题,究竟有没有合理性?其实此处根究的核心问题是文学文本究竟有没有一个"本意";如果有,这个"本意"是不是"作者意图"?那么文学阐释的目的是不是为了找到这个"本

---

[1] 张江:《强制阐释论》,《文学评论》2014年第6期,第5页。
[2] 张江:《强制阐释论》,《文学评论》2014年第6期,第5—18页。

意"和"意图"？二是正因为西方理论尤其是后现代文艺理论对中国文论传统颇具颠覆力的影响，所以中国文论既"忘却"了中国古代文论的传统，也逐渐"丢失"了苏俄文论的审美传统，进入了一个虚空的文论的"空窗期"，旧的理论被解构了，新的理论没有构建起来，中国理论界的质疑与焦虑可想而知。在这样的局面下，如何找到中国文论的根基？中国是否应该拥有自己的承袭中国理论传统、符合中国文学特色、具有民族特色的"中国文论"？这些问题成为"强制阐释论"所要解决的根本理论话题。

张江邀请中国学者主动与国外著名学者就某一共同感兴趣的话题建立联系，展开讨论，甚至发起论战。通过译介和参加海外学术专题会议，"强制阐释论"在国外人文学者中间也引起了不小的反响。在国际理论学术界，批判和争论无疑是最能引起关注的对话形式，不失为一种未来中国学者进入国际主流学术圈的策略。张江与米勒、西奥·德汉（Theo D'haen）以及哈派姆（Geoffrey Galt Harpham）等国际知名学者展开了一系列通信和对话，就文本意义的生成方式、中西文化的差异等热点学术问题展开了深度讨论和激烈交锋。张江与美国理论家米勒的系列对话也被刊登在著名国际学术期刊《比较文学研究》上。之后，张江又与王宁、朱立元和周宪进行了十轮信件沟通，分别就"强制阐释"命题中的几个重要话题，如"理论的场外征用""前见与立场""阐释的前置模式""批评的伦理与公正""批评的界限"等展开相当有深度的讨论，可谓真理越辩越明，四位学者的思想交锋不可谓不坦诚、不激烈，这些论文被编撰成《阐释的张力》一书。可以这样讲，张江主动发起与国内外学者的辩论也使得他的学术思想逐步成熟，将"强制阐释"逐步推向"本体阐释"，再发展到"公共阐释"。然而对西方文论的有效批判和深刻检省，只是认清他者与自我的方式，可以视为建构当代文论的一个起点。这只是"破"而不是"立"。接下来的问题应该是，批判西方文论之后，当代中国文论的出路在哪里？张江的"本体阐释论"标志他的理论思维逐渐从批判走向建构。

张江认为"本体阐释"推动理论回归文学，其阐释的对象和落脚点是文本，而文本是具有自在性的独立本体。"本体阐释"应该从文本而不是理论出发构建阐释的边界以规约阐释范围。"本体阐释"不应前置立场和结论；结论应该诞生于文学批评实践，而不是一种有目的的推定。这样阐释的路径必然拒绝无约束、无限制的阐释。而理论与实践的关系可以被定义为理论是文学阐释和批评实践的积累、升华，否则就不是真正有效的文学理论。在"本体阐释"阶段，张江强调所谓的"文本的自在性"。他认为文本自身的含义是自在的。文本的叙述一旦完成，其自在含义就被固定在文本之中，作者和他人都无法对这个含义进行篡改。文本的自在性是对文本含义和文本阐释的规约，而文本的自在含义就是阐释的根本与底线。[①]张江将"本体阐释"分为三个层次，即核心阐释、本原阐释以及效应阐释。"本体阐释"旨在打破文学的外部研究和内部研究的壁垒，构建文学文本阐释的多维度图景。为了排除不以文本为核心的文化阐释，张江规定了三种阐释的范围和它们的相互关系。核心阐释为中心，其他两重外层阐释都是核心的延展和辐射，反射作用于核心阐释，印证或修正核心阐释的正确性。核心阐释的向外辐射可以从四个方面展开："一是文本生成的社会历史背景，包括作者及其相关的一切可能线索。二是义本艺术与技巧的解剖和分析，包括它的借鉴与创造。三是历史与传统的研究，包括传承的、沿袭的、模仿的表现与根据。四是反应研究和分析，包括一切契合文本的读者和社会反应。这四个方面的研究可以相互融通、互文互

---

① 参见毛莉：《当代文论重建路径——由"强制阐释"到"本体阐释"——访中国社会科学院副院长张江教授》，《中国社会科学报》2014年6月16日第A04版，第5页。

证。"①张江的"本体阐释"主张"回到文本",以"文本诠释为中心"。"本体阐释"涵盖传统的文本细读的多个层面,如作者的生平、文本的社会历史背景、文本的艺术技巧、文本的历史与传统,以及文本的反应研究等与文本相关的层面。"本体阐释"是张江理论体系的重要的一环,之后他的理论构建迈向了更为复杂的"公共阐释"概念。

张江与国内著名学者的讨论逐步推动"公共阐释"概念的成型,这本身就践行了他在"公共阐释"中所提出的"阐"的理念:"中国古人在造'阐'这个字的时候,已经把阐释的开放性、公共性、协商、交流等意思表达得非常清晰、非常明白了。"②"本体阐释"阶段有一些矛盾和不完善的内容,在"公共阐释"阶段得到了逐步修正。2017年的"公共阐释"旨在从中国古代文论资源出发来构建阐释的公共的概念,这一做法很有独创性,也使得这一理论一经提出便成为最具理论和学术价值的热点议题。张江的"公共阐释"具有对话性、确定性、多义性、共享性等特点。他的中式阐释学建筑在一种公共行为之上,而绝非一种私人行为,因为"阐释是一个'对外的'或'向外的'话语行为;阐释就是'居间说话',必须要把话说出来才行,所谓自言自语不是阐释"③。我们可以这样总结"公共阐释"的含义:阐释者以普遍的历史前提为基点,以文本为意义对象,以公共理性产生有边界约束且可由公众度量的有效阐释。阐释的最终目的,是正确地把握文本所固有的"本来意义,此意义或为作者所赋予"④,阐释主体对文本

---

① 毛莉:《当代文论重建路径——由"强制阐释"到"本体阐释"——访中国社会科学院副院长张江教授》,《中国社会科学报》2014年6月16日第A04版,第6页。
② 张江:《关于公共阐释若干问题的再讨论(之一)》,《求是学刊》2019年第1期,第132页。
③ 张江:《关于公共阐释若干问题的再讨论(之一)》,《求是学刊》2019年第1期,第133页。
④ 张江:《论阐释的有限与无限——从π到正态分布的说明》,《探索与争鸣》2019年第10期,第23页。

的阐释聚焦于此。而文本和阐释都是开放的和无限的。文本允许他者对其做出开放的、无约束的诠释,但文本本身的意义并不是无限的;他者也可以任意地自由阐释文本,不受约束,但阐释的有效性是有边界的,可以称为"阐释的有效边界"。阐释可以无限,但非全部有效。只有为公共理性所接受的阐释,才是有效阐释,才可能推广和流传,并继续生成新的意义。以此衍生出"可能意蕴"和"意蕴可能"两个概念,前者是意义的能指,指文本所涵盖和呈现的本来含义;而后者指阐释者所不断添加的阐释的所指。两者完全契合才是有效诠释,如果部分契合,则有效性减弱;如果相违,则与公共理性相悖,那么阐释无效。"诠"与"阐"有什么区别呢?"诠"就是发现和挖掘文本的本来含义,也就是其"可能意蕴",并排除非文本含义;而"阐"则是一个无限添加文本的"意蕴可能"的过程,也就是赋予文本意义以无限的可能性和开放性。"诠"指向有限的文本所指,而"阐"则指向无限的文本所指。阐释的无限性主要基于两个要点,首先文本虽不是无限的但是开放的,其次阐释的主体也是无限的。阐释主体在不同的历史条件和不同的语境下有全然不同的阐释。这样开放性和无限性叠加,自然使得阐释者做出多元而非一元的阐释,而意义的生成也因此是无限的。阐释的终点应该是义本而非文本之外的什么东西,阐释的无限性应该被文本的有限性所约束。这里有一条对于文本阐释的生命力的评判标准:如果文本的"意蕴可能"偏离"可能意蕴"太多,则最有可能被"公共理性"所淘汰。因此张江运用了"诠之 π"的模型来说明3.1415到3.1416之间阐释的开放与收敛、有限与无限的关系。

  综上所述,与"强制阐释"和"本体阐释"概念相比,张江对"公共阐释"做出以下一些拓展:首先,是否遵循文本本意是评判阐释是否符合公共理性的最重要标准。张江为了承袭之前在"强制阐释"框架之下对"作者意图"意义的讨论,将作者意图在此处拓展为文本意义，但对文本意义和作者意图的关系并未详细表述。其次，文本的阐释应该经受得住历史考验，最终得以流传，而其确定性的主要和重要的衡量标准就是作者意图，这是一种诠释者永远逃不脱的确定性。再次，张江的"公共阐释"的概念也认为阐释者应该主动争取听（读）者的支持，构筑一种文本、阐释者和听（读）者的互动，以实现阐释的公共性，这样才能在三者的动态互动中收获最为"合理"（即公共理性）的阐释。文本意义究竟是由作者意图还是由公共理性来确立的？后者显然更具有理论张力。最后，即便有的阐释为公共理性所认可，却未必是真理。公共理性并非一成不变，随着各个时代公共理性变化，曾经不被认可的阐释也有可能重新进入人们的视野，被重新评价，并生产一些"集中于新的公共理性接受的有效面积之内"的"同质性阐释"。所以，张江一直强调："阐释就是一个争取公众承认和实现其公共性的过程，是一个为争取公众承认和实现其公共性而斗争的过程。但是，今天经过斗争或明天经过斗争赢得了公众的承认，却不一定就是真理。"[1]

张江对抗文本阐释的相对主义和虚无主义的最重要防线是"作者意图"，这无疑将文本释义重新带入一元论的桎梏。张江坦诚，在对文本阐释设限的话题上"偶尔有一点不同声音，也和者甚寡。主张阐释必须有所约束的观点，也极端指向作者意图，或以作者意图为刚性约束，如此标准反而使约束主张陷入困境"[2]。至于这种困境如何解决，他将阐衍与诠解视为中国古代经学演进的两条路线："经学之演绎比作水流，阐衍之顺流而下，朝宗于海，面向未知，是一种偏好离散的思维方式；诠解则逆流而上，溯及源头，面向存有，是一种偏好递归

---

[1] 张江：《关于公共阐释若干问题的再讨论（之一）》，《求是学刊》2019年第1期，第133页。
[2] 张江：《"衍""生"辨》，《文艺理论》2022年第4期，第155页。

的思维方式。两种不同的思维方式,决定了两条不同的释义路线,决定了含有多元取向的整体知识格局。"①这两条相辅相成的路线构成了"中国阐释学"的多元的文本阐释方式。借此,张江有效地整合了传统文本内部阐释(本体阐释)和文本外部阐释两种曾经对峙、针锋相对的文本诠释方式,并为两者的融合画出了一条清晰的原则性的红线,即公共理性。

对于张江"公共阐释"概念的置评有各种层次,笔者主要分析几种有代表性的批判。

对张江的"公共阐释"的主要质疑来源于他对作者意图在其理论大厦里的定位。作者意图与文本自在性的区别是什么?作者意图是不是"公共阐释"的最确定和最有效的规约?对此,不少质疑的声音,都可以给我们一些启示。艾柯(Umberto Eco)用作品意图来规范阐释的界限,以防止后结构主义理念对文本的"过度阐释"。②艾柯认为后现代主义和后结构主义的观念需要一分为二,一方面他批判毫无限制的阐释自由;另一方面,更加反对狭隘的"一元真理观"。如果回到张江所说的"文本自在性",伊格尔顿的一段引言很能说明问题:"内置于文类当中的意向性很可能会与作者的意图背道而驰。作者即便有心投身某场笔战,但只要他采用小说形式,其语力势必被抵消或者转化。无论作者的意图多么严肃,这种虚构的语境总会倾向于推翻他的努力。类似地,你不可能在一个排斥反讽的文类当中制造出反讽效果,因为这不符合它原本的设定。"③这里伊格尔顿强调文本意向和作者意向存在矛盾且不可统一,所以"文本的自在性究竟是什么"存疑,与

---

① 张江:《"衍""生"辨》,《文艺理论》2022年第4期,第154页。
② [意]艾柯等著,[英]斯特凡·柯里尼编:《诠释与过度诠释》,王宇根译,生活·读书·新知三联书店,1997年,第10页。
③ Terry Eagleton, *The Event of Literature*, Yale University Press, 2012, p. 169.

作者意图的关系更是说不清楚。同样，王元骧试图说明文学文本今天所呈现的确定性的形象并非单一源于作者，而是作者与一代代读者共同构造的；绝非一成不变，不仅有时代差别也有个体差别。①

朱立元在与张江的对话中引用一些文学批评者对于文学批评任务的定位，借此回应张江对文学阐释目标的理解。王彬彬认为："文学批评是批评者的审美表达。"②而陈思和如是说："我认为一个好的批评家，他只是借着批评的文本说话；好的批评一定是主观性很强的批评，不只是解读作品，它通过解读作品传达出他自己对社会的认识，对文学和艺术的整体看法。"③朱立元认为在这些批评家对批评实践的理解中批评家自我主体性的存在和突显是相当显著的特征，而"这可能是当代批评的主流"④。这里牵涉的问题是：如果作者的主体在漫漫历史长河中已经消逝了，我们无法确定何为作者主体时，是否可以让批评家成为阐释和批评实践中的主体？作者、文本或批评家在何种情况下可以成为批评的主体，这是否可以依据批评的现实和实际来确定？这些当然是有趣的、值得继续讨论的话题。

陶东风没有将作者置于文本意义决定权的中心位置上。他认为文本意义是在与批评和阐释者的互动中生成的。这种互动随着时代而变化，也取决于读者的个人意志。同时，文本和非文本、文本内因素和文本外因素，如社会、历史、哲学与文化的因素在一个文本中很难被清晰地分辨，所以使得阐释也很难被清晰界定为"多元""创造""本体"或"强制"。既然每个人都带有自己的阐释"立场"和"前理

---

① 参见王元骧：《症结与出路：文学语言研究的新视野》，《江苏社会科学》1999年第6期，第53—55页。
② 张彬彬：《文学批评是审美感受的表达》，《文学报》2015年6月4日第18版。
③ 转引自刘琼：《什么是理想中的文学批评》，《文学报》2015年6月4日第19版。
④ 参见朱立元：《关于"强制阐释"概念的几点补充意见——答张江先生》，《文艺研究》2015年第1期。

解",因此也不可能带来一个"完整"的、永久有效的阐释。阐释也必然是带有主观偏见的、有选择的、部分的。[①]文本的自在性究竟是否存在直接影响"强制阐释"概念的立论基础。文本阐释是否"合理"取决于它是否符合所谓的"公共理性"。除此之外,是否还有其他维度来衡量文本阐释的合理性?桑塔格(Susan Sontag)对传统阐释的批判完全是从一个截然不同的维度出发的,她倡导一种用感性去感知作品的艺术形式而不是评价其内容的做法。她认为如果忽视文本作为艺术作品的独立性,而以一种极度简单化的对等式的"权威"方式对内容进行释义,会使得文艺失去其艺术本性和真意。[②]如果以此来回看"公共阐释"对于"公共理性"的强调,是否也会失之偏颇,忽略了诠释的感性层面?进一步来说,真正的好的文学阐释无法忽视对文学情感特性的深刻认识与遵循。基于这一原则,文学阐释的目标就应指向文本的审美、人学或与其相关的其他精神价值。[③]所以丁国旗认为:"个体阐释"和"公共阐释"互为基础、相互制约与相互决定的关系正是源于文学本身是独特的、开放的、具有超越性的。[④]

当然上述这些学者的质疑虽然提出了"公共阐释"的一些理论缺憾,但无人能否认其对我国理论构建所做出的重大贡献。张江的"公共阐释"本是从文学阐释出发,逐渐走出文学,逐渐成为一个有着开阔的眼界,涉及社会、政治和人类文化传承的命题。张江对于阐释的公共性的理解已经超越了文学的界域:被某个时期的公共理性所主导

[①] 陶东风:《从前理解、强制阐释到公共阐释》,《学术研究》2021年第10期。
[②] 参见朱立元:《关于"强制阐释"概念的几点补充意见——答张江先生》,《文艺研究》2015年第1期。
[③] 参见赖大仁、朱衍美:《文学阐释的特性与"本体阐释"问题》,《学术研究》2021年第12期,第40页。
[④] 丁国旗:《文学视域中个体阐释与公共阐释的关系》,《社会科学战线》2019年第12期,第152—153页。

的"公共阐释"未必就是真理。随着社会、历史和文化的发展,不仅阐释者改变了,阐释的标准与阐释达成共识的方式也会随之变化,因此阐释"不可能固定在一个时代或一个历史阶段,变成一种声音,永远地传递下去"[①]。正因为阐释不是真理,所以那些"未被证伪的公共阐释的结果,可以进入人类知识系统,传及后人。但是,这种知识总是伴随着历史的进步而不断得到修正的"[②]。所以"公共阐释"命题已经超越了文学本身,进入了人类整体的知识领域。所以文学研究者和批评家认识文学作品也可以推动公共认识的产生,这是文学批评与诠释的最高社会功能之一。

[①] 张江、[德]哈贝马斯:《关于公共阐释的对话》,《学术月刊》2018年第5期,第10页。
[②] 同上。

第三章　中西文论交流互鉴

中国对西方文论的了解实现单方面的同步，而西方对中国文论的了解并非同步，能够真正进入西方文论学术视域中的中国文论问题依旧凤毛麟角。中西交流是我国文论构建的重要途径。比如当代许多西方的文论名家，虽然从未到过中国，但孺慕中国文化，在构建其理论的过程中从中国得到了启示，汲取了中国文化、哲学和文论的养分。新世纪也有一些文论名家如巴特、德里达、齐泽克（Slavoj Žižek）和巴特勒（Judith Butler）等曾访问中国，与中国学者进行近距离学术交流。这些西方文论名家的中国情结，其理论体系中的中国渊源、中国概念，现实中的中国之旅，以及其理论在中国的接受度，都有可能反映在他们的学术成就之中。由此可见学术交流对文论构建的重要意义。但遗憾的是，过去的中西学术交流往往是平等互动少，从西方到东方这一单向式传播交流方式占主导。

张江认为我国学者与西方学者的交流不应该仅仅停留在汉学的圈子里，而应该与一流学者建立学术交流。迄今为止，我国当代的文论还很少被西方一流学者所关注：欧洲科学院院士德汉坦诚自己仅仅读过中国比较文学和文论学者乐黛云、孟华、王宁与张隆溪等的著作。[1]

---

[1] 张江、[比]西奥·德汉、生安锋:《开创中西人文交流和对话的新时代》,《探索与争鸣》2016年第1期，第21页。

当然，相对于中国学者对西方文论的接受和研究，西方对中国文论的研究以及对中国理论学界的关注还比较欠缺。我国理论学术精英凭借自己对西方文论的深刻理解，进入西方学术话语圈，虽然他们的学术成就已经得到了很大程度的认可，但他们中鲜有人在接受西方文论的基础上融会贯通形成自己独创的理论体系，甚至大胆开创或引领一个学派。他们中也很少有人在进行文论研讨的时候，有意识地融入有中国特色的文论成果。王宁高度肯定李泽厚的论文《美学四讲》[①]被收入《诺顿理论批评文选》的历史意义，认为这标志着西方文论学界首次"打破了西方中心主义的藩篱"，"从而实现了英语文学理论界对中国当代文学理论的认可和接纳"。[②]王宁近年来致力于推进世界文学的研究，将有中国特色的视角，即马克思主义视角带入这一研究领域，这无疑拓展了这项研究的深度和广度。这些事件标志我国文论研究正在逐渐为世界所关注，文论家们也逐渐树立起独创理论体系的学术自信，甚至具备了引领世界学术讨论的知识和人际储备。我们有理由相信在不久的将来，上述事件将不仅仅是学术交流中的个案。

"中西对话"已经成为中国文论界的共同认知。但在民族文化与世界文化、本族文化与异族文化发生冲突时，应该采取怎样的对策？对此，学者们仍持有不同立场。王宁认为中国文论有效地走向世界的途径是"中外合作、以我为主"，并通过翻译和著述来加速中国文论的国际化。文学理论应该最大可能地吸收国际学界的成果，这是一个艰难且需要胸怀的漫长过程；真正在同一理论层次和水准上对话，才

[①] Li Zehou, "Four Essays on Aesthetics: Toward a Global View", in Vincent Leitch ed., *The Norton Anthology of Theory and Criticism*, Norton, 2010.

[②] 王宁：《再论中国文学理论批评的国际化战略及路径》，《清华大学学报（哲学社会科学版）》2016年第2期，第2页。

有学术的创造性发生。[1]王岳川提出"中西互体互用说",即"平视对话和差异互动模式",求平和、求生态、求多元是其基本特征,具体表征为"发现东方"和"文化输出"方式。[2]曹顺庆认为"盘活古代文论,要中国文论中国化,寻找我们自己的传统、自己的支撑;吸收西方文论,是要西方文论中国化,化人若己,发我口出,我心为我所用"[3]。王一川提出时间会不停地把外来他者涵濡成自我,同时也会把自我涵濡为他者。自我和他者在文化的涵濡过程中相互作用,不可分离。[4]曾军将毛泽东文艺思想的对外传播视为我国文化"西化"与"化西"的范例。毛泽东文艺思想的对外传播路径很有启示意义。毛泽东文艺思想大约在20世纪40年代后流传到海外,并在60年代之后形成规模,受到西方左翼知识分子追捧,并将其奉为毛泽东美学。之后在中国开启大规模译介西方理论的80年代,带着毛泽东美学内核的"西方马克思主义文艺理论"被译介到中国。"西马"文艺理论与毛泽东文艺思想并行发展,有相同的理论源头,但又有各异的形态。[5]

上述这些文论家都试图探寻中国与西方文化在文论构建中有怎样的关系。他们虽各有侧重,但都将"中西对话"和"中西合作"视为构建新世我国文论的重要原则。他们探讨我国学者应该秉承怎样的原则,遵循怎样的方法,才能最大限度地利用西方文论的优秀成果完成自我构建。

---

[1] 王宁:《全球化进程中中国文学理论的国际化》,《文学评论》2001年第6期,第31页。
[2] 王岳川:《"发现东方"与中西"互体互用"》,《文艺研究》2004年第2期,第110页。
[3] 曹顺庆、王庆:《中国古代文论与西方当代文论的对话》,《当代文坛》2010年第3期,第5页。
[4] 王一川:《层累涵濡的现代性——中国现代文艺理论的发生与演变》,《文艺争鸣》2013年第7期,第8页。
[5] 曾军:《中西文论互鉴中的对话主义问题》,《中国社会科学》2022年第3期,第202页;参见曾军:《西方左翼思潮中的毛泽东美学》,《文学评论》2018年第1期。

第一节　西方理论的中国问题

刘康和曾军主导了有关"西方理论的中国问题"话题的研究，是目前这个研究领域中的两位主将。刘康所主导的讨论是在中国和国际学术圈中同步展开的。他在《文艺理论研究》、《文艺争鸣》、《比较文学和文化》(*Comparative Literature and Culture*)、《现代语言季刊》(*Modern Language Quarterly*)等中英文知名期刊上，以专栏和专辑形式开展对话与讨论。曾军开始这项研究主要是受到刘康早在2010年上海大学所做的讲座的启示。这次讲座的主题是"欧美左翼理论对中国问题的观点与立场"。曾军在2016年获得了国家社科基金重大项目"20世纪西方文论中的中国问题研究"，开始了对这个话题的系统性研究。首届"西方文论中国问题研究高层论坛"于2017年3月在上海大学成功举行。同样围绕这个主题，武汉大学文学院于2019年12月主办了"文明互鉴与对话：文艺理论的中国问题学术研讨会"。在会上，武汉大学李建中、李松两位教授主持了题为"文明互鉴与对话"的对话，并提纲挈领地点明了"文艺理论的中国问题"的研究主旨与研究路径。

刘康和曾军的学术研究各有侧重，主要的区别有以下这些：刘康在重新理解中国与世界的关系的基础上重新定义中西文论的关系，以提升中国问题的话语地位；致力于解构文论建设中的二元对立，倡导一种中西双向融合和相互学习渗透的方式。曾军则细致、明确地区分西方学者对中国问题展开研究的动机、方法与目的，从而尽可能清晰地对中国问题在西方文论中的地位和作用做一个系统辨析，并提出中西文论对话和互鉴的方法。

一、刘康对中西文论二元对立的消解

刘康视"西方理论的中国问题"(China Question of Critical Theory)的核心问题"是来自西方的普适的、普遍性的理论、思想、概念与中

国具体、特殊的文化、历史所产生的冲突、断裂、与错位"①。简而言之，刘康认为"西方理论的中国问题"的中心问题就是西方普适价值与中国文化的错位。刘康借"西方理论的中国问题"的讨论，超越中西二元对立的思维模式，把中国视为"世界的中国"（China of the world），而非"世界与中国"（China and the world）的两个相互分离的存在。将中国置于世界的宏图之中，中国将不再与周边世界分离，而是处于一种边界模糊、与之融合的状态。这当然不是国家意义上的消融，而是一种文明和精神边界的融合。这一理念的核心在于：中国不可能脱离世界，世界也不可能没有中国。刘康试图以这种交融的、去边界的状态解构中西的二元对立。

如果依照这个总体思路来理解"西方理论的中国问题"，那么无论是研究对象还是方法，都有其外在性（extraneous, extrinsic）和内在性（immanent, intrinsic）之分。首先，中国问题对西方文论来说是外在的；同样，中国问题在西方文论中也可以是内生的、内在的问题。中国问题对西方文论是有影响的，早到儒家、老庄思想，晚到习近平总书记的"人类命运共同体"。其次，对于中国而言，"西方理论的中国问题"是外在的，作为舶来品的西方理论在中国被接受和转换；内在性体现在西方理论一旦成为中国问题之后，就内化为中国学术与思想史的内在问题。这种转换、内化和重置往往使得中西文论的界限消失，处于"他我不分"的状态，而最终使中国文论的话语体系在文论互鉴交融中得以转换。所以文论话语的转换是"西方理论的中国问题"这项研究的核心部分。②对于双向的内在与外在性，刘康这样解释："我

---

① 刘康、李松：《从马克思主义美学到西方理论的中国问题》，《华夏文化论坛》2021年第2期，第346页。

② 参见刘康：《西方理论的中国问题——一个思想史的角度》，《社会科学》2020年第4期，第161页。

们今天提出来的是一个内在的问题，是一个既内在于西方，也内在于中国的问题。换句话说，没有什么是外在的，因为西方和中国或者世界和中国，本来就是一体的。现在流行的一个说法是自我与他者，即自我和他者互为镜鉴，你中有我、我中有你。这个说法比外在与内在的二元对立论更有说服力，所以我们要强调'世界的中国'，而非'世界与中国'。"[1]刘康在与李松的对谈中坦言，他研究西方文论的中国问题并不是想要重构思想史，而是想要重读和重新定位（重置）思想史中的某些问题，尤其是从概念、框架、范式与方法上重读这些文学史上的重要命题。刘康具体区分了中西文论关系的几个层次，具体而言包括以下三点：中国对西方理论的接受和重置，西方对中国理论接受和重置，以及中国对那些重塑与重置中国理论的西方理论的接受和再重置。

而这种重读、重置不仅仅针对问题或内容（"中马"和"西马"的关系），也针对具体方法（框架、概念、范式、思路）。刘康试图将西方理论本身的方法、角度、思路、范式与中国问题做双向的重读和重置。这里他进一步以"西马"和"中马"的关系来解释"双向"的含义：首先，在内容上"西马"和"中马"之间的影响、渗透与交集是双向的、不可分割的。其次，在方法上"西马"和"中马"通过互鉴和相互映照，可以发现各自的缺憾与缺失，并完成一种双向的填补与增值，以共同消除盲点与谬误，获得洞见与澄明（truthfulness）。而获得澄明的过程必然与谬误和误读的产生相伴，这并非"错"与"对"二元对立的关系。[2]毋庸置疑的是西方理论在中国被接受和转

---

[1] 曾军、朱力元、王宁、刘康：《世界中的中国和西方："西方理论的中国问题"对谈》，《探索与争鸣》2021年第9期，第79页。

[2] 刘康、李松：《从马克思主义美学到西方理论的中国问题》，《华夏文化论坛》2021年第2期，第344页。

换，而整合过的中国的学术创造也对西方理论产生了重要影响。刘康通过比较、分析中国马克思主义美学家（毛泽东、瞿秋白、李泽厚等人）与西方马克思主义代表人物（卢卡奇［Geory Lukacs］、葛兰西［Antonio Francesco Gramsci］、本雅明、阿尔都塞、福柯等）的理论，以发掘中西思想之间的互动和呼应。"中国道路"成为西方文论自20世纪60年代以来的内在追索，是因为它与西方60年代的批判精神有契合之处。这是在西方理论中的中国话题意义，它以或明或暗的方式影响西方文论的构建，是不可忽视的西方理论成型的因素。刘康这样的研究方法既是一种历史的观察，更是一种"元批评"的视角。刘康以西方文论的中国问题为起点，梳理了一段思想文化史和学术史，这不仅仅是一个文艺理论的话题。这样的视角减轻了西方理论"侵入"所产生的焦虑感，传承"五四"时代中国文艺和思想界的"世界主义"胸怀，开展相对平等的理论的对话。

　　刘康在多个著名期刊中组织的系列论文都秉承上述从"元批评"的角度出发消除二元对立的研究设想。刘康以收录在《文艺理论》中的《西方理论的中国问题——话语体系的转换》一文为例，旨在推动两个话语体系的对话和交流，即"中国式德苏话语"与"中国式后学话语"。五位学者的论文都涉及了理论的重要趋势：中国文艺是走向统一和封闭，还是迈向多元与开放？在中国文艺理论话语体系的转换中，这是一个重要的询问。[1]其中刘康这样描述"中国式德苏话语"与"中国式后学话语"的关系。前者是当代中国文艺理论的主流，显现了我国马克思主义理论研究回归德国古典，即康德、黑格尔一脉的倾向；"中国式后学话语"是新世纪前后中国文论界大量译介西方后学

---

[1] 刘康：《西方理论的中国问题——话语体系的转换》，《文艺理论》2022年第4期，第13页，原载于《中国比较文学》2021年第4期。

（后结构、后现代、后殖民）形成的学术流派，力图超越德国理性主义和启蒙话语。前者是对马克思主义理论的正本清源，后者是对中国马克思主义"出走"和"回归"的路径的辨析。两者也是同源异质的关系。鉴于两种话语互无交集的现状，刘康认为始发于《中国比较文学》上的专辑旨在推动两种话语的对话。韩振江的文章回顾了20世纪以来几代法国左翼理论家阿尔都塞、巴迪欧、齐泽克、朗西埃、巴里巴尔（Etienne Balibar）继承与阐释包括毛泽东文艺思想在内的毛泽东思想的历史。段吉方认为中国学者对法兰克福学派的重塑，使批判理论转换成了美学理论。吴娱玉的文章用法国后现代理论家德勒兹的理论批驳黑格尔的理性主义美学，进而阐述了被黑格尔二元对立、一元决定的理性主义所遮蔽，又被德勒兹的开放式的、块茎式的思维所解放的具有中国特色的文论。刘康认为，如果要真正把握西方理论在中国的接受和转换这个问题，就不应该疏漏对思想史、学术史的梳理，这是一个"元批评"视角理论研究。

　　刘康细分了"中国特色论"与"中国特殊论"两个不同的概念，认为"中国特色论"已经耳熟能详，"中国特殊论"这个概念在中文语境则较少涉及。他认为所谓"中国特色"是政治的、媒体的、公共话语层面的话语表述，而"中国特殊论"是基于文化和文明比较的理论与学术探讨。"中国特殊论"包括中国人文学界热烈讨论的中国传统文化中的"天下观""天下体系"，以及中外媒体中的"中国模式""北京共识"等。[1]探究"中国特殊论"的思维逻辑，在今天这样一个开放多元多极的世界中，如果我们单向强调中华文明的特殊性，或强调任何文明的特殊性，那么很容易落入历史上"中体西用"的图圄：以儒家为主导的古代文明与西方引领的现代性文明能否综合成新的文

---

[1] 刘康、李松：《从马克思主义美学到西方理论的中国问题》，《华夏文化论坛》2021年第2期，第346页。

明？抑或是这样试图辐射"普世论"的"特殊文明"也很难真正成为一种主导文明，在历史上并未成功走出一条新路。今天无论是"普世"（西方）的价值体系，还是"美国特殊论"（即"美国优先论"），抑或是"中国特殊论"，都难以获得一种可以凌驾于他者之上的文明地位（霸权地位），反而使得本已尖锐的对立陷入越来越复杂的困境。这从以"美国特殊论"为代表的全球性话语霸权所面临的与日俱增的挑战和困境中可见一斑。

二、曾军对"西方理论的中国问题"的分类解析

曾军界定了西方学界对中国问题的研究的动因、范式以及中西文论对话的方略。他旨在探究西方文论的问题意识、西方学界对特定中国问题产生研究兴趣的多年原因、西方文论家认识中国问题的渠道和方法、这些中国问题参与西方文论知识建构的方式，以及这些文论话语的融合是由什么历史条件和知识储备促成的。西方文论家对中国的印象割裂、片面，也缺乏整体性。中国学者厘清西方文论对中国问题的片面性误读，可以参与西方文论界的学术对话。曾军认为在全球化时代没有那种所谓的"纯粹"的"中国经验"。这些经验之中渗透着世界范围内异质文化的影响。曾军试图厘清"西方理论的中国问题"这个议题的实质。他认为，由于理论材料来源和语言的各种局限，对中国问题的意识形态、文化与心理隔膜，西方学者对中国问题的理解、解读和借鉴存在诸多偏误。因此，"西方理论的中国问题"的研究重点应该在于厘清西方文论界在思考中国问题时的偏误和独到见解。中国问题在引发中国当代文学批评的讨论的同时，也在不断激发和强化中国学者的身份自觉与文化自觉。曾军同样关注"世界中的中国和西方"[①]的理论视角，致力于进

---

① 曾军、朱力元、王宁、刘康：《世界中的中国和西方："西方理论的中国问题"对谈》，《探索与争鸣》2021年第9期。

一步打破"西方中西主义"和"中西二元对立"的理论视角的束缚，尝试构筑文艺理论研究路径的新范式与主体性。

曾军认为西方学者对中国文化的认识并不是客观的，也并非以知识论的方式来了解，而是对中国文化进行认识论方式的理论化阐释。① 这也就是说，西方学者研究中国文化往往是为了服务于西方经验、西方理论和西方阐释。而随着中国自身综合国力和影响力的提升，西方主动或被动地了解中国，不得不将中国纳入世界主义与全球化的大背景下展开讨论。② 西方对于中国的关注有着各不相同的动因。为证明理论的普适性，文论家们有的试图用西方理论解释中国问题；有的则为了了解和克服自身的诸多难题而寻求"中国答案"；还有的从中国文化那里汲取养分，以此获得了文艺创作与理论创新的灵感。③ 就西方文论与中国问题的关系而言，曾军认为可以细分为两种类型，即"内在于西方文论中的中国问题"以及"外在于西方文论中的中国问题"。④ 前者指西方学者并非将中国问题作为独立研究对象。对于他们来说，无论是作为"文化他者"的中国，还是中国问题这种异质文化因素，都是他们理论框架里的一部分，都是服务于他们的理论构建的必要因素。而后者是指用成型于西方的理论范式来分析和理解中国问题。在这种模式下中国问题与理论本身并没有直接关系，其目的也是作为例证来佐证理论的有效性。西方学界用西方文论阐释中国问题也有三种范式：第一是将中国问题视为一种"异国情调"，第二是把中国问题当作"东方主义"的一部分，第三则是将中国问题作为谋求"多元共生"的手段。其中，"多元共生"逐渐成为众多西方学者的重

---

① 曾军:《"西方文论中的中国问题"的多维透视》,《文艺争鸣》2019年第6期，第96页。
② 曾军:《"西方文论中的中国问题"的多维透视》,《文艺争鸣》2019年第6期，第97页。
③ 曾军:《"西方文论中的中国问题"的多维透视》,《文艺争鸣》2019年第6期，第98页。
④ 曾军:《"西方文论中的中国问题"的多维透视》,《文艺争鸣》2019年第6期，第96页。

要学术态度和立场。①"多元共生"又可以被细分为三种模式。第一种方式是将中国作为方法。这也就是说学者并不满足于仅仅做汉学家，而是通过研究中国，将问题辐射到西方，借以思考和探讨西方的问题。比如作为一位欧洲的哲学家，于连（François Jullien）认为，"因为异国情调只是种族优越感的反面：后者投射原则的普遍性，将其世界观强加给世界其他地方；前者施展差别的魅力"②。于是他并未将中国作为理论目标和研究对象，而是把汉学作为一种从外部反思内部的理论方法。至于为什么会选择中国，正是由于中国文明是真正与西方文明有着巨大区别的异域文化。第二种方式是将中国作为资源。许多西方学者的目的并不在于了解一个完整的、真正的中国，而是从中国文化中发掘西方文化和文明缺失的东西。中国的文字符号，以及传统的"阴阳五行""中庸"的哲学思维与古代艺术给西方文论的创新和发展提供了重要的思想源泉。第三种方式是将中国作为主义。20世纪60年代西方学界出现了激进的左翼思想的热潮。其中毛泽东思想和"文革"在欧美左翼学者当中被刻意误读了，也因此获得了相当大的影响力，唤起了他们的革命理想，阿尔都塞的"多元决定论"就是从毛泽东的"实践论""矛盾论"中获得了哲学灵感。③

曾军总结了中西文论互鉴的方法论。曾军认为，作为中西文论互鉴主体的中国文论和西方文论，其特征既关乎语境、个体、群体，也有意识形态与文化的差异。只有将"对话"引入"中西"，才能真正厘清中西文论互鉴的主线。④新世纪中西文论的对话和互鉴逐渐发展

---

① 曾军：《20世纪西方文论阐释中国问题的三种范式》，《学术研究》2016年第10期，第8页。
② ［法］弗朗索瓦·于连、狄艾里·马尔塞斯：《〈经由中国〉从外部反思欧洲——远西对话》，张放译，大象出版社，2005年，第168—200页。
③ 曾军：《20世纪西方文论阐释中国问题的三种范式》，《学术研究》2016年第10期，第1页。
④ 曾军：《中西文论互鉴中的对话主义问题》，《中国社会科学》2022年第3期，第189页。

出双向途径：一是"西学东渐"，二是"中学西传"。从以前不平等的文论交流到新世纪的"主动性中学西传"，这种趋势成为当前中西文论互鉴的重要背景。"改变"和"转化"是中西文论交流对话的实质。曾军认为"化"可以被用来描述影响交流互鉴中的变形、变异、异化、杂交、融合等多种趋势、过程与状态。"在"百年未有之大变局"的重要历史时刻，我国文论界已经逐渐形成了三个"化"的范式，即"体用""西化"和"马克思主义中国化"。①

新世纪进入第二个十年，随着中国国际地位的上升，中国高校评价体系变化，中国学人逐步走向世界学术界。"中国理论的西方问题"是一个我们熟悉的话题；如果进行反向思考，那么"西方理论的中国问题"是否也具有同等的重要性和学术价值？进入新世纪以来，越来越多的中国学者开始寻求与西方平等对话的基础。学者们找寻与西方文论话题具有对等学术价值的中国文论话题作为切入点，以期获得与西方文论界展开新一轮的对话的机会。对于"西方理论的中国问题"究竟是一个文论话题还是一个文化话题，它对文论研究和构建究竟有怎样的意义，乔国强认为："这种偏于西方学者眼中的'中国问题'的研究理路，严格来说，应该不属于文学（艺）理论的范畴，更应该划分到文化的、社会的、政治的或意识形态研究等其他与文学（艺）理论关联不大的学科中去。"②乔国强随后追问为何与文论不相干或关联不大的中国问题可以进入西方文论的研究和构建中去？它们是以怎样的方式进入西方文论的？而它们是否因此发生了变异？③中国问题对西方文论本身而言仅仅是一个文化话题，还是也具有构建意义？对中

---

① 曾军：《中西文论互鉴中的对话主义问题》，《中国社会科学》2022年第3期，第189页。
② 乔国强：《试论西方文论中"中国问题"的研究方法》，《南京社会科学》2017第10期，第118页。
③ 乔国强：《试论西方文论中"中国问题"的研究方法》，《南京社会科学》2017第10期，第119页。

国的文论建设而言，这也仅仅是一个比较文化交流的话题？这是一些对这个研究方向走向的追问，如果我们仅仅停留在厘清"西方理论的中国问题"的来龙去脉，而不对其进行学理问题的追问，那么将无法对文化史和思想史的问题进行反思，并融汇到我们今天的文论构建中去。如何理解"西方理论的中国问题"与我国文论构建的关系？

首先，这意味着文学研究的思路和范式的调整与改变。我们对于西方文论的态度足以深刻影响我们今天文论构建的思路。自全球化开始以来，文明之间的交流越来越成为"你中有我、我中有你"的相互涵濡、融合互鉴的过程。王宁强调对待西方理论时的主体性，中国的经验和实践可以对这些来自西方的理论进行重构；引入理论的时候可以报以一种开放的态度，只要对中国有所启迪的东西都可以引入；而引入之后，应该激发主体有选择有策略地去接受。无论是结构主义，还是后结构主义，在中国都形成了自己的特色，都是被"变形"和产生"变异"的。这些在中国文化环境中变异了的理论成果通过学术交流旅行到西方，向西方输出了中国经验，也参与了西方理论的建构。于是中西学者得以在相互接受理论输出中相互对话。这种交流形式在新世纪里流程更快、周期更短，讨论也因此更加深入和热烈。所以王宁在"西方理论的中国问题"的讨论中也提到了一种"双向路径"，而这样的"双向路径"就是构筑文论世界性的重要方法：西方理论进入中国被接受和改造后，又反向重构西方的理论。这其中，中西学者的对话使得这样的交流成为双方的增值；这样的流程使得理论不仅是西方的，而且是世界性的。王宁认为这就是"世界文学"，世界文学应该是全世界的文学，它的交流方式应该是真正的双向交流，而不是仅仅以西方视角为中心。[①]

[①] 参见曾军、朱力元、王宁、刘康：《世界中的中国和西方："西方理论的中国问题"对谈》，《探索与争鸣》2021年第9期，第77页。

其次，这也意味着文学研究和诠释将跨越个人与民族的拘囿，成为一种公共行为或"公共阐释"。今天我们很难将文学研究禁锢在文本细读的框架内。对文学的理解和诠释将会拓展到公共领域，将成为一种新的文明形式。如何在多极多元多样化的世界里倡导一种新兴的文明形式？这也许是一个过于宏大的主题，但无疑将为我们的文论构建提供指导：文论构建可以以构建人类共同价值为目标，构建人类命运共同体的价值基础、学理基础。这种共同价值并不以"普世"为名，也不强调文明的特殊性和特异性或与其他文化的不兼容性，但秉持宽容、开放、包容、平等、倾听与对话的价值观。在这样的价值理念之下，可以共同构筑一种相互交融映照的公共文化领域，这样以文学为中心开启的文化领域本身就有相当强的包容性。如果探讨世界文学和文学理论的关系，我国学者面临的问题是：如何将这些经由西方理论转换的中国经验进行与理论相关的阐释？带着这种中国问题意识重读西方文论，是不是能帮助我们对这些理论进行溯源，并从种种误读与变异中，修正和完善，抑或是改写和颠覆一些理论，以构筑新阐释方法？这也许能帮助我们从一个文化和思想史的话题重新回到理论构建这个命题。在世界文学的视域之下，文学理论必然涉及对全球性和地方性的文学动态关系的考察，它既是世界性的样本，也应该带着本土眼光与特色。这种全球性和地方性相互作用、相互影响与相互渗透的视域，将给文论构建带来一个公共性的场域、一种平等交流的文化，并最终促成世界诗学（world poetics）的成型。

第二节　世界文学与世界诗学

长久以来，中国文学在西方中心主义主导的世界文学版图上处于边缘化的位置。众所周知，"世界文学"最早是歌德提出的一种世界主义的构想，它得益于歌德对包括中国文学在内的东方文学的阅读，虽然歌德眼中的"世界文学"只是一种乌托邦的想象，他自己也还没有脱离欧洲中心主义的桎梏，但这仍是一个极富远见、极具广阔胸襟和创造力的伟大愿景。之后马克思、恩格斯在《共产党宣言》中提出了新的"世界文学"概念。他们的"世界文学"概念涉及的范围更加广泛，旨在推动世界人文知识的生产、流通和散播，所以马克思、恩格斯的"世界文学"可以被理解为一种"世界文化"，辐射整个人文社会科学界的知识创造、流传与交流。如果致力于从文化知识生产和研究的角度来理解全球化大背景下的世界文学，那《共产党宣言》就是一本不可不读的重要文献。

世界文学领域有影响力的国际学者包括荷兰的佛克马、美籍意大利裔的莫瑞提（Franco Moretti）、美国的丹穆若什、法国的卡萨诺瓦（Pascale Casanova）以及比利时的德汉。他们的著说与学术活动逐步推动世界文学成为一个具有世界前沿性的研究方向，对当代比较文学研究产生了相当深远的影响。不仅如此，新世纪以来的几位中国当代小说家的创作已经引起了国际学界的瞩目。自莫言斩获诺贝尔文学奖以来，中国和东方的文学或许将逐渐为世界所了解，成为世界文学殿堂中不可忽视的一极。随着欧洲中心主义和西方中心主义的逐步解体，也许在这个世纪里"世界文学"和"世界诗学"将不再是乌托邦式的空洞构想。

王宁认为比较文学开始迈入世界文学的发展阶段。[①]文化研究的崛起带来了以"理论"为导向的研究风向，扩充了比较文学的研究内容，同时也带来了全新的围绕理论的研究话题，给比较文学的学科生存带来了危机与挑战。而世界文学研究的兴起使得比较文学摆脱了危

---

① 参见王宁:《世界文学的普适性与相对性》,《学习与探索》2011年第2期,第221页。

机，进入新的繁荣发展阶段。首先，这意味研究者们重回世界文学的经典之作，探究其成为经典的原因，并将各个民族、国家和地区的文学纳入世界文学研究的范畴；其次，当今的比较文学研究更加注重跨学科和跨文化研究，并与文化研究形成了一种互相促进、相辅相成的关系。在今天的比较文学研究中，越来越多的亚文化研究进入本属于传统文学研究的范畴，大众文化研究也出现在新一代比较文学学者的论著之中。学位论文除了探讨传统文学课题，也有相当份额的跨媒体研究如电影、电视研究或跨媒体叙事研究，也有一些涉及跨性别人群、翻译文学、网络文学等亚文化选题。在后现代主义的风潮之下，精英文学和大众文化的界限已经日益模糊而逐渐被消解。王宁认为建筑在欧洲中心主义上的比较文学已几近死亡，新的比较文学学科已经诞生，其有着鲜明的跨学科特征并与区域研究相结合。与此同时，为了能够回归文学这个原点，比较文学与文化研究完全可以相结合，形成一种互动和互补的态势。在文学研究似乎被文化研究逐步推至边缘的情况下，新的学者们重新激活的世界文学研究被看作挽救文学研究的重要举措。米勒认为了解世界各地的文学是理解全球化的重要途径，这使得人们可以跨越单一的语言社群，成为秉持世界主义的世界公民。[1]在今天的国际比较文学研究格局中，日本、印度和中国这些东方国家将有希望获得越来越大的比重。[2]而非洲文学、拉美文学这些曾被置于边缘的文学也应该在其中获得一席之地。

"世界"与"文学"的联袂不仅提供了新的灵感，也展开了一幅相当广阔的图景。人们借助文学的想象功能，构造了世界的新图景。而"文学"在被冠以"世界"之名时，也具有了跨越时空的魅力，正如王

---

[1] J. Hillis Miller, "Globalization and World Literature", in *Neohelicon*, Vol. 38, No. 2, 2011, pp. 253–254.

[2] 参见王宁：《作为问题导向的世界文学概念》，《外国文学研究》2018年第5期，第38页。

宁所说:"在世界文学这一概念中,'世界'与'文学'作为两个具有同等意义的关键词分别反映了世界文学的两个功能:通过文学的想象性来建构世界,同时也借助于世界性来弘扬文学。"[1]不仅如此,世界文学也如莫瑞提所说有着"有所不同"[2]的范畴。因为世界文学"并不是目标,而是一个问题",是一个不断呼唤新的批评方法的问题。世界文学也不仅仅是阅读更多的文学作品那么简单,而是通过阅读发现一种方法。对于理论构建来说,人们不可能通过更多的阅读来构建理论。理论的形成需要"一个跨越,一种假设——通过假想来开始"[3]。莫瑞提对世界文学的认知已经跨越了对一种文学现象的认知,借此呼唤一种新的理论问题导向。[4]比如,在歌德"世界文学"的概念上提出"世界诗学"构想,这将致力于"建构一种具有普遍意义的文学阐释理论"[5]。王宁分析了萨特、德里达与巴迪欧理论在中国的影响与接受,提出吸纳东西方文论,超越东西方,建构"世界诗学",以解释包括东西方的"所有文学现象"。在新世纪中国学人也可以积极探索,通过中西文论交流将中国文论融入"世界主义文论"[6],甚至倡导构建"世界文论共同体"[7]。这些文论建构主张的共同点在于:试图用"世界"来消解中西文论对话中隐含的二元对立,进一步消解西方中心主义倾向,努力推动中国文论融入世界文论体系,提升其阐释世界文学现象的学术影响力。

---

[1] 参见王宁:《作为问题导向的世界文学概念》,《外国文学研究》2018年第5期,第38页。
[2] Franco Moretti, "Conjectures on World Literature", in *New Left Review*, 2000, p. 55.
[3] Ibid.
[4] 参见王宁:《作为问题导向的世界文学概念》,《外国文学研究》2018年第5期,第40页。
[5] 王宁:《世界诗学的构想》,《中国社会科学》2015年第4期,第170页。
[6] 代迅:《异域中国文论西化的两种途径——世界主义文论话语探究》,《江西社会科学》2010年第6期,第90—98页。
[7] 杨玉华:《建构世界文论共同体》,《河南大学学报(社会科学版)》2021年第5期,第78—83页。

作为国内"世界文学"概念的重要倡导者和构建者，王宁对"世界文学"概念框架下的一些概念进行了详细的梳理，比如何为世界主义，世界主义与世界文学的关系；以及何为世界文学，世界文学将给我国的文论构建带来怎样的契机。

　　如果要探究世界主义和世界文学的关系，那么世界文学应该是承载了世界主义精神的文学。曾军说在对待中国与世界的关系的态度上，中国正逐步从"走向世界"到"在世界中"。[1]这意味着越来越多的中国人将会有越来越强的主体意识，不断从各个领域、各个层面改变中国在世界文学和文化图景中边缘化的地位，主动成为世界共同文明的塑造者。世界主义也许能够承载这样的构想和愿景。世界主义秉持以下理念，即认为全人类都属于同一精神共同体，倡导国家之间、民族之间的包容与共存；也就是说，"承认不同文化的人群之间的差异、承认未来道路的差异、承认人性的差异、承认目标的差异、承认理性的差异"[2]。王宁认为世界主义至少可以有以下一些内涵：它超越了狭隘的民族主义，拥有四海为家的胸怀，具备普适人文关怀，并追求道德正义；它旨在消解中心意识、倡导多元文化认同；它寻求政治和宗教信仰的平等权利，并以追求全人类幸福与世界大同作为旨归；它也应该作为一种批评视角，推动具有世界性的艺术、审美追求。[3]世界主义蕴含了相当丰富的文化意义，包括世界主义的民族性、道德性、人文性、流散性、多元性、政治和宗教意义，以及艺术性与审美性。王宁对世界主义的定义从个人与世界的关系，到民族国家与世界的关系，

---

[1] 曾军：《中西文论互鉴中的对话主义问题》，《中国社会科学》2022年第3期，第203页。
[2] [德]乌尔里希·贝克、埃德加·格兰德：《世界主义的欧洲：第二次现代性的社会与政治》，章国锋译，华东师范大学出版社，2008年，第15—22页。
[3] 王宁：《世界主义、世界文学以及中国文学的世界性》，《中国比较文学》2014年第1期，第17页。

再到文艺审美与世界的关系，展现出宏大的世界观和价值观。承载世界主义理念的世界文学应该弘扬并传播这些理念，而这些理念在世界文学的传播和交流中不断获得意义的填补与更新，两者处在一种动态的相互增值的过程中。

什么是世界文学？王宁认为，世界文学应该至少包含以下三重含义：（1）世界文学是东西方各国优秀文学的经典之汇总；（2）世界文学是我们的文学研究、评价和批评所依据的全球性与跨文化视角及比较视野；（3）世界文学是不同语言的文学的生产、流通、翻译以及批评性选择的一种文学历史演化。[①]对王宁来说，"世界文学"是一个旅行的概念，这种文化旅行的路径是：源自东方，流转到西方形成一个理论概念后又回到东方并影响整个世界。这样的"世界文学"是双向旅行的概念；世界文学不应该是各民族、国家和地区文学的汇总，而应该是具有世界性意义的文学。它的生产、流通和接受超越了地域的局限。对世界文学经典的评价应该采取一种"有限的相对主义"，这也就是说广泛地吸纳各个民族有代表性的文学，而不是将它们统一在某种普适性的标准之下；世界文学应该承担破除西方中心主义的责任，倾听殖民地和少数族裔人民的声音。[②]陈勋武认为世界主义与普遍主义、文化多元主义有明确的区别。世界主义的出发点是文化间体性。世界主义对他者的认同与尊重包含着对他者差异性的尊重，强调要尊重每个人是人，具有同样的人类尊严、同等的基本人权等；而且强调要尊重每个人是具体的人，是特殊文化、特殊共同体的人，如中国人、

---

① 王宁认为判断一部文学作品是否属于世界文学，基本上应依循了这样几个原则："（1）它是否把握了特定的时代精神；（2）它的影响是否超越了本民族或本语言的界限；（3）它是否收入后来的研究者编选的文学经典选集；（4）它是否能够进入大学课堂成为教书；（5）它是否在另一语境下受到批评性的讨论和研究。"

② 王宁、邹理：《走向世界的中国比较文学和文学理论研究——王宁教授学术思想访谈》，《学术月刊》2022年第4期，第214—215页。

美国人、英国人、德国人、法国人、俄罗斯人等等。可以说，世界主义是普遍主义加上差异性；普遍主义没有差异性；文化多元主义只有差异性，没有普遍性。①

世界文学学者以其独特的观察视角，回答这样一些问题：什么是世界文学经典的标准？经典作品如何成型？这些经典形成的背后是怎样的权力关系？当经典遇到挑战后我们应当做何种调整？王宁认为确定一部文学作品是不是经典，并不取决于广大的普通读者，而取决于三方面的选择，即文学机构的学术权威、文学批评家和文学史家，以及普罗大众。前两者可以决定文学作品的学术价值和文学史地位，而普罗大众决定了作品的流传价值。②第三种因素除了受市场机制影响之外也受到前面两种因素的影响，前两者也代表了当时的权力话语体系的影响。今天在网络世界中时常能看到对网络文学作品进行市场测评的网站，这些网站最终将一些受到大多数读者追捧的作品出版成书。这样的文学可能不太容易受到文学专业人士和机构的追捧，但可能因此进入巨大商业机制的另一个领域，即影视行业，以制造更大的流通价值与商业价值。其中一些作品未必入不了专业文学批评人士和机构的法眼。一些受到文学专业人士和机构称赞的文学作品，如果能够唤起读者的阅读兴趣，实现其商业价值，也可能会获得巨大的市场成功。也许今天的世界文学学者应该善用全球化互联网时代的多媒介优势，努力营造一种全民读书和读好书的氛围，让更多的读者了解优秀文学作品的价值与美，从而推动经典文学拥有更广阔的读者和受众，实现其应有的商业价值，这也不失为在新世纪"世界文学"理念下文学专业人士和机构的职责。

---

① 张江、陈勋武、丁子江、金惠敏等：《阐释的世界视野："公共阐释论"的对谈》，《社会科学战线》2018年第6期，第159页。
② 王宁：《作为问题导向的世界文学概念》，《外国文学研究》2018年第5期，第41页。

谈到"为什么要倡导世界文学",也许可以从文学阅读与研究、文学批评和文学学科建设几个层面来展开。

第一,就文学阅读和文学研究而言,世界文学使人们拥有一个广阔的世界视野。"世界文学"概念的提出,拓展了了解世界文学的途径,无论是高水平的译介还是越来越专业的文学解读与批评,都为读者提供了了解这个丰富而多元的世界的窗口。通过这些世界文学,我们在家中就可以深度了解遥远国度里的人们的风貌、文化习俗以及所思所想。世界文学可以以其独特的魅力提供其他任何媒介都无法给予的深度和广度。同时世界文学也赋予专业读者一种比较文学的独特视角,这使得读者可以有意识或无意识地拥有国际化视角,使其在阅读某一部具体作品时,突破民族和国家文学的语境的局限,自觉地将这些作品与世界文学名著相比较,从而获得对其文学价值客观而公正的评价。世界文学在赋予读者广阔视野的同时,使读者也能在对具体的作品进行阅读和评价时提供自己的文化视角,这样能够动态参与"世界文学"概念的构建,逐渐建成一个融合不同视角与文化元素的世界文学场域。[①]今天,全球化和互联网连接世界各地的人们,即便是席卷世界的新冠疫情也无法阻隔这种联系。在这个因疫情而低迷的时代,世界文学能够给人们带来情绪的宣泄、感情的依托、共同的话语以及美好的愿景。

第二,就文学批评而言,只有秉持"世界文学"的理念,才能做出客观公正有高度的评判。当考量作品是否具有独创性,是否只是拙劣的复刻和抄袭时,很难不从国际乃至世界文学的角度出发,根据某些普遍公认的标准得出公允客观的结论。因此世界文学不仅赋予文学批评者广阔的视野,也使得他们拥有更加清晰的、前瞻性的问题意识。这使得批评者不至于把自己局限于某个特定的民族和地域文化,受制

---

① 王宁:《作为问题导向的世界文学概念》,《外国文学研究》2018年第5期,第45—46页。

于某一项文学传统，而是在"世界主义"理念的指引下综合考量文学作品的伦理价值、人文价值、流散性、多元性、共同性、宗教与政治意义、审美与批评价值等。批评者也因此可以将作品与世界文学史上公认的伟大作品相比较而得出结论，一部作品须具有"绝对意义上的独创，否则它只能算是某个民族/国别文学中的佳作，而非世界文学佳作"①。张隆溪呼唤"尚待发现的世界文学"。他认为文学经典具有伽达默尔所说的"无时间性"，而只有当本土经典、非西方文学和欧洲文学的"小"传统中的诗人与作家逐渐迈向世界逐渐为世界读者所知时，才真正形成了世界文学的场域，"世界文学才名副其实"。②王宁指出了世界文学的包容性，而张隆溪则说明了世界文学所包含的特殊性。

第三，就文学学科建设和研究范式而言，世界文学在各个国家的课程内容与课程目标是不一样的。在美国，世界文学是英美文化的衍生，学生不必陷入艰深的语言学习中去获得世界文学的知识，而是通过英语翻译来了解他国文学。潘则健、汪沛认为目前美国世界文学翻译的具体任务是美国文化的建立和改版，甚至将目前的世界文学视为"一种独特的美国机构"③。在欧洲，每个国家的语言各代表一种文学传统，维系和构建一个"独立的、世俗的辩论和话语的公共领域"，并维系每一个独立民族传统的完整性。所以，与美国不同的是，欧洲的世界文学教学不是一个统一的计划，它包含着来自世界各地的文学作品的教学。这些课程或用源语言授课，或用翻译文本授课，被归为"外国文学"，而不是统一的世界文学的一部分。在欧洲，人们认为如果用"美国式的翻译的世界文学"代替各种语言文学教学，会抑制先

---

① 王宁：《世界主义、世界文学以及中国文学的世界性》，《中国比较文学》2014年第1期，第19页。
② 张隆溪：《什么是世界文学》，生活・读书・新知三联书店，2021年，第242—244页。
③ 潘则健、汪沛：《诗歌与公共领域："世界文学"具有怎样的全球性？》，《文学理论前沿》2014年第1期，第181页。

前存在的本地文化。而这种消弭民族文化的做法"并非是赞成大同世界的新的统一体，而是一个特定的美国文化概念的扩展部分"①。这种美式的世界文学教学在欧洲无疑会遭受来自民族文化坚持者的越来越大的阻力，即使世界文学的支持者把民族传统看作一种地方狭隘主义。如果世界文学仅仅是翻译的英美文化价值的拓展，那么这样的世界文学明显不符合我们对世界文学愿景的期待。金惠敏参透了关于世界文学之争论的政治内涵，他认为所谓"世界大同主义"可以视为一种文化帝国主义的策略，它声称美国文化这一特殊的文化事实上是普遍的文化，并以此来维护美国的文化霸权。②

所以今天在中国的高等院校中"世界文学"的构建是否也应该真正考虑世界文学和文化的多元性，将世界文学的教学与多语教学和国别文学学习相结合，这才算得上是名副其实的"世界文学"？除此之外，今天在中国高校中名为"世界文学"或"外国文学"的课程并不包括中国文学，似乎有意识地把中国文学排除在世界文学之外。但没有中国文学的世界文学是不全面的。中国文学的缺失让中国的文学学科失去了问题导向性和针对性。今天的文学学科既可以保有地方性，也可以有全球性。我们应该以中国学者的身份参与其中，在全球的大视野中探讨大家共同关心的问题，并提出我们中国的视角和方案。

史密斯认为"世界文学"课程不应该被当作一种教授学生外国文化的方式，而应该具有更加广阔的视野："从根本上说，世界文学追求的是一个幻想，一个乌托邦式的概念，即全球的凝聚和联通，而虽然

---

① 潘则健、汪沛：《诗歌与公共领域："世界文学"具有怎样的全球性？》，《文学理论前沿》2014年第1期，第185页。
② 潘则健、汪沛：《诗歌与公共领域："世界文学"具有怎样的全球性？》，《文学理论前沿》2014年第1期，第174页。

这种追求可能会使我们产生一个问题,但它也是修辞和教学力量的源泉。当我们面对全球局势,可能有着绝望和讥讽的态度时,世界文学促使我们去寻找词语和概念,来塑造我们那个关于有意义的、安全的和公正的'世界'的理想。"[1]为践行这样一个"世界"的理想,2011年7月北京大学和清华大学联合哈佛大学在北京共同发起的"世界文学暑期学校"开学,并在今后的几年里分别在美国,以及亚欧其他国家举办。这无疑表明以日渐强大的汉语教学和中国文学作为依托的中国比较文学界已经逐步获得了世界文学研究的话语权。我们已经看到在中国的语境中,"世界文学"的概念被"文化帝国主义话语"和"中国文化妥善应对"的双重因素塑造成型。王宁在此语境下把世界文学视为竞技场,它允许中国文学在"后殖民世界中进行全球规模的公平竞争"[2]。正如王宁所说,世界文学作为一个"双向的旅行"的构想,不仅旅行到中国的世界文学对中国文学产生了巨大的影响,中国文学也逐步成为世界文学中不可忽视和不可分割的部分。这种平等基础上的同台竞技和公平竞争才是消解西方中心主义的正确路径。[3]王宁试图以"世界文学"的概念超越由殖民主义主导的中心和边缘的敌对关系与对峙情绪,为中国文学走向世界赢得更广阔的天地。

综上所述,新世纪中西文论交流有这样一些共同特点。第一,新世纪中西构建文艺理论的起点、内容和目的不同,中国学者由"理论已死"产生的情感失落也因此与西方学者大不相同。西方学者站在后现代解构形而上哲学的废墟上重新审视传统哲学、美学、伦理学和其

---

[1] Karen R. Smith, "What Good is World Literature? World Literature Pedagogy and the Rhetoric of Moral Crisis", in *College English*, Vol. 73, No. 6, 2011, p. 601.

[2] 潘则健、汪沛:《诗歌与公共领域:"世界文学"具有怎样的全球性?》,《文学理论前沿》2014年第1期,第174页。

[3] 王宁:《世界文学中的西方中心主义与文化相对主义》,《人民论坛·学术前沿》2022年第2期,第39页。

他科学在构建文论时的意义。中国学者一方面更加亲密地与世界学界接触和交流;另一方面明确中国学术的自我定位,并逐步建设有中国特色的文艺理论。两种构建的出发点不同,但都在新世纪蓄势待发,走向文论的新构建。第二,中西文论的发展水平还不平衡。西方理论发展以深厚的历史积淀和学术储备作为基础,新思路层出不穷。西方文论家着眼于批判继承后现代文艺理论的精华,整合现有的理论资源,拓展新的理论构建途径,并继续朝着跨学科、跨文化的方向复兴文艺理论。而中国学者既没有经历对形而上哲学的解构,也缺乏对后现代文化的反思,因此他们试图挖掘本民族的文化宝藏,以期在新世纪构建并繁荣新文化。无论是中国古典哲学、中国古代文论,还是马克思主义哲学,都将找到与西方文艺理论的优势结合点,推进有中国特色的文艺理论构建,这无疑是一个无前例可循的研究领域,需要几代学人共同努力才能达成。第三,新世纪的中西文论关系已经不是以往那种单向度地从西方到中国,而是正在经历从中国走向世界的发展过程。历史契机和种种有利因素甚至可能促使中国在21世纪成长为世界文艺理论界的一个中心。中西文论各家各派有其优长和不足,在新世纪文论学者应该辨析文论构建背后的经济、社会、文化与人文因素,探寻优势资源,探索建设有中国特色的文艺理论体系的具体方法。所以,研究文论构建应以"中西对话"为问题导向,以史论结合、点面结合、纵横结合的方式研究新世纪中西文论交流史。这也就是既关注宏观体系的语境,又给出个案解读;既以时间为线梳理历史,也选取标志性事件深入讨论;既关注精英文化,也书写大众言论。新世纪的中西文论研究将是一个涵盖历史研究、社会研究、文化研究、跨文化研究、美学研究和哲学研究的多角度、多维度的综合性议题。①

---

① 以上参见薛原:《新世纪中西方文艺理论构建概述》,《中国社会科学院研究生院学报》2016年第6期。

第三编　新世纪文学理论的构建

为了应对历史与社会环境的新变化，中西文艺理论在21世纪伊始都不约而同地走到了百废待兴、亟待重组的关键时期。本书之所以将新世纪中西文论构建的起点都设定为后现代文化理论的衰落，是因为后现代思想不仅在西方文化史上书写了浓墨重彩的一笔，也在中国文化史上留下了难以磨灭的印记。中西对伊格尔顿的《理论之后》反馈不同是由于中西学界对后现代文化理论有不同程度的接受、理解与反思。在诸多西方学者宣称后现代文化理论衰落之后，中西文艺理论将何去何从，如何重新整合现有的理论资源走向文艺理论的"复兴"？中国学术界的精英们希望在新世纪以一种前所未有的自信进入文艺理论的建设。在文化自觉的背景下，当代文艺话语体系的建构带着中国问题意识在国家话语和学科话语之间产生了共鸣。

　　而就"理论之后"中国学者应该如何构建新文艺理论这个话题，我国学者主要持有以下两种截然不同的观点。第一种观点认为中国文学理论研究的跨学科性特点越来越突出。文学研究是否应该让位于文化研究是理论学术界争论不休的话题。王岳川认为文学理论逐渐成为一种集哲学、社会学、心理学、传媒学于一身的泛文化研究理论。[①] 王宁也认为后理论时代的理论的功能已经发生了变化，纯粹的侧重形式的文学理论衰落了，文学理论已经向文化理论转向。[②] 第二种观点认为文学理论应该来源于文学并服务于文学。王一川认为在西方正统文艺理论衰落的今天，中国文艺理论的构建应走向虽不起眼但务实的"小理论"。文艺理论本身来自文艺阅读，一些强有力的文艺理论反思往往来自文艺作品本身。[③] 张江所提出的"强制阐释"概念认为当代西方文学理论的大弊病在于：文艺理论家将哲学、其他人文学科，甚

---

① 王岳川：《新世纪中国文艺理论的前沿问题》，《社会科学战线》2004年第2期，第212页。
② 王宁：《"后理论时代"西方理论思潮的走向》，《外国文学》2005年第5期，第30页。
③ 王一川：《"理论之后"的中国文艺理论》，《学术月刊》2011年第11期，第121页。

至是自然科学引入文学理论批评体系，从而使得文学理论丧失对文学本身的针对性和解读能力。①究竟是将文学研究升级为文化研究，还是将文学研究还原到文学本身的研究，成为当今我国理论学界争议的重要问题。无论是全球化进程，还是中国的崛起，都为21世纪我国文艺理论真正走向繁荣提供了历史契机。中西文论相互批评、借鉴、学习和融合的关系将积极推动我国文论构建走向成熟。21世纪成为我国文论构建的新起点，基于以下两个原因。

第一，21世纪开始，中国知识分子一方面对西方跨国资本借"多元文化"与"全球化"之名模糊国家性和民族性的做法仍持批判态度；另一方面，则逐渐走出偏狭民族主义的桎梏，走出封闭的书斋，对全球化有了一个较为公允平和的态度。20世纪90年代中期文化民族主义兴起。曹顺庆引发的"失语症"讨论是20世纪90年代最有社会影响力的文化意识形态的大讨论。②20世纪90年代中后期以后受文化民族主义的影响，讨论中西文论的相互关系并非学术界主流。文论学者们从学术角度探讨中国文论界"失语"的原因，而建立有中国特色的独创文论话语的关键在于马克思主义文论。比如，毛宣国认为，基于"人本精神"，中国古代文论的现代转换和当代文艺理论的发展建构，必须与马克思主义在中国的传播发展实际结合起来。③20世纪90年代，文论家们试图解除思想的禁锢，将西方文艺理论视为除马克思主义以外的，也可以服务于我国文艺理论构建的另一个重要智慧来源。殷国明认为王国维的学术思想体现了从"小文化"向"大文化"的转折，是中西碰撞的结晶，为中国现代文艺美学的发展开拓了思路。④童庆

---

① 张江:《强制阐释论》,《文艺评论》2014年第6期,第5页。
② 曹顺庆:《文论失语症与文化病态》,《文艺争鸣》1996年第2期,第50页。
③ 毛宣国:《中国当代文艺理论建构的重要选择》,《文艺研究》1998年第6期,第5页。
④ 殷国明:《20世纪中西文艺理论交流与王国维》,《嘉应大学学报》1997年第2期,第31页。

炳开宗明义地既不赞成"全盘西化",也厌恶"固守传统",而主张"中西对话"。① 这些有代表性且引用率较高的论文旨在解放思想、重新审视西方文论对文论建设的意义,因此还停留在选择立场、提出问题的阶段,并未上升到解决问题或构建理论概念和体系的高度。

21世纪开始,我国学术界主动融入全球化语境,使得文艺理论的信息更新逐渐与国外同步。内在与外在的有利条件使我国学者在过去的15年间发表国际论文的数量激增,已经有能力在国际性的学术争鸣中发出有力的声音。

第二,我国文论界自21世纪以来呈现出百家争鸣的繁荣状态。马克思主义文论、中国古代文论和西方文论相互借鉴融合,形成了"古今对话"和"中西对话"的开放式交流格局,共同构建有中国特色的文艺理论。各个文艺理论研究领域渐成体系,聚集了一批有鲜明观点的代表人物。进入新世纪,中国学界对西方文论各个流派的研究各有消长:阐释学和精神分析学对中国学者仍具持久吸引力;接受美学渐与我国古代文论融会贯通;以聂珍钊等为代表人物的我国伦理学研究基本与西方同步;以申丹等为代表的我国叙事学研究跨越到后经典叙事学研究阶段;以曾繁仁和鲁枢元等为代表的生态批评从"小生态"进入"大生态"研究;随着文化民族主义的降温,中国后殖民研究热度渐失。综上所述,21世纪中西文论交流较20世纪90年代更密集、更开放、更多元,也更具体系,有其鲜明的特征。

我国文艺理论在新世纪开始迅速发展,并进入构建期,逐渐走向繁荣。在短短15年时间内,我国文学理论界从20世纪90年代以译介为主,迅速跨越到对西方文论的深度研究、批评和反思。越来越多的中国学者开始通过对西方文论的解构、重构和整合来探寻建构有中国特

---

① 童庆炳:《中国当代文论建设:对话与整合》,《文艺争鸣》1998年第1期,第27页。

色的文艺理论的最有效途径。中西文学研究的对话模式正逐步萌发，进一步发展成型，并渐渐突破了传统的、单向交流的范式，向着更成熟、更深入的双向交流方向发展。

　　以下将分三个部分讨论当代中国文论的构建，其中将包括这样一些内容：首先是文学内涵与"文学性"的拓展，本部分衔接第一编对文学本质的探讨；其次是中国当代文学理论的构建来源的评述，这主要包括中国马克思主义文艺理论与西方文艺理论的对峙和对话、中国古代文论与西方文论的借鉴和融合，以及中西文论的互鉴；最后一个部分将试论新世纪文学理论的构建和新的文学研究范式的形成。

第一章　文学内涵与"文学性"的拓展

第一节　文学内涵的拓展

新世纪伊始,伊格尔顿和齐泽克两位文论大家不约而同地将目光投向"文学事件"。虽然他们对"文学事件"的定义各不相同,但二人的研究理论思路、倾向和目标趋同。两位学者都偏离了对"语言话语构建"和"文化研究"等概念的痴迷,逐渐回到文学的本质与现实,试图打开一个新的回归文学本原的理论视域。这表明无论是英美学派还是欧洲大陆学派,自新世纪以来都逐步改变了20世纪整个人文学界对话语构建、文化语境和意识形态的过度偏向,而重新回到对文学的现实与本质的关注。[1]这当然并非简单地回到文化理论诞生之前,而是一种经历了风起云涌的后现代理论时代洗礼之后的回归。新时代一个个层出不穷的新概念,无论是"新媒体""人工智能""元宇宙"还是"后人类主义",都使得文学不可能回到从前那个几乎隔绝外界影响的形式主义和唯美主义的时代,恢复那个具有永恒性、坚实性和纯粹性的文学概念。即便是文学学科在西方成型之初,它也与语言学和历史学有着密不可分的关系,从来都不是一个孤立的学科概念。但无论世界怎样变化,对于"文学是什么"的终极追问也始终是文学的最

---

[1] 参见肖锦龙:《西方当下事件理论动向管窥——齐泽克和伊格尔顿的事件理论比较》,《学术月刊》2021年第10期,第154—155页。

基本的理论问题。只要人类还会做梦，文学就不会消亡，文学的创作、实践、研究和批评就还存在，那么研究者们必然会回到这个基本的理论问题上。本部分将首先重申"文学"作为一个复数概念有着多重内涵；其次论述文学内涵在新世纪多个层面上的拓展；最后为应对这些发展趋向，总结有哪些"文学性"的概念的拓展，并对这些理论方向做出评述。

在本书的第一编中，笔者总结了"文学"作为复数概念所涵盖的多元层面：文学积聚了情感性、虚构性、想象性和独特的语言性等本质特点，承载了人类美学与伦理价值，反映了当时社会历史背景下的意识形态，既有民族的特殊性，也有世界的普遍性、共同性。这些特征以丰富多样的方式重叠交叉分布于各部文学作品之中，即便是同一文类下的两部作品也不必具备同一个特征。这意味着文学家族的各个成员不必受同一性的支配和制约，而是形成了阿多诺所说的"星丛"（constellation）式的既松散又联结的相互关系。[1] 依据恩格斯和列宁的"多级本质"观点，文学是"多层次、多本质"的结构，所以文学的本质不是单一的而是系统的。[2] 因此，文学研究应该回归其本体阐释，从文本出发并以文本细读为依据。文学的表达主体和接受客体都是人，所以具有鲜明的情感性，其语言多义且模糊。文学具有交流性和创造性，因此也无法否认文学阐释天然具有开放性。[3] 除了以上提及的诸多层面，文学的内涵在新世纪还有哪些拓展呢？

第一是文学的事件性。事件性是新世纪西方文论界对文学内涵的

---

[1] 参见肖伟胜：《"文学终结"之后的文学理论何处去?》，《学术月刊》2020年第11期，第140页。

[2] 参见陆贵山：《试论文学的系统本质》，《文学评论》2005年第5期。

[3] 参见赖大仁、朱衍美：《文学阐释的特性与"本体阐释"问题》，《学术研究》2021年第12期，第39页。

一个重要的新拓展。文学被视为动态的"事件"以区别静态的文本。早在1983年，伊格尔顿提出"文学"是一个功能而不是本体意义上的词，这也就是说正是人与文学的互动关系标记了文学的存在。无论是一部文学作品与社会和环境的相互关系，还是汇聚在它周围的各种人类实践，都在标记着文学功能意义上的存在。[①]文学作品被阿特里奇视为"跟写作行动或事件、历史偶然密不可分的阅读行动或事件"[②]。这个概念将"文学"的概念拓展到了写作和阅读行动或事件。卡勒的"文学"概念着重解释文学的述行（施为）层面，"文学最终将被认为更像是一个事件而非一个固定的文本，文本成了一个与读者或者观众之间展开的独特的互动的具体实例……就需要有一种评价的美学去探讨各种相互作用的程序或系统的潜在价值"[③]。"文学事件"主要指文本与读者的互动关系及其潜在价值，这个定义可以将文学阅读、评价与研究都归入"文学性"的范畴。而伊格尔顿的《文学事件》一书对"文学事件"的论述可以说集合了近期类似研究的主要讨论，走了一条成果颇丰的中间道路。他不再认为对"文学本质"的讨论是毫无必要的，而是重新反思文学的"本质"。他清晰定义了两种文学存在方式，即"作为实体和作为事件"[④]。他继承了前人的讨论，没有完全放弃对文学本质的探讨，试图将文学作为一种动态关系和事件来考察。伊格尔顿的"事件"最重要的创新点是加入了作者和读者关系的维度。在伊格尔顿看来，"事件"使得文本接收者的地位更加重要，因为接收者参与甚至主导重构"文学事件"的动态过程。伊格尔顿的"事件"强

[①] ［英］特里·伊格尔顿：《二十世纪西方文学理论》，伍晓明译，北京大学出版社，2018年，第10页。
[②] Derek Attridge, *The Singularity of Literature*, Routledge, 2004.
[③] ［美］乔纳森·卡勒：《当今的文学理论》，《外国文学评论》2012年第4期，第61页。
[④] Terry Eagleton, *The Event of Literature*, Yale University Press, 2012, p. 188.

调历时性,这也就是说"文学是什么"这个话题随着历史而变化,文学不可能脱离历史。文本是由多种因素构成的综合体,是一种动态的建构,并非只是"自律"或"他律"的单独的产物。戴维森(Donald Davidson)的"文学事件"加入了一些新的层面:首先从"事件"本体论出发,文学应被视为一种"发生"而不是"存在",这无疑应和了其他理论家从文学存在论向实行论转化的趋向;其次戴维森的"文学事件"是意向性的,他所定义的"成功文学行动"就是作者与读者用特殊语言体系进行交流的过程。戴维森从现象学角度重提作者的主体性。这种对作者意向性的强调,是对文本中心的一种反拨。[1]综上所述,新世纪以来对文学内涵的"扩容"主要是纳入了"事件"的概念。这个"事件"概念融入了前人关于"文学性"的一些主要争议,但可以归结为几个要点:"文学事件"是创造者和接收者之间的动态互动;它不是静态的永恒的本质概念,而是一个随着社会历史文化不断变迁的概念;它是非本质的;它不仅探讨"文学是什么",也同样关切"文学是怎么发生的"。

第二是文学的泛文本化倾向。结构主义者罗兰·巴特用有别于形式主义的"文本"概念挑战传统文学观念。这意味着对文学的讨论不再局限于"经典文学作品"或"纯文学",还要从更为广泛的意义去重新界定"文学性"和文学的学科研究范围,因为"从作品走向文本,此时的文本不是具体的书写产物,而是一种新的文学观念和意指实践方式,在新的空间分配语义,拒绝任何固定的话语秩序"[2]。被拓展的"文本"概念与传统"作品"概念的对峙,使得文学研究从文学的文本细读和美学研究转向文学的历史、社会与文化研究。这就是所谓的文

---

[1] 张巧:《用戴维森的事件理论谈论文学》,《文艺理论研究》2016年第6期,第98页。
[2] 钱翰:《从作品到文本——对"文本"概念的梳理》,《甘肃社会科学》2010年第1期,第37页。

学研究的"文本的转向"（textual turn）。①

新世纪以来,"文学"概念不断扩容,最重要的动因是文学"文本"概念的拓展。如果说文学的载体是文本,其根本特征之一是语言性,那么很多媒体都可以被认为是文学文本。除了公认的传统的主要由纸质媒体传播的文学形式如诗歌、戏剧、小说和散文等文类,其他一些如新闻、广播、条文、条约、说明、指南与广告等种类繁多的借助多种传统媒体进行传播的文类也可以被认为具有程度不同的文本性和"文学性"。而另外一些由音像媒体所传播的有声读物、电影、小视频、网剧也可以被认为是文本的变体,视听媒体成为不少研究者的研究对象。在社交媒体时代,微信推文、小视频、有声读物等以网络作为载体的文类也完全可以被纳入文本行列。同样,在"元宇宙"和人工智能时代,网络游戏与多维、跨维视听传播也会被纳入文本行列,成为文学泛文本在新时代的代表。

第三是文学的公共性。在全球化的互联网时代,文学具有越来越强的公共性。这种公共性不仅仅是文学的创造者和接收者之间的互动,也是文学输出国和接受国之间译介的互动,更是每一个文学关注者和爱好者在不同的媒体平台上凭借不同媒介而构筑的公共沟通与阐释区域。丁国旗对文学的公共性如是定义：文学的"超越性不仅体现在从现实生活经验性、表象化的感性认识向本质性、规律性的本质认识的转换,体现在摆脱现实生活中狭隘的个人利欲,进而追求对人类普遍的自由理想的终极关怀,还体现在对现实生活进行审美观照,在对实用功利主义的超越中,所获得的精神愉悦。其实,无论哪方面的超越,都是一个从特殊到一般、从现象到本质、从个体性到普遍化

---

① ［美］约翰·R.霍尔、玛丽·乔·尼兹:《文化:社会学的视野》,周晓虹、徐彬译,商务印书馆,2009年,第368页。

的过程，蕴含着丰富的公共性"①。在今天数字化和智能媒体泛滥的时代，人类更加渴望情感的连接和心灵的交流，文学以其无可取代的审美性构筑了一个共同的审美空间，"使读者在无功利的审美愉悦中更容易打破现实的界限，实现广泛的认同"，文学的超越性使人们达成广泛的公共性。②在世界地缘政治危机、公共安全危机和生态危机频发的当今时代，在人类命运共同体的宏大命题之下，文学的开放性、独创性和超越性使得"公共阐释"更易实现，以构筑一个文学的公共空间。③

第四是文学的科学化。文学不是科学，这点相信没有多少人会质疑。文学的情感性特征决定了它的丰富性和生动性。好的文学作品无论想表达多么深奥的理念，都必须是生动而可感的；优秀的文学是一种充满细节、层次丰富的演绎，绝不是一种冷冰冰的说教。如果文学失去自己的情感性特质，那么就会成为某种理念和意识形态的传声筒，失去自己独有的魅力，成为其他文类或学科的附庸。而今天人工智能已经侵入了文学领域，无论是微软的"小冰"还是ChatGPT，都被认为可以"创作"出真假难辨的"文学"。当故事变成公式和算法，情节、人物甚至情感生成都被人工智能在大数据的加持下模拟，那么这将毫无疑问地抹杀以人为创作者与欣赏者的文学形式，也将使得迄今为止对于文学的几乎所有讨论都成为虚无。文学活动是一种创作者和接收者之间的互动，文学的主体仍然是人。人类创作文学时的愉悦和欣赏文学时的满足都是文学活动的一部分。人类在文学中挥洒着自身

---

① 丁国旗：《文学视域中个体阐释与公共阐释的关系》，《社会科学战线》2019年第12期，第153页。

② 参见丁国旗：《文学视域中个体阐释与公共阐释的关系》，《社会科学战线》2019年第12期，第154页。

③ 参见丁国旗：《文学视域中个体阐释与公共阐释的关系》，《社会科学战线》2019年第12期，第152页。

的丰富、生动、情趣和深度，也在文学中体验着他者的快乐、梦想、哀伤与痛苦。这是文学的魅力所在，也是文学存在的根本所在，即文学仍是人学。童庆炳也承认媒介给文学带来的变化，但这不会影响到人类情感表达的需求，因为始终会有人表达与创作，所以也会有人喜欢，这一观点也是他用以反驳文学终结论者所说的文学有"独特的审美场域"的核心意思。①将文学智能化和科学化，会剥夺文学存在的根基，当然也会使得文学的研究与批评完全失去意义。

第二节 "文学性"概念的拓展

美国比较文学学会2003年度报告，将"文学性"研究作为比较文学研究的主要特征，足见"文学性"概念自新世纪以来持久的生命力。目前国内有这样几种关于"文学性"的观点。余虹认为有两种学理不同的"文学性"概念，即俄国形式主义的"文学性"和后结构主义语境下的"文学性"。形式主义文学性"关涉具有某种特殊审美效果的语言结构和形式技巧"②。相应地，文学研究的任务就是对这种存在于文学文本内部的"文学性"进行分析和研究。而后现代主义文学性则与"社会历史的生成变异以及精神文化的建构解构"③相关。姚文放对上述两种"文学性"做了更进一步的解析。他认为俄国形式主义文学性试图从学理上用文学的语言和形式的本质特征来区别文学与非文学。俄国形式主义"将文学研究的对象集中在文学自身的规定性，限定在

---

① 舒翔、赵勇:《"作者中心论"与"读者中心论"的中西碰撞——重访米勒与童庆炳的"文学终结论"之争》，《中国政法大学学报》2021年第4期，第286页。
② 余虹:《文学的终结与文学性蔓延——兼谈后现代文学研究的任务》，《文艺研究》2002年第6期，第23页。
③ 同上。

文学的文本、语言、形式之上"①；而后结构主义文学性关注的是非文学文本中的"文学性"，主张将文学从形式主义的禁锢中解放出来。正是学者们对"文学性"概念的多角度阐述，使得这个概念得以在学界保持经久不衰的地位，而之后对"文学性"的讨论也基本是按照这两种"文学性"定位来展开的。

简而言之，第一种观点认为"文学性"是文学文本的内生因素，是文学与非文学的界限所在；第二种观点则认为"文学性"作为一种带有修辞性的语言形式，已广泛蔓延到了社会生活的其他领域，成为跨学科文学研究的学理基础。我国当代文论界提出了第三种"文学性"，与二者展开了对话，对前两种"文学性"的优长、缺失进行回应与反思，是对二者的扬弃和继承。第三种"文学性"充分吸收了形式主义文学性对文本和审美的倚重，又扬弃了它对文本语言、形式与结构的过度偏重乃至排除一切文本外部因素的做法。第三种"文学性"也吸纳了后现代主义文学性的优长，以开放的态度拥抱新生的文化现象。同时第三种"文学性"认为传统的形式主义文学性在纷繁芜杂让人失去方向的"文化研究"中，使人们脱离文学世纪的研究，重新找到坚实的研究路径和方法。从这个意义上来说，这种对传统"文学性"的回归具有精神引领和价值回归的功能。②回到文学本身，其能够有效回归文学研究的根本，又理性地接受文化理论给文学研究带来的丰富性和创新性。于是有人警告"文学终结了"，因为文学研究里看不到"真正"的文学，而走出困境的方法究竟是不是所谓的"文学性扩张"呢？对此国内学者众说纷纭。笔者认为以下对"文学性"概念的

---

① 姚文放:《"文学性"问题与文学本质再认识——以两种"文学性"为例》，《中国社会科学》2006年第5期，第159页。

② 于瑞:《中西文论比较视域中的"文学性"问题研究》，江西师范大学博士学位论文，2021年，第103页。

拓展各有各的理论根源，解决了这样或那样的理论问题，这些对于"文学性"的讨论可以成为我国文论构建的出发点。

第一，语言的修辞性是"文学性"扩展的学理基础。基于语言的修辞性特征，包括德里达在内的后结构主义学者认为文学与非文学学科之间并不存在明显的界限。语言在后结构主义的视域中是修辞性的。正因为如此，语言可以说就是一种比喻，而每一次比喻都是对语言所指的偏离。语言一次次指向能指而偏离所指时，语言的所指已经被消解了，这是后结构主义对语言的理解。因为人类生活在语言和言语之中，无法逃离时代话语的掌控，所以只能通过修辞才能够认知自我、事物与世界。①

后结构主义学者借修辞性解构了语言的能指和所指之间的对立，因此在后结构主义的视域下，文学语言的意义生成被解构，学科之间的界限被消解，"文学性"普遍存在于一切非文学文本当中，并带来了意义的不确定性和模糊性，正如卡勒所说："在人文学术与人文社会科学中，所有的一切都是文学性的。"②这可以成为"文学性扩张"观点的学理基础。如果立足于后结构主义的"文学性"立场来对当代文艺学学科进行反思与重构，就可以把"文学性"从形式主义的"文本""形式"和"结构"等概念的桎梏中解放出来，使"文学性"扩展到非文学文本中。这种从修辞上理解的"文学性"作为一种特征，不仅渗透到非文学的话语体系中，甚至也进入社会生活的各个领域，将文学视为人类文化社会生活的反映，同时文学研究版图也在不断地扩张，其研究对象已经跳出传统意义上的文学，拓展到不同文类、不

---

① 参见鞠玉梅：《新修辞学的后现代主义特征》，《天津外国语学院学报》2008年第4期，第16—19页。

② [美]乔纳森·卡勒：《理论的文学性成分》，余虹译，收入余虹、杨恒达、杨慧林主编：《问题》，中国人民大学出版社，2003年，第128页。

同媒体、不同媒介的文艺作品。余虹认为正因为"文学性"不再是单纯的美学和语言的问题,对"文学性"的研究很显然也不能局限于语言学的文本细读,而应该做跨学科的综合研究,即"政治学、社会学、历史学、经济学、哲学、神学和文化学的问题"①。如果从"文学性"扩展的社会功能来看,正如马克思所说:"资本主义社会现实本身的差异性、断裂性与整体性,根本不能以单一的论述文体去表达和把握。而马克思要充分把握这种现实的差异性与整体性,就必须逾越哲学、政治经济学与文学之间的学科分化、文体文类界限,走向一种超学科、超文体的思想形态。"②实现这种超学科和超文体的文学构建就是要倡导文学的开放性。这是说文学文本并不只含有特定的信息,而是一个由文字符号组成的阐释空间,因此可以产生无限的阐释。另一方面,"文学性"是"一种普遍的可视为文学的文字或其他符号的能力","可视为文学"其实就是"运用文字或其他符号的能力",它们都指向"文学性"是一种可以运用文字或其他符号构建虚拟现实或想象世界的能力。"文学性"能够永恒,也正是因为它与语言文字或其他符号能重新联系起来。③

　　第二是"文学性"的反渗透性。相比"文学性"的扩张,"文学性"的反渗透性是一个更加激进的观点。这种观点认为,文学被逐步边缘化,"文学性"不再是文学的专属,而成为人文社会科学领域中几乎无处不在的重要属性。大卫·辛普森(David Simpson)早在1995年时在其论文《学术后现代与文学统治》("The Academic Postmodern

---

① 余虹:《文学的终结与文学性蔓延——兼谈后现代文学研究的任务》,《文艺研究》2002年第6期,第24页。
② 转引自郄戈:《〈资本论〉与文学经典的思想对话》,《文学评论》2020年第1期,第13页。
③ 舒翔、赵勇:《"作者中心论"与"读者中心论"的中西碰撞——重访米勒与童庆炳的"文学终结论"之争》,《中国政法大学学报》2021年第4期,第282页。

and the Rule of Literature"）中就有类似的观点。他认为对其他学科来说，文学具有一种"元叙事"的功能。这也就是说文学独特的话语模式都可以被套用到历史语言中，而历史叙事中的因果承接也与小说情节的逻辑叙事相类似。因此，在后现代话语中有很多无关文学的讨论与研究，但这不代表其他学科侵入了文学，反而是文学或"文学性"渗入其他学科。[1]辛普森甚至认为文学在这场与"理论"的角力中获得了最终的胜利，在人文社科研究被语言学统治了近一个世纪之后，文学重新获得了学术的"统治权"。[2]这当然是让文学研究者相当振奋的观点。为论证"文学性"在非文学文本，特别是历史研究中的地位，卡勒还切实地还切入历史理论和研究的领域，以论证史学与文学的共通性就是"文学性"：历史与文学在故事发展逻辑和叙述模式上几乎相同，从而论证了"文学性"在非文学文本包括历史研究中的重要地位。[3]辛普森和卡勒对"文学性"的再解释提升了文学和"文学性"的地位，将边缘化的文学研究带到人文社科研究的中心，甚至推动一种"文学性统治"的局面产生。今天新形式主义和符号叙事学的研究的确都能从不同的角度来印证这种观点在学理上的可能性。

第三是"文学性"概念对文化理论的兼容。面对文学内涵的扩大，新世纪我国文艺理论界众说纷纭，可以归结为这样一些观点：一种观点认为理论之后文化研究已经失去了它的魅力，学界有一种回归文学研究的趋势，应该坚守"文学性"，对文艺学合法性进行重构；另一种观点认为文艺学科在文化理论的入侵下虽然危机重重，但仍然大大

---

[1] 参见朱立元、张蕴贤：《新审美主义初探——透视后理论时代西方文论的一个面相》，《学术月刊》2018年第1期，第119页。
[2] 同上。
[3] 参见［美］乔纳森·卡勒：《理论的文学性成分》，余虹译，收入余虹、杨恒达、杨慧林主编：《问题》，中国人民大学出版社，2003年。

拓展了文学研究的广度和深度，激活了文学的跨学科研究，文化理论的作用不可低估。二者共同构成了新世纪以来当代文论界一个最重要的理论趋向。国内外学者对此都做出了有益的尝试。广义的文化研究的关注点是包罗万象的文化现象。文化研究"没有一个界限清晰的研究领域"，也缺少"一个界定明确的方法论"[①]，是多学科杂合的一个总称。文化研究的研究对象不仅仅是文学，还可以是其他的社会文化现象。换句话说，文化研究于文学而言并不是特异的研究方法，而且文化研究没有清晰、可界定的研究范式，往往是按照研究对象所处的文化语境来决定具体的研究思路，这种研究天然就有跨学科性，不拘泥于特定的学科范畴。而"新批评""形式主义"和"唯美主义"等学派提倡以传统意义上的文本为中心进行文本细读，曾是文学研究的"正宗"学派。以文本为中心的研究方式虽然在后现代文化理论的涤荡下逐渐丧失了吸引力，但在后理论时代又重回人们的视野。研究者们开始重提"文本细读"等方法论，以期回到文学研究的正宗。这两种视角实际上代表着两种文学观：一种是语境观，即文学反映了社会、文化、体制、意识形态和社会关系等；另一种是文本观，即文学是一种语言现象。孔帕尼翁认为，文学或文学研究总是被夹在两种研究方法之间，即广义的历史研究（视文本为文献）与语言研究（视文本为语言现象，视文学为语言艺术），两种方法各有其理，缺一不可。[②]既然文学研究和文化研究的差别并非不可弥合，那么构建新的"文学性"应该尝试弥合文学研究和文化研究之间的差距，而不是继续扩大二者的分离。那么如何规约文学研究和文化研究的比例、具体方法，以及两种研究策略的衔接与过渡？

[①] Simon During ed., *The Cultural Studies Reader*, Routledge, 1999, p. 1.
[②] ［法］安托万·孔帕尼翁：《理论的幽灵：文学与常识》，吴泓缈、汪捷宇译，南京大学出版社，2017年，第23页。

第四,"文学性"是一种"关系主义"。伊格尔顿在其早期的著作中做出如下的论断:文学是人们在不同时间出于不同理由赋予某些种类的作品的一个总称。文学话语类似福柯意义上的"话语实践"(discursive practices)。所以文学的研究对象是与其相关的整个实践领域。①南帆力图打破二元对立的思维方式的禁锢,提出了所谓的"关系主义",把文学置于多元的关系网络中。这种反本质主义的理念,体现在他所主编的《文学理论新读本》②中。这里秉持理论的"开放性",把文学也视为一种"话语实践",并将文学作为文学关系网络中的一个"联结点",将与文学相关的话语方式、文本和文类、社会、历史与文化语境都串联起来综合考虑,形成一个围绕文学产生的话语场域,以拓展文学研究的广度和深度,成就文学理论视野的开放和包容性。南帆当时的做法引起了广泛的质疑,不少人认为对于一部教材来说,对文本的本质避而不谈,使得全书失去了重点,缺乏一根统领全书的主线。③南帆的"关系主义"提供了一种反本质主义和抵抗形而上学的文学研究思路。这也是一种后现代主义的文学认识论立场:文学没有固定不变的本质,它作为一种特殊的话语类型,应该在动态的关系网络,也就是"共时性话语光谱"中被考察、研究和比较。文学之所以成为义学,是因为其话语系统与其他学科的话语系统有差异关系。这样的关系在权力话语体系下标识了他者与自我的区别。④在这样的"关系主义"的视域下,义学理论的任务在于从与多种学科话

---

① [英]特里·伊格尔顿:《二十世纪西方文学理论》,伍晓明译,北京大学出版社,2018年,第223页。
② 南帆:《文学理论新读本》,浙江文艺出版社,2002年。
③ 参见张旭春:《"后现代文艺学"的"现代特征"?——评陶东风主编〈文学理论基本问题〉》,《文艺争鸣》2009年第3期。
④ 参见郑海婷、刘小新:《文学理论的使命与意义》,《福建论坛(人文社会科学版)》2018年第10期,第120页。

语系统的沟通、冲突和互鉴之中发现文学的独特意义，重构当代文学的"文学性"。而文学研究的旨归在于发现文学与其他话语，如社会、哲学、历史、政治、文化和自然科学之间的异质特征。[①]

综上所述，"文学性扩张"在今天已经成为现实，我们不可能将历史的时钟回拨。"文学性"的泛化和无限扩张，导致真正的文学被边缘化，文学理论与实践之间的差距日益扩大。这从某种意义上来说是"文学终结"论断的缘起。尝试解决这一矛盾论题正是本书思考的中心议题所在。

---

① 参见郑海婷、刘小新：《文学理论的使命与意义》，《福建论坛（人文社会科学版）》2018年第10期，第121页。

第二章　文学理论的构建来源

本章所涉及的三个重要理论来源在我国当代文论构建中扮演重要的角色：第一是中国马克思主义文论；第二是中国古代文论；第三是西方文论。马克思主义文论虽不是中国本土产生的理论，但是对中国社会和文化的影响最为深远。马克思主义文论伴随着中国文艺理论各个阶段的成长，是中国化程度最高的西方文论；它也是中国文艺理论的国家话语，对我国文论建设有着不可取代的重要意义。中国古代文论有悠久的历史，呈现着独一无二的民族文化传统。中国古代文论在悠悠历史长河中，几经沉沦，仍然传承着中华文明，是世界诗学的瑰宝。本书在前一部分详细解析今天中西文论交流、冲突和互鉴的关系。本章则将西方文论作为我国文论的重要理论资源，探讨今天中西文论交流的方式，以及这对我国文论建设的意义。本章将探讨中国马克思主义文艺理论对西方文艺理论的批判、借鉴和融合，中国古代文论与西方文论的借鉴与融合，以及中国对西方文论接受的历史性变化。

第一节　马克思主义文艺理论的中国化

马克思主义对我国文艺理论发展影响之大，难以低估。我国马克思主义文艺理论的研究主要分为以下三个主要部分：第一是对经典马克思主义文艺理论的研究，第二是对中国化马克思主义文艺理论的研究，第三则是对西方马克思主义文艺理论的研究。从根本上来说，三个部分都与西方相关。马克思主义起源于德国，旅行到中国以后，经历了中国化；之后在20世纪60年代对欧陆人文科学产生了深刻的影响，使得一批批西方马克思主义理论家直接或间接地受其影响，这些人中不乏之后名噪世界的哲学和理论大家。这三部分都能大体用"西方"这条红线串联起来，但它们不仅仅事关西方话题，也与中国文论和西方文论之间的碰撞、融合、影响以及互鉴有关。而马克思主义文论在这个过程中所起到的重要作用毋庸置疑，它不仅仅是双方交流的引子、冲突的黏合剂、构建的指引，也是使得双方加深理解和交流的一个契机。本部分将聚焦与中西理论互鉴紧密相关的研究部分。新世纪我国马克思主义文艺理论与西方文艺理论的关系可以概括为以下三点：一是我国马克思主义文论对西方马克思主义文论和东欧马克思主义文论的接受；二是中国化的马克思主义的旅行和回流，可以将其称为"西马"中的中国问题研究；三是我国马克思主义文艺理论研究借鉴西方文艺理论的精华。以下将厘清几个板块的学术渊源，评价其得失，整理其构建思路和研究方法。我国马克思主义文艺理论如何批判借鉴包括西方马克思主义在内的西方文艺理论的成果以完善自身理论构建，这是新世纪我国理论学界亟待解决的问题，也是建构有中国特色的文艺理论的一条重要途径。

一、"中马"对"西马"和"东马"的接受

今天，中国的文论家以更开放的心态吸取西方马克思主义文艺理论的经验与教训，将它看作构建中国化的、有中国特色的马克思主义文论的重要资源，为时代社会意识形态正名，对接国家文化战略的需要。今天中国学界对西方马克思主义文艺理论的研究涵盖广泛，其研究对象可以分成"三派"和"四代"。"三派"指的是三个主要研究

派别，即"英国文化研究学派""欧洲大陆的文化批判理论""美国的后现代文化理论"。[①]"四代"中第一代以卢卡奇、葛兰西、阿尔都塞为代表；第二代以法兰克福学派为代表，其中又以本雅明和阿多诺的美学理论为重点；第三代包括詹明信、伊格尔顿、布尔迪厄（Pierre Bourdieu）、朗西埃、哈贝马斯等人；第四代则以齐泽克和本尼特（Tony Bennett）等为代表。近年来对西方马克思主义理论的研究主要涉及如现代性、后现代主义、意识形态与美学的关系、文化转向等主题。"西马"文艺研究转向文化研究使得文学研究相对边缘化，并催生了一系列对文化观和文化理论进行批判的讨论。而"文化"之所以自20世纪60年代以来成为最重要的理论话题，其实可以视作西方马克思主义文艺理论发展的自然结果。

近年来东欧马克思主义研究成为"西马"研究的新增长点。目前我国理论学界不仅仅研究东欧剧变前马克思主义理论家的主张和观念，更关注这些理论家在当代的理论争鸣。目前此类研究虽然一直有所推进，但还相对零散，未成体系，主要的研究热点还是"西马"鼻祖之一——卢卡奇。傅其林与欧洲科学院院士加林·提哈诺夫（Galin Tihanov）在2016年举行的一次对谈中详细介绍了东欧马克思主义文艺理论的发展现状，其中也谈到俄罗斯和东欧各国的卢卡奇研究的区别与联系。提哈诺夫认为西方马克思主义和后马克思主义的最大区别，在于"后马"试图从其他哲学和方法论潮流中获得一些帮助来扩大其吸引力。[②] 彭成广认为目前中国对东欧马克思主义的研究已经逐步形成了五个重要专题，包括"日常生活批判理论研究""现代性与文化、

---

① 中国艺术研究院马克思主义文艺理论研究所课题组：《2021年度中国马克思主义文艺理论学科发展研究报告》，《文艺理论与批评》2022年第2期，第10页。
② 《外国文学研究》2016第5期刊登了一篇文章《东欧马克思主义文学理论：一场对话》（"East-European Marxist Literary Theory: A Conversation"）。

审美的复杂关系研究""美的本体论范畴探讨与跨学科研究""道德美学研究与激进需要的特征辨识""以戏剧为代表的艺术门类的美学研究",已经初现规模和整体性。①东欧的马克思主义戏剧批评是学者关注的一个热点,傅其林认为人类学批评、西方马克思主义戏剧批评阐释、戏剧作品的历史性批评是构成东欧新马克思主义戏剧批评的三个核心要素。②

新世纪有很多学者针对西方马克思主义文艺理论研究的问题各抒己见,既有肯定也有批评。"西马"文艺理论在新世纪的发展既有"异"也有"同"。"异"在于"西马"文艺理论虽然分享相似的马克思主义的世界观、方法论和社会使命,却有形态各异的哲学背景,因此呈现出有统一内核但复杂多样的理论形态。③"同"在于"西马"文艺理论都呈现出反观经典文本的倾向。而"西马"回到马克思主义经典理论,为的就是更好地把握当代的社会及文化。而这一现实较马克思主义诞生之初的现实已经相去甚远。所以一些"西马"的研究者发展了"西马"的新范式来诠释世界,并尝试将其运用到对于经典马克思主义文艺理论的诠释上,逐渐形成了借"西马"新理论范式重读经典理论的趋势。④

马克思和恩格斯的文艺理论思想是否成体系,抑或是仅仅服务于马克思主义政治经济理论的零散文献?这个讨论已经持续了很多年。从中国马克思主义文艺理论发展的视角来看,"西马"文艺理论无疑可

---

① 彭成广:《中国东欧新马克思主义美学研究的基本主题述评》,《学术交流》2016年第8期,第16—21页。
② 傅其林:《论东欧新马克思主义戏剧批评》,《中国人民大学学报》2016年第3期,第31页。
③ 参见王庆卫:《理论旅行中的批评意识——西方马克思主义文学批评刍议》,《文学评论》2016年第5期,第18—23页。
④ 参见中国艺术研究院马克思主义文艺理论研究所课题组:《2021年度中国马克思主义文艺理论学科发展研究报告》,《文艺理论与批评》2022年第2期,第4—16页。

以向我们提供对于理解、运用、转换和发展马克思主义文艺理论的具体方法与案例。因此发展"西马"文艺理论研究的意义在于扎根中国现实，理论联系实践，以文艺创作和文艺批评的实践来激活与丰富理论。①自20世纪末以来，"西马"文艺理论逐步偏向于"实践"，但这种与语言行为、身体价值的提升和情感转向相关的实践转向几乎逐步偏离了马克思主义批判现实主义的立场。文化理论时代的语言、话语和建构主义等带着后现代时代烙印的"实践"，实际上使得马克思主义实践论的力量被削弱了。②赵文认为"西马"和"后马"文艺理论往往缺乏对经济生产和精神生产的关系的总体把握，也没有回到马克思主义的核心精神——实践品格，使得其话语始终深陷词语对词语的斗争难题，而难以获得突破。③

"西马"或承袭了马克思主义思想传统的核心，或偏离甚至批判马克思主义的原旨。对于"西马非马"的批评一直甚嚣尘上。但无论是继承还是批评或是背离马克思主义文艺批评的原有之意，都是强化马克思主义思想话语的方式，都将不同程度地唤醒学界对马克思主义文论的关注和诠释。另外，虽然现当代西方理论体系从未将中国置于中心位置，却也永远无法忽视中国的存在。现代马克思主义思想这一理论谱系，更无法将中国理论、中国经验和中国影响排除在外。我们这里讨论的西方理论，特别是文化理论，其实就是"西马"思潮的重要一翼，也是目前在中国影响最大的西方的理论。所以我们的确需要在扬弃中借助"西马"和"东马"来完成新的理论构建。我们研究西方

---

① 参见中国艺术研究院马克思主义文艺理论研究所课题组：《2019年度中国马克思主义文艺理论学科发展研究报告》，《文艺理论与批评》2020年第2期，第4—17页。

② 参见中国艺术研究院马克思主义文艺理论研究所课题组：《2021年度中国马克思主义文艺理论学科发展研究报告》，《文艺理论与批评》2022年第2期，第4—16页。

③ 赵文：《走出理论循环，找回现实感——浅议"西马"文论难题性与马克思主义文论的实践品格》，《文艺理论与批评》2016年第3期，第11—15页。

马克思主义及后马克思主义的初衷,应该是借"西马"之力创造性地构建中国的马克思主义文艺理论。这样做的关键在于从我国的经济、政治与文化出发,摆脱对"西马"的简单模仿和挪用。[①]同时我们不能不追问:"西马"究竟在多大程度上继承了,又在多大程度上修正了经典马克思主义?而在这样的继承和修正之间走一条中间道路,既不至于偏离马克思主义的正典,也不会罔顾时代的发展而止步不前。

二、"中马"对"西马"的影响以及反向影响

马克思主义从西方旅行至中国,辐射世界各地,是最有影响力的思想之一。马克思主义在中国焕发强大的创新能力和生命力,逐步形成具有中国特色的中国马克思主义文论,并以不同形式反向影响西方世界。马克思主义中国化的最杰出的代表就是毛泽东思想。中华人民共和国成立之后,毛泽东文艺思想逐渐上升为具有"国家话语"性质的文论,是党和国家在文艺领域的指导思想。而毛泽东的《在延安文艺座谈会上的讲话》(以下简称《讲话》)是他的文艺思想的最重要代表。《讲话》从中国人民的斗争和革命实践出发,总结了延安文艺工作的一些实际的经验与教训,同时体现了苏联马克思主义、列宁主义的影响,这是文艺理论领域中马克思主义本土化、具体化和中国化的典范。其中一些原则和纲领性的意见被灵活地运用到中国文艺创作、批评与理论构建的具体操作中,在当时的历史语境下推动了国家文艺发展的具体实践,也给今天的文艺工作提供了很多启示。

曾军认为毛泽东文艺思想与20世纪西方文论的几个重要文艺流派有很大的不同,毛泽东文艺思想并没有为文艺批评提供具体的阅读和分析方法,而是倡导构建"文化战线",旨在定位文艺工作和一般革

---

① 刘锋杰:《被放大的"一切批评都是政治批评"——兼谈伊格尔顿的"美学的矛盾"》,《黑龙江社会科学》2014年第4期,第122—127页。

命工作的关系。而如何引导文艺工作者形成文艺工作的正确立场、态度，找到合适的工作对象，解决工作问题和学习问题，是毛泽东文艺理论的核心关切。简而言之，就是如何为了群众展开文艺工作，并使其在社会主义革命和建设中发挥应有的作用。①《讲话》首先弄清楚"如何为人民"这个命题，而其要旨就是"文艺为人民服务"。《讲话》之所以有这样的生命力，哪怕那么多年过去了，仍然有学者专注其中内容，想要找到马克思主义中国化的具体路径与方法，是因为它走了一条立足于现实的道路。《讲话》主要在调查研究文艺现实的基础上，继承了列宁的文艺思想，因此具有现实针对性，才能有效地指导现实的文艺创作和批评。而《讲话》所秉持的"文艺为人民服务"的最高精神，虽在"文革"期间未能延续，但自改革开放以来一直被认为是我国文艺的最重要的指导方针，成为有中国特色的马克思主义文艺理论和美学的重要组成部分。段宝林则认为，《讲话》揭示了重要的社会和文艺规律的关系，即社会与文艺发展不平衡的规律；他也总结了《讲话》关于文艺批评的系统化规律，也就是"审美律""传情律""典型化规律"和"雅俗结合律"等。②

在20世纪席卷西方世界的1968年民权运动中，中国元素在欧美批判理论尤其是法国理论中发挥过非常重要的作用，毛泽东思想在西方大受追捧，甚至西方逐步构建了"毛主义"（Maoism）的理论话语体系。③毛泽东的《矛盾论》是他构建中国化的马克思主义理论的重要文献，德国著名的剧作家布莱希特（Bertolt Brecht）和诗人德里克

---

① 曾军：《古今中西视野下新中国70年文学理论的演变（1949—2019）》，《广州大学学报（社会科学版）》2019年第5期，第44页。
② 段宝林：《〈在延安文艺座谈会上的讲话〉与文艺规律》，《美与时代》2014年第5期，第16—20页。
③ 刘康：《中国遭遇西方理论：一个元批评角度的思考》，《上海交通大学学报（哲学社会科学版）》2019年第6期，第97—108页。

（Derek Walcott）都曾被其中蕴含的思辨思想所影响。20世纪60年代至今，在"东风西进"的风潮下，欧美的马克思主义文论的发展吸取了中国马克思主义文论的理论成果，在此影响下，以阿尔都塞、巴迪欧、齐泽克、朗西埃、巴里巴尔等为中坚的法国左翼文论家都或多或少从毛泽东思想及其文艺思想那里获得启示，并将其作为理论构建的来源。毛泽东的矛盾论、群众路线、人民文艺等革命理论被法国左翼当作主要的理论创新资源，充分渗透进了他们的思想体系和文论实践中。阿尔都塞、巴迪欧和齐泽克在持续接受和诠释毛泽东《矛盾论》的基础上，进一步创新了唯物辩证法，不过其中有正读也有误读。而朗西埃则在"五月风暴"中转向工人研究，深度吸收了毛泽东的群众路线和"文艺为人民服务"思想。我们在朗西埃的政治歧义、感性分配和文学政治中能够看到毛泽东文艺思想的当代回响。当然，法国左翼眼中的"毛主义"不能完全与中国语境中的毛泽东思想画等号，这样"东风西进"过程中就存在着对毛泽东思想的继承和创新、正读或误读。[①] 刘康认为"毛主义"的发展、壮大和流传与詹明信有千丝万缕的关联。詹明信独创的马克思主义文学阐释理论，不仅蕴含着他对西方现代性启蒙思想的反思，也贯穿着当代西方文论界对普遍和特殊问题的辩证视角。詹明信对马克思主义理论的"共性"与"特殊性"的思考对当时的西方理论界来说很有启发；他对"毛主义"的诠释，沟通了中西文化，超越了东西方马克思主义的二元对立。詹明信怀着开放的心态将目光投向东方，将毛泽东思想创造性地构建为"毛主义"。这样的做法使得"普遍与特殊的关系成为你中有我、我中有你、相辅相成、互为表里、整体与部分的'多元决定'关系"[②]。所以在这两股"影响"

---

① 参见韩振江：《"东风西进"：法国激进左翼文论与毛泽东思想》，《中国比较文学》2021年第4期，第2—17页。

② 刘康：《中国遭遇西方理论：一个元批评角度的思考》，《上海交通大学学报（哲学社会科学版）》2019年第6期，第107页。

和"反影响"的潮流之下,经过"扩容"与"加深"之后回归的中国马克思主义文论,既承袭了马克思主义的立场和精神,也不再陷于"极左"意识形态的囹圄之中,这种立场无疑大大拓展了马克思主义的批判视野,也使得马克思主义文论图景更加丰富和多元。

曾军认为国内学者并未充分注意到"西马"和西方文化理论的渊源,以及它们与毛泽东美学思想的对话关系。在不同历史时期,毛泽东美学思想对西方的文论话语产生了程度各异的影响,如"布莱希特的戏剧理论、萨特的'介入'思想、阿尔都塞的辩证法、马尔库塞的解放美学、雷蒙·威廉斯的马克思主义文学理论、詹明信的政治无意识、德里克的后革命以及近年来激进左翼思潮的大规模引入等等"[1]。曾军认为研究毛泽东思想,应该搞清楚其产生的历史语境,克服西方片面强调毛泽东思想的某些片段,而失去了对其全局的把握,也因此忽视了中国马克思主义美学的历史语境,对一些重要内容有遗漏、曲解和误读的情况。总之,今天的"西方毛泽东美学"较为强势,拥有更多学术话语权;相比之下,很少有西方学者再回到毛泽东文艺思想的正典。

总体而言,这种从西方主动接受到内部实现消化和创新,进而反向对中国产生影响的发展路径,是中西文论互鉴中最理想的典范。这种互鉴方式,一方面成就于当时特殊的、不可复制的历史背景;另一方面更是毛泽东文艺思想和美学思想始终来源于现实,并高于现实,又指导现实的先进性使然。所以,我们可以从中汲取的先进经验就是:第一,始终坚持和相信马克思主义思想立场与方法在经历了历史考验之后的先进性;第二,将马克思主义文艺的精髓理解为"实践批评",在结合中国国情解决具体问题的基础上发展创新马克思主义,只有摆脱了教条、扎扎实实解决问题的理论才有生命力和感召力;第三,则

---

[1] 曾军:《西方左翼思潮中的毛泽东美学》,《文学评论》2018年第1期,第19页。

是向世界宣传马克思主义理论及其实践在中国文艺发展中的得失，以诚恳的姿态让世界马克思主义文艺理论学界了解真实的中国，重新营造良好的理论交流氛围。

三、中国马克思主义文艺理论对西方文论的接受和重组

中国马克思主义文艺理论与西方文艺理论从20世纪八九十年代意识层面上的相互排斥和冲突过渡到了新世纪以来的平行发展，甚至出现融合点。马克思主义文艺理论研究也可借鉴西方文艺理论的精华。20世纪90年代末至今，中国经由美国这个学术媒介，大量译介法国、德国、意大利等20世纪中后期尤其是80年代以后的理论，阐发欧洲的后结构主义、后现代主义及美国的后殖民主义的各种观念，逐步形成了"中国后学"的西方文论的话语平台。法国理论主要针对18—19世纪的德国启蒙主义思想，包括康德、黑格尔、马克思，并拓展了19世纪末、20世纪前半叶的弗洛伊德、尼采、海德格尔等对启蒙理性主义的批判与反思。至于何为西方文论，何兰芳做出了很清晰的分类：第一类是以形式主义为源头的文学理论流派，其中包括新批评、结构主义、叙事学等；第二类是探讨文学与历史、政治和文化之间的关系，并对其中体现的权力关系进行批判的理论流派，比如西方马克思主义、女性主义、后殖民主义等；第三类则是以德国阐释学为源头探寻文学与读者的关系以及探寻文本意义的流派，如现象学、解释学、接受美学等。她认为这三派西方文论虽然源头不同、学理不同、发展水平不同，但都可以在马克思主义的指引下实现对西方文论的"选择、辨析、批评和改造"[1]。随着后现代主义兴起，如结构主义马克思主义、存在主义马克思主义、心理分析论马克思主义等也逐渐成为中国

---

[1] 何兰芳：《新时期以来中国研究西方当代文论的问题意识》，《北方论丛》2020年第5期，第24页。

学者研究的方向。学者们通过马克思主义文艺理论所凭借的唯物、辩证、历史和宏观的思维方式对一些具体的文艺观念与美学思想进行整合，把它们置放在马克思主义思想的坐标上，以期建构成和谐有序的新的思想系统。这些学者在坚守马克思主义基本原理的同时，扬弃、借鉴和融合了西方20世纪以来的文学理论著作。钱中文、杜书瀛、王元骧、童庆炳、陈传才、陶东风、陆贵山、朱立元、冯宪光、姚文放等学者都做过此类尝试，旨在融合西方文艺理论流派的优长，丰富我国马克思主义理论构建的理论来源。①对此，谭好哲则认为，并不是所有西方现当代理论都可以拿来补充马克思主义文艺理论，与其实现无缝嫁接。这种无限扩大联合的做法，不仅模糊了马克思主义文艺理论的界限，而且淡化了马克思主义文艺理论特有的思想和意识形态价值，从而大大减弱了马克思主义文艺理论对创作、批评与研究的指导能力。②

在我国，西方文论与作为国家主导思想的马克思主义之间的不兼容体现在诸多方面。其中最重要的是理论的意识形态争端："理论对根深蒂固的意识形态构成了挑战，因为它揭示了意识形态的运作模式；理论也违反了美学家们的哲学传统，对文学经典提出了质疑，模糊了文学和非文学话语的界限。"③这里说明了理论对主导意识形态形成了一定的挑战，同时也质疑了本质主义范畴内的文学定义。另一方面，"文学理论一直就与种种政治信念和意识形态价值标准密不可分"④。文

---

① 参见薛原：《新世纪中西方文艺理论构建概述》，《中国社会科学院研究生院学报》2016年第6期，第88页。
② 李明军、谭好哲：《焕发马克思主义文艺理论的思想活力——文艺理论家谭好哲访谈》，中国作家网，http://www.chinawriter.com.cn/2014/2014-09-12/217738.html。
③ 肖伟胜：《"文学终结"之后的文学理论何处去?》，《学术月刊》2020年第11期，第135页。
④ ［英］特里·伊格尔顿：《二十世纪西方文学理论》，伍晓明译，北京大学出版社，2018年，第196—197页。

学和文学理论在马克思主义语境下是意识形态的反映:"马克思主义文化理论将文学放进包括政治和经济在内的社会关系网络来进行理解,因而能够阐释文学与意识形态、文学与历史、文学与社会语境等之间的关系。"①这无疑隐含了二者的天然的辩证统一性。文学理论身处这样的悖论当中:首先它是主流意识形态的反映,同时它又身兼对意识形态进行批判的任务。因此这成为西方文论与马克思主义在我国是否兼容的最核心的理论追问。

如果回到本部分的核心追问,即如何在承认中西对话和互鉴是文论构建的最有效方式之一的基础上建构新时代的马克思主义的文艺理论体系,陆贵山认为只有通过经典马克思主义文艺理论与西方文论对话才能达成目标之一。这里的西方文论包括西方现当代文论和"西马"文艺理论。②首先就是回到经典,不仅仅要学习马克思主义的经典文本,还要抓住精神、提炼方法。同等重要的是了解中国实际与历史,紧紧把握中国实践,之后才能有的放矢地讨论"何为马克思主义在中国的具体化或中国化""如何回到马克思正典又避免教条化""如何避免马克思文艺思想被过度理论化和系统化,使其偏离真意"。下面将从几个层面论述回答本部分的核心追问。

一是将马克思主义作为一种精神指引和哲学导向。马建辉认为"马克思主义文艺理论不应该是知识化、概念化、理论化的存在,更应该是思想化、精神化、信念化的存在"③。马龙潜认为要真正把握马克思主义文艺理论中国化的当代形态的科学本质,就应该牢固把握马

---

① 汤黎:《文学的审美与意识形态——基于当代西方文论中"审美意识形态论"的讨论》,《文艺理论研究》2020年第4期,第191页。
② 陆贵山:《对话与重构——建设当代形态的马克思主义文艺理论的重要理路》,《中国人民大学学报》2014年第2期,第17页。
③ 马建辉:《新时期以来马克思主义文论研究进展中的偏失》,《文艺理论与批评》2014年第4期,第11页。

克思主义辩证唯物论和历史唯物论的学理基础。①而今天文论构建的要点应该是构建和发展马克思主义文论的中国形态。就此，柴焰提出实现"综合创新"，也就是首先辩证吸收中国古典文化和哲学的精髓，并发挥西方文论的优势；其次通过创新"中马"文论的话语体系，重新把握理论话语权并纠正西方对中国的偏见。②陈菲认为所谓马克思主义文艺理论中国化的当代形态就是以马克思主义的世界观和方法论为指导，对马克思主义文论、西方文论、中国传统文论几个重要理论方向进行有效的整合，创造出符合时代要求的新型文艺理论体系。③董学文在他的系列论文中总结了马克思主义文艺批评的地位和作用。他认为马克思主义文艺批评的实质就是一种辩证批评法。用这一方法，可以解决文论建设中的几个重要议题，首先是用这种方法将美学批评和历史批评合为一体。④其次是以此摆正社会历史和文艺之间的关系。而对于文艺这一"自由的系统"来说，"太阳"就是社会历史。文艺的"公转"和"自转"，是同时发生且不可分离的。在"公转"和"自转"的辩证统一中我们可以认清文艺问题的答案，这是当代文艺研究应该秉持的科学态度⑤，也就是以"普遍联系和对立统一"的方法观察并研究文艺。董学文针对当下文艺批评软弱无力的状况，重申了马克思主义文艺理论勇于批判现实的品格。董学文指出马克思主义文艺批评不简单等同于"社会历史批评""意识形态批评""审美批评"等，

---

① 马龙潜：《马克思主义文论中国化当代形态的科学本性》，《学术月刊》2013年第8期，第119—126页。
② 柴焰：《马克思主义文论中国形态的致思与彰显》，《山东社会科学》2014年第7期，第78—83页。
③ 陈菲、胡友笋、焦垣生：《马克思主义文艺理论当代形态建构的困境与出路》，《河北大学学报（哲学社会科学版）》2014年第3期，第28—32页。
④ 董学文：《马克思文艺批评方法的本质特征》，《华中师范大学学报（人文社会科学版）》2013年第4期，第69页。
⑤ 董学文：《论文艺"公转"与"自转"》，《中国高校社会科学》2014年第2期，第74页。

其精神的核心是一种"辩证批判",这种精神勇于做出合理的价值判断,而拒绝无意义的价值虚无。①

二是将马克思主义作为一种方法论。"回到文本"是马克思主义文论研究的重要方法。就为什么要回到文本以及怎样回到文本,不少学者都做了相当精到的研究。郗戈为"回到文本"这一研究路径做了示范。他很好地阐发了马克思的政治经济学论述与文学经典的"互文"关系:"资本主义社会现实本身的差异性、断裂性与整体性,根本不能以单一的论述文体去表达和把握。而马克思要充分把握这种现实的差异性与整体性,就必须逾越哲学、政治经济学与文学之间的学科分化、文体文类界限,走向一种超学科、超文体的思想形态。"②这种超文本概念打破了文本之间的界限,让马克思主义文论研究拥有更广阔的视野和更坚实的理论基础。段吉方虽然将自己的方法总结为"文本学研究",但这不是回避社会历史问题的纯文本研究。他认为主要可以从"经典的方法论价值""回到语境""文本细读"三个层面展开研究。而"文本学研究"的目的在于"在马克思主义文艺理论原典阐释中把握马克思主义文艺理论的历史生成过程及其理论体系特征,深度阐释马克思主义美学及其文艺思想的基本内容和相互关系,确立马克思主义文艺理论研究的整体性框架、论述的基本模式和对问题的批评方法,为当代马克思主义文艺理论研究寻求恰当的知识论研究路径"③。

---

① 董学文:《马克思主义文艺批评的辩证精神》,中国作家网,http://www.chinawriter.com.cn/wxpl/2014/2014-08-21/215372.html。
② 郗戈:《〈资本论〉》与文学经典的思想对话》,《文学评论》2020年第1期,第13页。
③ 段吉方:《回到语境与文本重读——推动与建设马克思主义文学批评的文本学研究》,《中国文学研究》2021年第3期,第1—9页。

而张清民则尝试走出经典文本研究的拘囿，认为应该用马克思主义文艺理论分析当下的文化现实。他总结了"语言形式、新媒体文艺、文艺消费、文化政治、生态文艺、视觉文化、全球化等七个可以开拓的领域"[①]，以提升马克思主义文艺理论的适用范围。刘康则将马克思主义文艺理论研究拓展到文化比较研究，在其著作《美学与马克思主义》中比较了中西马克思主义文论在异文化中所面临的不同语境。比如在中国，马克思主义文论被归纳为文艺理论和美学门类；而因为该书的主题跟中国密切有关，所以在美国马克思主义文论被笼统地归为"现代中国研究"。刘康通过聚焦"中马"来研究中国意识形态和文化史，另一方面也重读作为意识形态的"西马"。而刘康研究的，就是"中马"和"西马"之间的相互关系。无论是两者的"交集"和"重合"，还是"错位"与"误读"，都是刘康在"双向"语境中的研究。这也就是说刘康在"中国语境中的美学、文艺理论和欧美语境中的中国研究（China studies）的学术范式、框架、理论预设等，均有许多反思和批判"[②]。

由此可见，马克思主义文论研究可以从经典文本研究延伸到跨领域和跨学科的"超文本"研究，也可拓展到具体的社会文化分析或比较文化研究，有相当多元的研究方法。这仅仅是一个不完全的总结，但可见马克思主义文艺理论的适用范围非常广泛，即从具体个案到抽象理论，从文本分析到文化诠释，从文学哲学到政治经济学。

综上所述，马克思主义与包括"西马"在内的西方文论在本质上不是相互矛盾和排斥的关系。第一，今天我们所说的"西方文论"

---

① 张清民：《马克思主义经典文艺思想的当代问题》，《汉语言研究》2018年第2期，第13—15页。
② 刘康、李松：《从马克思主义美学到西方理论的中国问题》，《华夏文化论坛》2021年第2期，第341页。

的概念，很大程度上指的是自20世纪语言学转向以来的俄国形式主义和新批评以及60年代西方后现代左翼文化理论，这些西方文论都在不同程度上与马克思主义文论有千丝万缕的联系，甚至很难把两者清晰割离开来，所以它们有时甚至有着一脉相通的学理。第二，包括"西马"在内的西方文论在马克思主义理论的当代化的历程中扮演了不可或缺的重要角色。如果不加强中西马克思主义和新老马克思主义文艺理论的互动，那么马克思主义文论将很难在新时代愈发复杂多变的社会历史环境中明确问题导向，整合理论资源，真正让马克思主义文艺理论成为"活的"、可以被运用的理论。只有不断更新马克思主义文论内部的讨论方式与阐释框架，才能在当代和现实问题前修正及发展理论。包括"西马"在内的西方文论，不仅使得经典马克思主义文艺理论的话语体系被激活和更新，也提供了符合新时代文学实践与研究的学术形态、研究方法、学术语言。马克思主义文艺理论因此继续向前发展，而不是止步不前。在"回到经典"的研究中，西方文论也可以发挥积极作用，通过对马克思主义精神内核与基本方法的融会贯通，建立极具洞察力和分析力的理论分析视角，结合马克思主义经典文本开启新的现实议题。第三，从马克思主义的中国化的历程来看，毛泽东思想作为中国化的马克思主义的典范，其发展路径是充满启示意义的。虽然这一路径具有唯一性和经典性且难以复制，但我们仍能从中获得有益的经验。可以肯定的是，这种中西文化渗透式的互鉴方式对双方来说都是大有裨益的，对当时的社会、文化和政治都产生过相当重大的影响，甚至这种影响还在持续发挥其效力。如何才能再创毛泽东文艺思想的传播经典？最关键的还是能不能贴近研究对象，回到实际，切实解决文艺理论和阐释的问题。这样的理论才能真正因其魅力而被人们运用和传播，否则就可能沦为理论教条。

第二节　中国古代文论的现代转换

中国古代文论作为一门学问，已经有上千年的历史；而作为一门学科，它借鉴了西方的体制规范、理论观念及研究方法，已走过近百年历程。中国古代文论借鉴西方的体系，逐步形成了多元且复杂的研究领域，学者们从细读古代典籍及原著到构建新的文学思想史和批评史；从解析古代文论范畴到回溯审美传统；从挖掘本民族文化瑰宝到在探索中借助他山之力，发展和激活古代文论。如何运用中西比较，寻求对话、融合与互鉴，成为当代非常重要的学术话题。随着研究的深入和拓展，中国古代文论学科建设成果颇丰，研究队伍也在稳步壮大。如果对我国文论发展进行一个总体的分期，那么可以为中国古代文论的发展定位。我国文论发展的第一阶段，主要是"五四"学人心怀世界，努力创建我国现代思想和学术范式。在这个时代，他们为实现西方文化和中国文化的融合呕心沥血，同样也经历了那个时期对古代文论传统的批判与抛弃。在第二阶段，中国传统文化在马克思主义理论这个强大的思想武器的加持下，逐步迈向了历史化进程。马克思主义作为文论发展的指导，以其普适性、实践性和革命性，使民族文学与文化获得中国化的发展。直到第三阶段，才出现了"中国传统文化现代转换"这个中国问题的提法。[①]而这一提法首先来源于世纪之交关于"文论失语症"的讨论，这场讨论使得学人推动文论的现代转换。正如冯黎明所说，无论是世纪之交有关"文论失语症"的讨论，还是中国古代文论的现代转换的命题，都是由"现代性焦虑"滋生出来的"自我塑形的诉求"。在学术话语争鸣的后面是对文化身份失落后的寻觅。他认为所谓"现代转换"就是为了"追求新异感、理性工

---

① 刘康：《西方理论的中国问题：兼论研究方法、古代文论的现代转换》，《武汉大学学报（哲学社会科学版）》2020年第5期，第57页。

具化、实用主义、功利主义、效率优先"。①在中国古代文论研究领域,"现代转换"被等同于"西化"。如果说文论"失语"的症结在于古代文论在当代阐释中失去了其有效性,那么如果不能够实现"古为今用",中国文论将逐渐成为"无源之水",逐步枯竭,失去发展成真正代表中国文化精华的文论的可能性。不少学者认为克服中国文论的"失语症"的要义就是古代文论的现代转换,展示古代文论在现代性语境中的可能性和生命力,并将文论"失语"的罪魁归于西学。这无疑是失之偏颇的观点。笔者的观点是,实现文论的现代转换,非但不应该排除西学,而恰恰应该"以我为主",将所有的有益和有效的理论资源为我所用。朱志荣坦言:"中国现代美学是通过借鉴和学习西方美学建立起来的,其学术形态、研究方法和学术语言也更多地学习和借鉴了西方美学,尤其受到了西方现代美学的影响,也是适应现代审美实践的需要进行研究的。"②我们显然不能否认从当时的历史背景来看,这一学习过程是进步的,它推动了中国现代美学的构建。

关于"失语症"的争鸣激发了对于中国古代文论的现代转换命题的进一步讨论。林毓生率先提出了"中国传统文化的创造性转换"的说法。之后李泽厚继续发展了这一命题:"'创造性转换'是林毓生先生提出来的,我把它倒过来,因为'创造性转换'是转换到既定模式里面去的,那个模式是什么?就是美国模式。我的是创造性模式,我是要创造一个新模式。"③李泽厚主张的古代诗学的"转换性创造",其重点在于"创造"。李泽厚以这个概念建立了一种古代文

---

① 参见冯黎明:《中国古代文论的现代转换:一场现代性焦虑》,《湖北大学学报(哲学社会科学版)》2006年第4期。
② 朱志荣:《论中国传统美学的现代性》,《文艺争鸣》2017年第7期,第7页。
③ 李泽厚、萧三匝:《改良不是投降,启蒙远未完成》,《南方周末》2010年11月4日第F31版,第5页。

论的研究范式，目的是为中国的现代性定位，考量其在世界和人类历史中的价值，并找寻中国现代性的特殊性。这些学者思考中国文论的问题时已经脱离了中国与世界二元对立的思维框架。[①]其实，无论是王国维、蔡元培，还是宗白华、朱光潜，一代代优秀的中国学人都曾借用西方的理论来谈论中国的文艺传统，努力发掘、改造和构建属于中国的话语、概念与理念。始终萦绕着他们的是这样一些根本的问题：中国古代文论仅谈传统中国文艺，还是也谈现当代的文艺？如果古代文论要谈现代问题，那么应该怎么谈？毕竟当代文学也受到西方话语的影响，更加偏重叙事文学而不是诗歌文学。古代文论很少专注于叙事文学，难有用武之地。另外，即便我们想要运用古代文论谈今天的叙事文学，也很难找到合适的批评和研究的对象。如果没有可以着眼的文学现实，如何有运用和发展古代文论的动力？不着眼于现实，而仅仅是纸上谈兵的空谈，就无法真正找到复兴古代文化的症结所在。所以发展古代文论，不仅仅要搞清楚什么是中国古代文论，更要弄清楚它的目的和功用是什么。古代文论究竟应不应该，能不能进行现代转换呢？如果古代文论不做现代转换，是否仅仅拥有一个文化考古学上的意义？这些问题值得我们深思。如果问题的答案是古代文论应该做现代转换，那么它的价值应该在于鼓励今天的文学创作的"中国化"，丰富国人的传统文化底蕴，并使得文论批评能够找到适用古代文论的对象，让我们在众声喧哗的西方文论之后不至于身后空无一物。

失去了现实生活的生命土壤，传统文化必将走向生命的终点，成为"死"的文化。如果理论仅仅被深埋在故纸堆里，那么再精妙再博

---

① 刘康：《西方理论的中国问题：兼论研究方法、古代文论的现代转换》，《武汉大学学报（哲学社会科学版）》2020年第5期，第57页。

大精深的理论也会衰落、消逝，逐渐无人提及。应对这个问题，显然不是鼓励中国古代文论建设进入"闭门造车"的孤立状态，而是吸取各民族文化和世界文明的优秀之处，集各家之长，同时也应该脚踏实地回到中国的文学与文化的现实中去。中国古代文论不应该是书斋中的学问，而是可以参与、推动和提升社会发展进程的学问，否则就没有必要对其进行现代转换，就把它留在故纸堆里好了。那么复兴古代文论的必要性究竟有哪些呢？

在西方话语盛行的时代，曹顺庆认为中国古代文论的价值在于"唤起我们的集体无意识，唤起我们的民族记忆。也是在西方文论的参照下，我们能冷静地审视我们的文化传统，更加清楚地认识到自己的特质"[①]。当下要解决的存在的首要问题就是如何让外国人读懂中国古典诗词，因而需要建构一种普适性的诗学理论，以解决中国现代文学理论所面临的现代转型问题，实现中国古典诗学体系的现代转型。中国古代文论之所以存在理解障碍，恰恰是因为我们在批评实践中对其使用得太少才有了距离感和陌生感，故而产生了隔阂。如果我们在包括文艺批评在内的各种文艺实践中多多使用，中国古代文论的思想话语就会被人们逐渐熟悉，自然也就能消除理解障碍。

复兴中国古代文论就应该实现它的现代转换；要做好现代转换，我们应该借鉴和扬弃西方文论的成果。发起"文论失语症"大讨论的曹顺庆认为今天"失语"的重要意义是不能错失中西跨文化对话中产生理论成果的良机，失去文化的"杂交优势"[②]，否则这将会成为中国文化发展的重大战略失误。比如唐代文学取得的辉煌成就正是由"文

[①] 曹顺庆：《中国话语建设的新路径——中国古代文论与当代西方文论的对话》，《深圳大学学报（人文社会科学版）》2017年第5期，第121页。

[②] 曹顺庆：《中国文论话语及中西文论对话》，《浙江大学学报（人文社会科学版）》2008年第1期，第125页。

化杂交"所带来的。唐代文学就是南北文学也是中西文学的交汇。[①]复兴中国古代文论的具体途径是中国古代文论与西方文论的相互借鉴和融合。曹顺庆认为复兴我国古代文论,并完成新文论的构建,"必须在具有中国文化精神的同时,而又吸收作为全人类文化成就的新型话语系统"[②]。从新世纪开始,古今、中西对话成为重建中国文论的基础、原则和路径。[③]曹顺庆阐明了加强中国古代文论与西方文论的对话应当是中国话语建设的一条新路径。[④]古代文论源自古老而博大精深的中华文明,不仅有着独特的根基和源头,也有着独立的体系、话语规则与方式:"一是以'道'为核心的意义生成和话语言说方式;二是儒家'依经立义'的意义建构方式和'解经'话语模式。"[⑤]王润茂认为传统古代文论研究的代表人物有李壮鹰、张海明、刘绍瑾等。[⑥]新时期文学理论体系构建又因构建基础不同可分为西式融合、中式融合、中西融合以及文化语境下的文论体系构建四种路径,代表人物有蔡钟翔、陈良运、刘若愚、李春青等。[⑦]

---

① 曹顺庆:《中国文论话语及中西文论对话》,《浙江大学学报(人文社会科学版)》2008年第1期,第125页。
② 曹顺庆、谭佳:《重建中国文论的又一有效途径:西方文论的中国化》,《外国文学评论》2004年第5期,第121页。
③ 参见曹顺庆、谭佳:《重建中国文论的又一有效途径:西方文论的中国化》,《外国文学评论》2004年第5期;曹顺庆:《中国文论话语及中西文论对话》,《浙江大学学报(人文社会科学版)》2008年第1期。
④ 曹顺庆:《中国话语建设的新路径——中国古代文论与当代西方文论的对话》,《深圳大学学报(人文社会科学版)》2017年第5期,第118页。
⑤ 曹顺庆:《中国话语建设的新路径——中国古代文论与当代西方文论的对话》,《深圳大学学报(人文社会科学版)》2017年第5期,第121页。
⑥ 王润茂:《中国古代文论体系说略述》,《华中师范大学研究生学报》2013年第1期,第105—108页。
⑦ 薛原:《新世纪中西方文艺理论构建概述》,《中国社会科学院研究生院学报》2016年第6期,第88页。

一、中国古代文论与西方文论互鉴的可行性

（一）中国古代文论与接受美学的比较和互鉴

20世纪80年代，接受美学在中国的众多西方新思潮中脱颖而出。德国的两位接受美学的大师伊瑟尔和姚斯（Hans R. Jauss）分别为中国文学研究提供了微观与宏观维度。如果对两人的理论追根溯源，我们不难发现古老的东方的"空白"概念对两人的影响。中国古代的"空白"概念可以追溯到道家"有无相生"的观念。老子云："无形无名者，万物之宗也。"因此，中国古代艺术层面的"空白"与哲学层面的"空无"可以说是异曲同工的。西方的哲学思考的核心概念可以概括为"有"，也就是实体和物质。因此"无""空白"或"虚空"这样的概念在西方并未得到长足的发展。具有浓厚东方色彩的"虚无"直到19世纪才被引进西方哲学界。之后，叔本华（Arthur Schopenhauer）、尼采、海德格尔等哲学家受到老庄思想的影响，开始传播"空无"的思想。在20世纪中叶形式主义文论衰落之际，文学理论的重心开始转向读者接受研究。伊瑟尔阐述了他的"空白""隐含读者"和"召唤结构"等一系列概念，其中可见中国哲学与文艺学传统的痕迹。

中国对姚斯和伊瑟尔理论的接受程度不同，这本身就是读者体验与文本重构的过程。这两种理论的差异化接受对于中国古代文论的建构和中国文学史的书写具有重要意义。姚斯和伊瑟尔都为中国的文学研究提供了新的视角、创造力、文化反思的立足点与理论建构的基础。与对伊瑟尔的接受相比，中国学者对姚斯的接受更为多元和全面，已经触及各个层面，从单一作品的审美体验到文学史的写作范式；而中国对伊瑟尔的接受则比较有限，但很深刻，往往集中在对中国古典诗词的解读和对古典文学理论的分化与建构。

伊瑟尔作品的接受情况在很大程度上是由一般文化因素决定的。伊瑟尔展示了文学作品发挥其效果所必需的所有预设，这些预设不是由经验性的外部现实规定的，而是由文本本身规定的。因此，"隐含读者"作为一个概念，其根基牢牢扎在文本结构中；它是一种建构，绝不能与任何真正的读者相提并论。[1]文本对读者反映的制约作用，即文本言语行为、文本的动态连接部分（空白）以及"隐含读者"这三个方面的制约作用。有了"隐含读者"的概念，读者和文本这两个组成部分不再被视为独立的实体。它们是一枚硬币的两面，被结合成一个有机的整体。因此，随着读者与文本的互动，文学交流出现了。因此，隐含读者可以被理解为实际读者的一种现象学构造。隐含读者的文本结构与文本的回应邀请结构是同源的。"空白"[2]在伊瑟尔的理论中占据了核心位置。它最初关注的是连接文本的各个部分。在考虑情节的层面上，"这意味着什么"也许是最容易理解的。在大多数叙事中，故事线会突然中断，以另一个角度或一个意想不到的方向继续。其结果是，读者必须完成一个"空白"，以便将未连接的片段连接起来。

中国古代诗歌的"空白"客观上也邀请了读者参与文本诠释。中国古代文学艺术特别注重以小见大，以多见少，以简驭繁，以无取胜，追求空灵淡泊的境界。[3]作为文学作品的内部结构，这种空白、简化和空灵的特点可以说构筑了一个博大精深、取之不尽的源泉。它具有

---

[1] Wolfgang Iser, *The Act of Reading: A Theory of Aesthetic Response Baltimore*, Johns Hopkins University Press, 1978, p. 34.
[2] 伊瑟尔认为，"空白"是一种典型的结构，在文本中通常表现为暗示、双关、借代、暗喻，语序倒装、成分缺失、词类活用，穿插、反叙、意识流、跳跃、时空交错等语言艺术中的叙事层面。
[3] 董运庭把"空白"视为"味外味"，叶嘉莹把"空白"视为"幽深要眇"，程地宇把"空白"称为"空纳万境，白多余韵"。

不确定、层次丰富的特点，为读者提供了一个再创造的审美空间，并诱导读者进行更多的思考并激活读者的新的认知。这与伊瑟尔的"召唤结构"有一定的相似之处。程地宇和张道葵分别在《文之本体与道之本相——艺术空白片论之二》与《空白与接受——中西审美经验比较》两篇文章中做了详细解释。他们认为，接受美学中的空白理论是一种现象学的艺术本体论；中国古代艺术的空白理论描述的是一种关于世界的本质的延伸，可以视作一种宇宙本体论。"空白"在中国被抽象到哲学的高度，它是深远的、流动的、无端的、意义无限的宇宙意识。宗白华说，中国艺术的虚与空，"不是死的物理的空间间架，俾物质能在里面移动，反而是最活泼的生命源泉。一切物象的纷纭节奏从他里面流出来"[①]！西方接受美学的空白理论则是一种为了把握作品意义的具体化的阐释活动。中国古代文论中的"空白"蕴含着一种特定的审美态度，领悟宇宙精神，从而达到物我两忘的状态；而接受美学的要旨则是形式推理和对世界的理性认知。西方接受美学中的"空白"本身并不构成审美对象，不具有稳定的审美价值；而中国艺术的"空白"则与某种艺术观念相关，本身就构成了具有审美价值的对象。因此，"空"是灵魂的自由状态，它可以吸收万物，将有限打破为无限，融汇成和谐的形象。

伊瑟尔认为，任何文学文本都是作家有意为之的产物，它们部分地控制着读者的反应，然而，它们包括大量的、空白的、不确定的因素。伊瑟尔对隐含的读者和实际的读者进行了区分。隐含的读者是在文本中形成的，他被期望以许多具体的方式对文本的"反应诱导"结构做出反应。而实际的读者，随着他自己的个人经验一点一点地积累，他的反应实际上是不断地、不可避免地被改变和重构。"实际读者"在

---

① 林同华主编：《宗白华全集》第二卷，安徽教育出版社，1994年，第439页。

伊瑟尔接受美学的理论视野中几乎是缺席的,这与中国古典文学理论截然不同。伊瑟尔的"隐含读者"可以被视作"理想"的、"静态"的读者。这是一种理论上的读者,并无"实际读者"所具有的存在于文本之外的个体性和历史性特征。"实际读者"在阅读活动中是一个同步和非同步的读者。这也就是说,他的每一次阅读都与另一次不同;他在面对同一个文本时,反应都与前人不同;他的每一次阅读体验与前一次相较也是全新的。这个阅读过程本身的创造性使得文本的各个部分汇聚成充满意义的整体,创建出鲜活的艺术形象,并使得作品呈现其审美价值。

接受美学与中国古代文论的接受概念相通相契。比如,龙协涛的《文学阅读学》的核心观点是,"文学解读是以心接心,即读者用心灵观照作家关照过的社会与人生","两个'心'的碰撞、组合、交融更是变化奇妙,气象万千"。①这种"两心碰撞"的概念连接了现实的读者和作者,是更贴合中国文学经验的文学、美学、阅读学概念。同时,接受美学与中国古代文论都不把文学研究视为对作品的静态的对象化研究,而是把作品—读者作为整体进行动态考察;而接受美学认为作品与读者的互动所产生的视野融合是不断连续发生的,形成作者—作品—读者的循环。②另外,不少学者的文学诠释方法论建立在接受美学与古代文论联姻的基础之上:谭学纯和朱玲的《修辞研究:走出技巧论》、廖信裴的《文学欣赏探踪》、刘月新的《解释学视野中的文学活动研究》等。同时,接受史研究成为古典文学研究的突破口,尚永亮的《庄骚传播接受史综论》和高日晖、洪雁的《〈水浒传〉接受史》都是这个领域的代表作。这些中国古代文论的新研究领域都与西方接

---

① 龙协涛:《文学阅读学》,北京大学出版社,2004年,第2页。
② 张锡坤、路静:《中国当代文艺理论原创性体系建设的初步构想》,《吉林大学社会科学学报》2012年第1期,第71页。

受美学密不可分。①

（二）以"意境说"归属为中心的讨论成为中西文论交融的起点②

罗钢在2011年提出20世纪初王国维诗学体系的核心观点"意境说"是德国美学的中国变体，是经由朱光潜、宗白华、李泽厚等中国现代美学家的推进与深化而建构起来的学说的神话。③该观点立即引发学术界的激烈争议和讨论。童庆炳、张郁乎等学者都认为罗钢的研究结果很有创见，是打破学术惯性和学术权威的有益之举。自罗钢之后，很多学者都陆续发表了对这个学术"悬案"的看法。而王国维的"意境说"之所以有这样重要的学术地位，引起如此广泛的关注，是因为这标志着中国近代文艺美学思想和学术的起点。王国维的重要成就在于"用美学的观点和方法展开文艺研究和评论，在理论建构和文本批评两个方面为中国文艺美学的建设提供了崭新的样式"④。之后宗白华、朱光潜和李泽厚等美学和思想家以此为起点，不断深入研究，到达了很高的造诣。因此，王国维的"意境说"对中国的学科体制建设具有重大的构建意义。王国维的"意境说"所引发的争论，其关涉的核心问题是如何解决中国诗学话语体系的现代转型。龚游翔认为王国维的"意境说"是西学范式激发中国古典美学范畴"意境"在现当代美学和诗学批评实践下的本土理论重构，在当代世界文论合流和文化

---

① 参见薛原：《新世纪中西方文艺理论构建概述》，《中国社会科学院研究生院学报》2016年第6期，第88页。

② 参见王瑞：《伊瑟尔"空白理论"与中国文论中空白观的对比研究》，《赤峰学院学报（汉文哲学社会科学版）》2016年第6期，第123页。

③ 参见罗钢：《意境说是德国美学的中国变体》，《南京大学学报（哲学·人文科学·社会科学版）》2011年第5期，第38—58页。

④ 龚游翔：《理论争鸣与诗学建构——探微"意境说是德国美学的中国变体"论》，《浙江师范大学学报（社会科学版）》2022年第3期，第55页。

多级制衡的语境下对中国文论与诗学话语的现代转型具有借鉴意义。[①]

如果从中西比较诗学的视角观照王国维的诗学体系,那么目前有两派代表性的观点。一是以罗钢和蒋寅为代表的一派,他们认为王国维的"意境说"深受西学的影响,因此是"以西释中"的结果,甚至只是其他西方学派的变体;二是以曹顺庆为代表的一派,他采用平行研究,认为"意境说"是中国古代"意"的传统和西方美学融合而诞生的"以西融中"的现代理论。曹顺庆秉持温和的"以西适中"和"以西融中"的阐发性研究策略,反对那种极端的"以西套中"的独断的学术策略。他将王国维在中国诗学领域的创新视为"平行研究之阐释变异与文化创新的典范"[②],其研究方法对比较文学中国学派具有重要的借鉴意义。

当然罗钢虽认为"意境说"是德国美学的中国变体,但没有否认王国维诗学创新的历史意义。他试图揭示"意境说"之后的西方中心主义的文化霸权,并探寻中国当代诗学建构与现代化转型的新路径。就"意境说"究竟是源自我国文化还是其他文化的变体,曹顺庆认为:"'意境'的范畴成熟虽晚,但是从老子的'道可道,非常道'、'大音希声,大象无形',庄子的言不尽意、'得意而忘言',到钟嵘的'滋味'说、司空图的'韵味'说、严羽的'兴趣'说,直至王国维的'境界'说,我们可以看到仿佛有一条隐约的红线贯穿始终,这就是深藏在范畴后面的文化规则。"[③]"意境"的范畴是我国文化的承袭,蕴含着中国古典美学的精神,我们在各个历史时期皆能看到它的"前身"。

[①] 龚游翔:《理论争鸣与诗学建构——探微"意境说是德国美学的中国变体"论》,《浙江师范大学学报(社会科学版)》2022年第3期,第54页。

[②] 纪司勋:《王国维与比较文学——从罗钢新著〈传统的幻象:跨文化语境中的王国维诗学〉谈起》,《中国比较文学》2018年第1期,第61页。

[③] 曹顺庆:《中国话语建设的新路径——中国古代文论与当代西方文论的对话》,《深圳大学学报(人文社会科学版)》2017年第5期,第122页。

龚游翔也持类似观点:"故'意境'一词是中国古典'意象'融合佛教思想产生的美学范畴,是中国本土性滋长与印度佛教术语媾和的话语,经历了唐宋明清的演化又吸纳了禅宗的韵味,最终晋升为古典诗学的最高范畴。"①

以上两个具体的中西文论交流互鉴的案例可以给我们这样一些启示。在第一个例子中,"空白"作为中西文论的关键词,成为异质文化对话的交汇点,连接了两种文化话语体系。这是通过中西文论比较实现古代文论的现代转型的例子,东方的概念出走并在潜移默化中影响西方,两者在20世纪通过译介产生同频共振。20世纪80年代我国译介了很多西方文论,接受美学是较早和较为彻底地被接受的文论,虽然不能否认它给中国文论发展和文学史书写(这里主要指对姚斯的接受)带来过持久的影响,但后续因缺乏系统性、整合性、有创见的理论贡献而逐渐没落了。因此,除了发掘中西文论的共通之处,更应该回到历史文化语境中,辨识两者在特定历史背景下所产生的特性;同时我们更不应该仅仅满足于"西为中用",空谈比较和转化,而是应该最大限度地发掘两者的理论价值,并以此来构建更具生命力与学术适用性的理论。从第二个例子中,我们可以得出这样的启示:如果将西方的学术话语机制全部照搬到中国诗学体系的建构中,那么显然中国诗学会丧失本我,失去建设文论的终极意义。如果本着回到文本的求实的考据态度,就能够带来学术的真知,才能真正推动学术的发展。我们显然无法让中国古典话语孤绝于全球的文化影响;否认这种影响,或视这样的影响为洪水猛兽,都是有失公允的。我们既应该最大限度地保留自身的文化基因,弘扬民族优秀文化,也应该寻求与其他民族和文明的共识,探寻共性的基质。关于"意境说"的学术争鸣廓清了

---

① 龚游翔:《理论争鸣与诗学建构——探微"意境说是德国美学的中国变体"论》,《浙江师范大学学报(社会科学版)》2022年第3期,第53页。

关键概念，梳理了历史轨迹，填补了研究空白，是中国古代文论界中"真理越辩越明"的典范。这项讨论之所以自2011年以来不断被学者们重新拿起，正是因为学者们打破学术权威，打破学术惯性，勇于质疑和创新而带来了理论的新增长点。这些讨论从一个点慢慢盘活了一个核心问题或领域的研究。这样充满创见的激发争鸣的学术讨论越多，古代文学的现代转型和现代诗学体系的建构才不至于沦为空想。

二、中西文论互鉴以及外宣建设的意义

（一）中西文论互鉴

要建设古代文论，首先就是评估、研究和提升其思想性。"思想性"的概念涵盖学科思想性和学术思想性。学科思想性主要探讨文论本身的系统性和科学性，评估一个学科所涵盖的概念、框架与方法，反思其知识性以及价值观等；而学术性则探讨理论的独创性，涵盖学术交流的维度，关注文论作为学术载体的交流、话语会通等。学科思想性是古代文论的立足之本，学术思想性则是文论不断创新和持续发展的动力。因此，这也是古代文论建设问题的两个基本点，一是坚持"本心"，不断完善古代文论作为学科的丰富性、完整性和系统性；二是要图进取，从其他的理论源泉中获得新的学术养料，以继续扩大学科发展，使其获得更加持久的生命力。只有不断被激活、变化、改造和创新，理论才能获得生命活力。正如曹谦所说："两个关键问题：一是处理好弘扬中国古典美学精神与接受西方现代理论范式的关系；二是要处理好发掘、整理中国古代文论精华与当代中国美学和文论走向世界的关系。"[1] 本部分将试论中西文论互鉴和文论"走出去"这两个问题。

---

[1] 曹谦：《也论中国古典美学与文论的现代转换》，《学术界》2016年第9期，第143页。

中国古代文论如何接受、善用西方现代理论的范式而不陷入丧失自我的窠臼？首先就是立足本心，复活传统；其次就是认可西方文论在构建现代理论范式上有其所长，对西方文论进行有机整合，避免中国古代文论削足适履。

（二）文本细读作为基本方法

首先回到文本细读，也就是回到中国思想文化的原点，这可能是复活传统的第一步。其核心在于最大限度地尊重古文典籍，特别是以考据的方式找寻古代文论产生的历史、文化和知识语境，避免阐释时"自说自话"的主观主义。其次面对今天的全新的文艺实践，古代文论的当代意义不应该仅仅局限于文本，而应该扩展至一个意义不断增殖生成的过程。这也是宇文所安所倡导的文本细读的含义，即在文化传统背景中解读中国文论，以恢复其历时性的地位。这无疑能真正展现一个国家文论的独特之处，因为每一种文论传统都有与自身文明相关的问题意识，带着深深的民族文化和特殊的历史语境的烙印。每一种古代文论都是为当时当地的实践而生的，所以回到传统和尊重传统，才能发掘文明的独特与伟大之处。只有在古文典籍中认可并且发掘这样的差别，还原文论的历史语境，才能展开真正有内容、有价值、有碰撞的中西对话。而实现这种还原的能力被宇文所安称为"运用历史想象力"，也就是将自己带回当时的社会、历史和文化环境中，与自己对话，不断做出有关合理性的假设、质疑，以辨别哪些是今天时代所赋予我们的偏见、谬误与局限，从而以充满想象力的方式认识到各个历史语境大不相同，以拓展认知的疆域。[①]宇文所安所主张的文本细读没有隔断文本、作者和读者的关系，他主张带着跨文化人文关怀

---

① 参见［美］宇文所安：《他山的石头记：宇文所安自选集》，田晓菲译，江苏人民出版社，2002年，第10页。

的视角在作者与作品的关联处找到历史和思想的交汇。那些带着个人理解对作者意图的揣测和当时语境与场景的还原，时常被学者们诟病，但也成为其学术思想中最充满创意和闪光的部分。①

（三）古代文论作为意义和价值系统

复活传统意味着将古代文论作为一个价值系统，赋予其社会意义，评估其在当代世界文论图景中所扮演的角色。贺仲明认为中国古代文论包括抽象精神和具体方法两个部分，而其中最有价值的是最具有民族文化底蕴的抽象文学精神，这也应该成为文论转化的核心。它包含着中华民族独特的世界观，如天人合一的生命观，以和谐、自然和节制为中心的生态观，以及以空白、含蓄、抒情与意境等为代表的中国艺术美学理念。②这些具有民族文化底蕴的抽象文学精神进入中国的文学实践和批评，在与文学的互动中逐步发展并调整其姿态，逐步获得理论创新，唤醒其理论生命力。这意味着把握这种抽象价值的文化核心，遵循当代文论的科学性原则，弘扬经久不变的有关真、善、美的文学理想，对古代文论中有价值的资源进行重组与综合利用，开拓其阐释领域，提升其阐释能力。这种文学精神并不是简单现代理论在概念和范式上的接洽，而是真正参与理解、重构与引导当代"中国人的情感模式、伦理秩序、生活世界和文化价值"③。因此这样的文学精神也推动着中国古代文论不断从所谓的文化传统中跳出来，重新进入当代的文学实践，将今天的文学实践也置于中国思想史的大坐标中，

---

① 参见李庆本：《宇文所安：汉学语境下的跨文化中国文学阐释》，《上海交通大学学报（哲学社会科学版）》2012年第4期，第14—21页。
② 参见贺仲明：《介入现实：化为现实——对"中国古代文论现代转化"的两点思考》，《学术研究》2022年第3期，第157页。
③ 韩伟、李楠：《中国古代文论的理论自觉与阐释学重构》，《文艺理论》2018年第6期，第128页。

理解它所代表的文化理念，解读它的生成特征、表达方式。

（四）中国古代文论作为世界诗学的理论资源

复活传统也意味着"承认中国古典文学具有独特性及其自身价值，无须用西学来加以证明"[①]。我们无法否认包括马克思主义在内的西学是中国现代化进程的重要推动力量，对中国思想和文化发展有着深远而重大的影响。姜荣刚认为在对待西学影响的问题上，关键"并不是出在西学的输入上，而是如何输入与使用上，或毋宁说出在文化自信心的丧失上"[②]。中国古代文论是否能够在世界上为人所知，甚至拥有学术话语权，"取决于人们是否能够从中得到中国人认识世界和改造世界的独特精神价值"[③]。文化传播是一个更加复杂的问题，但一个理论究竟有没有用，也可以被视作理论价值之所在。这些都让我们认识到中国古代文论有其非常特殊的地位，正是它的独特之处使其成为世界诗学的一部分，它的价值总有一天会充分彰显出来。中国古代文论有丰富多元的内容、深刻的内涵以及高妙的审美取向。中国古代文论所承载的文化精神、思想方式和世界观都值得新一代的学人用心挖掘，这是成就中国人艺术独立性和主体性的关键。因此复兴古代文论，也意味着充分理解发挥其作为民族文化的特殊性。从另一方面来说，中西文论的身后是不同的文明，它们在术语、方法和形态等层面上都大相径庭。但中西文论的终极目标和基本问题是相同的，无论是构建学科，还是推动学术交流，都可以互相取长补短，发挥各自优势。王国

---

① 姜荣刚:《文化自信与中国古典文学研究范式的重构》,《文学遗产》2019年第6期, 第26页。
② 姜荣刚:《文化自信与中国古典文学研究范式的重构》,《文学遗产》2019年第6期, 第28页。
③ 韩伟、李楠:《中国古代文论的理论自觉与阐释学重构》,《文艺理论》2018年第6期, 第131页。

维也曾这样阐明:"从人类文化通约性的角度看,理论是无国界的,任何有益的理论都是人类共同的财富。然而从生产与继承的角度看,理论又毫无疑问具有鲜明的地域性、本土性和国别性。"①如歌德在谈到民族文学与世界文学的关系时所说的:"每一国文学如果让自己孤立,就会终于枯萎,除非它从参预外国文学来吸取新生力量。"②既要弘扬中国古代文论的民族性和主体性,也要张扬其普适性与世界性、学术性。极端的民族沙文主义并不利于文论的发展。那么是否可以用科学性和普适性来规范中国古代文论的研究,避免"以西范中"和"以西套中",从而实现对传统学问的重构?

第一,尊重异质性是对话的前提。中西文论交流应该各持一种平等的态度,而不应该用其中一种文论的标准直接解释、衡量和规范另一种文论。我们不能忽视中西文论在研究视角、概念术语、言说方式等方面都存在的明确的异质性,用西方文论来硬套中国古代文论显然不行。中国文论话语区别于西方文论的模糊性和经验性等有重要理论价值的特点,而这些特点又恰恰很难被西方文论规约和表达,这种错位往往导致中国文论的价值被忽视或低估。今天中国古代文论研究的确存在"以西范中"的现象,学者们对刘若愚的"以西释中"的做法也时常持批判态度。一些学者认为这与西方霸权入侵有关:学者们"文化自信心的丧失,自我认同了其文明高于我的现实"。这些对中国古代文论研究现状的批评都很有启示性。从另一方面来讲,尊重异质性,也意味着以平等平和的心态看待西方文论的优势。"现代化"和"体系化"是一种理论生存的重要前提,虽然这些概念本身就来自西方,但这些理念帮助中国古代文论在近百年间完成了学科构建。主张

---

① 韩伟、李楠:《中国古代文论的理论自觉与阐释学重构》,《文艺理论》2018年第6期,第132页。
② 转引自朱光潜:《朱光潜美学文集》第四卷,上海文艺出版社,1984年,第458页。

中国古代文论建设而完全排除西方影响，既不可能也不必要。如果西方文论确有所长，对目前文论的系统性建设有所帮助，那么就应该本着开放和自信的心态，使其先进性为我所用，在此基础上进行整理与运用，使中国古代文论更具学科体系特征和现实可用性。如果唯恐西方霸权入侵，就选择闭门造车，并不是明智的选择。

第二，学术争鸣：中西互译、互释和对话。宇文所安在《中国文论读本》中提出了研究中国文论的第四种方法，即在原典细读的基础上进行中西互译、互释和对话，并且进行跨文化综合创新的文论研究方法。宇文所安的具体做法是通过选择文本来呈现文学思想和文化内涵。对宇文所安来说，文本细读和互释都是为了呈现思想观念在历史语境下不断变化、不断成型的过程。宇文所安旨在建立一种"人文话语"，保护人类文化传统中独特而宝贵的遗产，并且将其置于世界多元文化语境中碰撞、交流和互鉴，使其完成跨文化的综合创新，最终让中国古代文论走向世界。[1]乐黛云认为宇文所安的文论研究方法为古代文论研究提供了新范式，也为文论的中西互鉴提供了新思路：研究者可以通过比较的视角从中华文化之外重新审视中国古代文论，总能发现一些以往习而不察的内容；而中西文论在多次往返的双向互释中，可以使得从前没被看到的特色生发出来，形成两方文论的新层次和新思想，通过传统与现代学者的引述形成古今中西文论对话的格局。同时宇文所安的研究还提示人们关注那些被传统文学史忽略，但能对文化的发展产生巨大的潜在推动力的内容。[2]

第三，整合优势，综合发展。今天文学理论被划分为中国古代文论、西方文论、现代文论等不同学科领域，各个学科领域都各有藩篱，

---

[1] ［美］宇文所安：《中国文论：英译与评论》，王柏华、陶庆梅译，上海社会科学院出版社，2003年。

[2] 同上书，第4页。

相互之间的学术沟通和交流不多。这种学科割据状态并不利于文论发展。各个学科领域之间缺乏沟通、交流和互鉴，也难怪学者们都有维护各自学科的"纯净性"并排除"外来入侵"的偏执。要改变这种局面，则应该多多鼓励学者们交流互动。有学者认为，新世纪以来的中国文论和美学"既不是现代性，也不是后现代性，而是前现代性，是对古代性的一种历史回归或者是古典主义的一种理论变体"[1]。在后现代文化研究和生态批评等思潮崛起的背景下，"后古典主义"的出现打破了古典主义固步自封的局面，积极探寻古典与当代、东方与西方的对话和互鉴的路径。这无疑将推动中国古代文论从知识性的学科建设状态逐渐走向开放性的学术互动，推动学科话语向思想性转型。"生产性批评"也是西方后现代主义语境的产物，它旨在打开新的批评视域，提示我们后现代主义被遮蔽的问题和细节，给我们的古代文论研究很大的启示。如果文学批评的生产性是指"对文学文本之可见意义世界的忽视而对文本之不可见的意义世界的建构"[2]，那么这种文学批评观念与中国古代重要的"诗无达诂"之说很契合。两者都认为对"诗"或"文"的解读并没有唯一确切的答案，每个读者都可以根据自己的视域来形成独特的观念。

综上所述，建设古代文论，需要我们要立足本心，扎根民族土壤，复兴传统。我们也应该把握好民族性与世界性之间的张力，不断挖掘古代文论所代表的民族精神，通过有效的阐释学重构，积极融入当代文论的建构和当下的文化、文学现实；同时，又以高度的理论自觉应对全球化挑战，接受和吸收其他国家与民族的文化、文学的影响和养

---

[1] 邹华:《文革美学与后古典主义》，《西北师大学报（社会科学版）》2010年第2期，第135页。

[2] 李春青:《论中国古代文学阐释的生产性问题》，《社会科学辑刊》2019年第2期，第192页。

料,积极寻求古代文论与世界文化及文论的互动,扩展理论的丰富性,在此基础上积极介入世界文论,为其他国家和民族提供中国文化的精神价值,促进有中国特色又具世界胸怀和当代风采的文论话语与理论体系的形成。[1]

做好外译和外宣是构建世界诗学的重要途径。中国古代文论的外译对于中西文论互鉴的重要性不言而喻,但真正能做好外译的,是至少精通两种学术语言的学者。目前我国学术界的现状是,中国古代文论功底深厚的老一辈学者可能外语水平不够;而年轻一代学者虽然有外语学术背景,但古文水平欠佳,也难以做好外宣翻译。即便是通过外译项目和完善的审稿与修改机制而成功出版的译作,也可能存在过度"西化"的现象。这是一个学术性而非技术性的问题。无论是译者还是国外审稿专家,都可能主动或被动地贴合西语术语,使得两种文化语境得以互通。但在这个过程中,中国文论话语就可能被裁剪、篡改或被归化,中国文论话语的本真性和丰富性丧失了,译作非但无法有效通达读者,甚至会在世界学术舞台上丧失话语权。比如,中国古代文论话语不同于西方文论话语,多是隐喻、引喻和暗示性的,其意义的多指性、朦胧性和不确定性是普遍的现象,如神、秀、思、志、情、风骨、道、气、味、玄、无等,这些术语没有清晰明确的内涵,也没有对应的西语翻译。[2]这些标志民族文化和审美高度的差异性很难在译作中得到表征,这样的情况已经屡见不鲜。葛辉认为"中国文论多为诗话、词话、曲论、点评、序跋、信笺等,西方文论则是逻辑性和体系性较强的论文、专著……中国文论表述方式讲究简练,一般

---

[1] 参见杨文虎:《"释放过去的能量"——古代文学理论的原创性还原和现代文论建设》,《东方丛刊》2006年第1期,第124—131页。

[2] 葛辉:《中国文论输出的障碍和对策》,《扬州大学学报(人文社会科学版)》2010年第2期,第59页。

都要省略注释，这对西方读者的阅读造成了极大的障碍"[1]。这些在两种文化体系中不同文体、行文和体例的差异也可能造成翻译困难。应对这些实际的困难，钱锺书"译释并举"的方式可以很大程度上避免这些问题，但钱锺书的相关论说零散，并未成系统。宇文所安将其发展成了一条中西文论"双向阐发"的互动之路。他选择了一种"为照顾每一特殊文本的需要而牺牲连贯性"[2]的做法。他将一些貌似不相关的文本以时间为线串联起来，并将一段中文原文比照一段英文译文。与此同时，他对文本进行逐字逐句的详细解说，并评述两个文化语境中所涉及的问题，这样便将文本的所有细节完整呈现在读者面前。通过这样的双语互释，排除了文本理解的最大障碍，将文本敞开来邀请文化互异的读者带着不同视域进入阅读。这样的方法可以还原文本的本来面目和语境，展现文学观念在文本中生成与运作的过程。这对翻译者提出了极高的要求。真正做好"双向阐发"，不仅需要极其丰富的双向学术语言背景知识，更需要做出大量的学术考证。

第三节　西方文论
——从二元对立到"多元共生、和而不同"

在中西文论交流互鉴的历史中，中西二元对立是一个重要的固有的思维模式，这使我们陷入非此即彼的囹圄。在与西方文论的交流中我们经历了大约三个主要阶段：第一个阶段是中国近代史上的西学东渐和新文化运动，标志着中国文论的现代化的开端。王国维的《人

---

[1] 葛辉:《中国文论输出的障碍和对策》,《扬州大学学报（人文社会科学版）》2010年第2期,第60页。
[2] ［美］宇文所安:《中国文论：英译与评论》,王柏华、陶庆梅译,上海社会科学院出版社,2003年,"序言"第2页。

间词话》是学界公认的中国学人将中国文论现代化的最早尝试，构建了文论学科的雏形。民国时期，鲁迅等左翼知识分子开始翻译马克思主义和苏俄文论，并运用到文学批评中去，这同样也是西方文论中国化的成功案例。[①]第二阶段是西方理论的译介潮和西方理论的中国化。20世纪80年代西方文论的译介开始，为了对抗文论失语而进入了西方文论的中国化讨论。第三阶段是新世纪后，我们进入中国文论的当代构建阶段。这个时期，我们的学者有意识地提出"西方文论中的中国问题"这样的命题，研究中国文论的出走及其在西方的接受与回流。"世界文学"和"世界诗学"则是学者们克服西方中心主义，构建新的世界文论秩序的尝试。在这些讨论中很多学者都主张打破东西方二元对立，甚至引导学术中心向东方转移。他们用中华文化中的古老智慧应对"异"与"同"、"和"与"不和"之间的矛盾，我们可以将这个阶段的中西文论的发展趋向定义为"超越中西、多元共生、和而不同"。

一、中西互鉴中的中西二元对立思维模式

将中西置于二元对立，是自近代以来中国文论史的一个固有思维模式。究竟是"中体西用"还是"西体中用"，更是近百年来让一代代学人万分纠结的问题。回看中国文论的历史，中国从晚清、五四运动到中华人民共和国成立的这段历史时期是中国文论现代化的发端时期。在这个时期，中国人走的是"译介开路、借用西方""以西人之话语，议中国之问题"的道路。朱立元认为自五四运动以降的百年历史中，中国现当代文论的新传统，是在西方影响下，由一代代学人推动

[①] 参见朱立元:《以我为主，批判改造，融化吸收——关于西方文论中国化的思考》，《中外文化与文论》2015年第2期，第124页。

而成型的。在这个过程中，中国学人接受西方文论，并不断与之交流、对话、冲突，逐步推进中西文论融合。由此可见，这个过程既是西方文论中国化的过程，也是中国文论现代化的过程。这个过程至今还在进行中，它所带来的积极影响总体来说超过了消极影响。朱立元认为引导中西文论融合的原则应该是"以我为主，批判改造"[1]。

认为西方"入侵"中国传统和中国社会的观点不无道理。自五四运动以来，"传统"（中）和"现代"（西）的二元对立的思维萌发，中国本土的文学实践与文学经验逐渐被边缘化。首先就是对古典文学的批判：古典文学被认为是雕琢过度的、陈腐的和迂晦的，在证明文学革命必要性的同时古典文学的价值被否定了。而与"传统"相对的"现代"，则是先进的、系统的和科学的。进而"新文学"的倡导者主张"按照自己时代对欧洲现代文学形式和体裁的理解，实际上对中国文学进行了重写"[2]。小说、戏剧和散文依照西方文论体系的偏好被归入文学，而中国古典文类如铭、碑、箴、诔文等被划入了非文学的范畴。[3]未能纳入西方文类的形式则从现代文学史中被忽略了，中国的古典文学的传统就此断裂。所以现代化是一个超越传统也是弃绝传统的过程。钱理群作为"二十世纪中国文学"的倡导者之一，他的反思很有启示意义。他曾经不加怀疑地认定和接受"西方的现代化道路就是中国的现代化的理想模式"这样的观点。但20世纪80年代的种种现实粉碎了关于西方现代化模式的神话。"西方中心论"在很多公共知识分子那里破产，使得他们重新回到校园。因此他们不断追问："什么

---

[1] 参见朱立元：《以我为主，批判改造，融化吸收——关于西方文论中国化的思考》，《中外文化与文论》2015年第2期，第125页。

[2] 刘禾：《跨语际实践：文学，民族文化与被译介的现代性（中国，1900—1937）》，宋伟杰等译，生活·读书·新知三联书店，2002年，第333页。

[3] 参见邱焕星：《中国现代文学研究范式的内在统一性及其问题》，《文艺争鸣》2009年第7期，第59页。

是现代性？如何看待西方的现代化道路（模式）？什么是我们（中国，东方国家）所需要（追求）的现代化道路（模式）？"①这里的确有一个惯性思维：在中国文论界，一旦提及"现代化"和"现代性"一类的词汇，学者们自然就会将其与"西方"联系到一起。一些学者自然产生一种距离感和排斥心理，认为这又是一个用西方文论形态规约中国文论发展进程的例证：西方文论是先进的；而中国文论则是落后的，需要被开化的。这当然是中国自清末以来因落后挨打而产生的自卑焦虑情绪所致的。即使跟随西方文论就意味着失去自我和缺乏主体性，但我们无法否认西方文论在各个阶段对中国文论发展所起的积极作用。从晚清到新世纪之前，关于"西体中用"还是"中体西用"的争论的核心是要寻找现当代文论建构的理论基点。②从"以苏为师"到"文革"结束后的20世纪80年代是中国社会思想最为活跃、多元和丰富的时期，对西方文学与理论的译介在其中起到了非常积极的作用。学者们也常常借这些来自西方的理论和观点，表达自己对中国社会的看法；同时开始讨论中国现代化进程中的一些新问题，试图重构中国人文社会科学研究的话语体系。20世纪90年代，我国引入西方著作的力度更大，翻译的速度更快。以启蒙思想为基础的现代性文化逐渐退出历史舞台，后现代的文化理论时代来临了。"文化理论"立即受到了文学研究者的追捧，有人将其视为"拯救"逐渐边缘化的文学和文学研究的灵丹妙药。后现代主义框架下的西方理论直接将文学研究推向文化研究，从精神分析到无意识理论，从俄国形式主义到新历史主义，从结构主义到后结构主义，从女性主义、性别研究到酷儿理论，从后殖民主义到西方马克思主义，每一个西方流派背后都有相当数量的研究群

---

① 钱理群：《矛盾与困惑中的写作》，《文学评论》1999年第1期，第48页。
② 参见赖大仁：《影响的焦虑——论当代中国文论对西方文论的接受》，《文学评论》2021年第5期，第10页。

体。20世纪80年代对西方著作的译介开始，90年代达到一个高峰，之后我国学界对西方文论的译介和研究就逐步赶上了20世纪下半叶的西方后现代主义文论思潮。进入新世纪以后，不难发现，中国学界对于西方文论发展的反应极其迅速，几乎可以做到同步译介和研究，西方出现的批评理论很快被学者们追捧；一些著名的西方学者的论著刚一出版，就立即出现了相关的书评与论文。这些密切的学术活动和高涨的学术热情，为中西学界形成真正意义上的平等对话提供了可能性。[①]中国文论界对西方文论的接受和认知已经不再是片面的、个别的以及落后的，而能够对其进行评判质疑，或开辟新话题发起讨论。王宁这样说："他们（中国学者）确实已经走向了西方乃至国际学术理论前沿，对西方文论的发展跟踪十分及时，几乎达到了同步的境地。但是我们反过来看，我们中国的理论和中国的学术在西方的被关注度如何呢？"与此同时，罕有的带着"中国"标识的理论问题进入西方的话语领域。中国对西方文论单方面的了解的确加深了；而西方虽随着一批批学者著说逐步了解中国学界，但它还是制定学术研究范畴、规则和机制的一方。于是，中西双方的文论交流并不同步，仍是不对等的。如果有中国学者想要将自己研究中国文论和中国文学的论文发表出去，那么最合适的平台仍然是汉学期刊。上流的西方文论期刊对中国文论的兴趣有限。这完全是由这些期刊的办刊宗旨和作者、读者群的取向决定的，这也反映了西方社会对中国问题、中国事务的观感与兴趣点。由此可见，要想使得中国文论研究真正被世界看到，还有一段距离，这不仅仅是一个学术问题。虽然今天西方已经逐渐放弃了西方文化的优越感，摆出了多少有点平等的对话姿态，但这还不是真正意

---

① 参见赖大仁：《影响的焦虑——论当代中国文论对西方文论的接受》，《文学评论》2021年第5期，第6页。

义上的平等。①宇文所安认为，这关系到所谓的"文化权力"（Cultural Power）②，一个中国理论家因此很难在这个全球化的世界中被认可。今天，文化多元主义和全球主义的背后仍然是以英美为代表的西方所主导的文化逻辑。

对于中西文论交流不平等的状况，中国文论界试图利用本土文论资源形成新的构建思路，具体有这样两种做法。首先是为了打破这种严重缺乏本体性和自主性的局面，中国文论界开启了"古代文论的现代转换"的学术研究。但这种克服"失语"的努力似乎并没有偏离"以西律中"的老路。于是到了20世纪90年代，中国文论界倡导在关注本土文学经验、聚焦中国问题的基础上构建一个中西文论融于一体的文论话语体系。③这是中国古代文论界克服对西方文论的敌意的一次努力尝试。其次就是主张将包括"西马"在内的马克思主义文论本土化，使之适应当代中国文学和文论的发展现实。但无论是"古代文论的现代转换"的命题，还是"马克思主义的本土化"，都是相互分离的命题，并不能实现文论的整合和构建。

二、超越中西、多元共生、和而不同④

新世纪，随着中国国际地位的持续提高，中国文化在世界舞台上获得了展示自身文化多元性的机会，中国文学理论学界也获得了越来越大的话语权。然而随着全球疫情的暴发，国与国之间的壁垒开始重新建

---

① 曾军：《20世纪西方文论阐释中国问题的三种范式》，《学术研究》2016年第10期，第7页。
② ［美］宇文所安、程相占：《中国文论的传统性与现代性》，《江苏大学学报（社会科学版）》2010年第2期。
③ 曾军：《20世纪西方文论阐释中国问题的三种范式》，《学术研究》2016年第10期，第1页。
④ 参见李衍柱：《多元共生 和而不同——新世纪文学理论的走向》，《东方丛刊》2006年第1期，第101—114页。

立，世界主义的光芒逐渐暗淡。在"逆全球化"的浪潮涌动的时候，中国的人文学者是不是应该回到传统、保守的思维中去？经过全球化的洗礼，无论是西方还是东方，都无法再回到闭关锁国的状态中去，我们也不可能全盘否定"西化"给我们带来的益处。今天我们寻求建立一个"纯中国"的文论体系，恐怕是不可能的，也是没有必要的。文学理论作为理论本身就应该有其普适性，这意味着它不仅可以运用于中国，同时对于他国文学也有启示和指导意义。如果文学理论缺乏超越中西之别的普遍性，那它显然是狭隘的、僵化的以及不切实际的。

学者们对中西文论的相互关系有了新的认识，产生了一些超越中西二元对立固有理论模式的构想，也逐步推动我国的文论研究从"现代性"过渡到"当代性"，加强"当代性"问题的探讨和理论建构。在这段时间内，对于如何整合西方现代、后现代的文学和文化理论以提高我国文论建设水平，很多学者都发表过精辟的观点。建设文论不能将中西话语对立起来，而要敢于吸收人类文明优秀遗产。刘康所开创的"西方文论中的中国问题"的研究方向，激发了很多学者从超越中西的角度思考文论构建的问题。他将中国视为世界的中国，而非世界与中国两个二元对立的存在，并以此为基点思考普适与特殊的关系，从质疑学术范式和方法的视角来反思思想史、文论史。[1]这是中国学者重建理论自信，建立文论研究的主体性，并在趋于平等的基础上寻求交流互鉴的具体做法。

今天我们的文论构建应该倡导"多元共生、和而不同"。来自千年前孔子的智慧也许已经为我们写就了很多复杂问题的答案："君子和而不同，小人同而不和。"所谓"多元共生"可以用李泽厚的话来解释："强求'一致'、'一律'、'一心'，总没有好结果，多极多元多样

---

[1] 刘康:《美学与"西方理论的中国问题"》,《山东社会科学》2022年第4期，第64页。

化才能发展。"[1]李泽厚将中国的"和"视为一种充满中华智慧的辩证法,这是一种收放有度的智慧,是一种讲求中庸、不偏不倚的智慧;而费孝通则认为"和而不同"是"多元一体"的另一种说法,与"同而不和"有着全然不同的理念。"和而不同"的核心是"和"字,"不和"只能带来毁灭;而在"和"的框架下讲"各美其美",才是人类文明的发展目标。因此,这里强调"和"是以差异性、特殊性、多元性为前提的。[2]孔子的"和而不同"的观念优于黑格尔那种化一切差异和冲突为整体的理念。黑格尔的差异内在于整体,并消磨在整体之中,化为整体的一部分,不再是其自身。[3]孔子的"和而不同"讲求的是差异有其独立存在性,并且外在于整体,整体囊括了"各种差异和他者之间所结成的动态关系"[4]。因此,在当代文论构建的背景下,"和而不同"可以理解为在尊重各民族国家和地区文化差异的基础上,将不同文化视为不断演变、互相交流、可以有机结合的文化个体,这一理念反对单一的、消灭差别和特殊性的文化霸权。与之相反的是"同而不和":各种文化为服从"同"的制约而丧失了差异性和特殊性。"和而不同"的文化理念或许能够超越中西对立的文化范式:不是强调不同文化的矛盾和对抗,而是在尊重差异的基础上实现融合。

在此"融合"的理念下,中西文化对话具体应该如何进行？一些学者在新的研究领域中开疆拓土,在与西方文论的共同交流中展开了一系列成果斐然的研究。在与西方生态批评的深度对话中,曾繁仁构

---

[1] 李泽厚:《论语今读》,安徽文艺出版社,1998年,第319—320页。
[2] 参见李衍柱:《多元共生 和而不同——新世纪文学理论的走向》,《东方丛刊》2006年第1期,第31—35页。
[3] 转引自金惠敏:《阐释的政治学——从"没有文学的文学理论"谈起》,《学术研究》2019年第1期,第19页。
[4] 转引自金惠敏:《阐释的政治学——从"没有文学的文学理论"谈起》,《学术研究》2019年第1期,第20页。

建了"生生美学"的构想；赵毅衡扬弃西方叙述符号理论而开创"广义叙述学"；傅修延力图将中国叙事因素纳入西方叙事理论谱系，志在复兴中国悠久的叙事传统；赵宪章则梳理中国古代直到当代的图文关系史，以提炼出基于符号学的图文关系理论；张江吸取了伽达默尔和海德格尔阐释学的思想精华，从中国古代历史悠久的汉字阐释文化出发，创建了与德国解释学类似的"中国阐释学"。

另有一些学者撰文论述中西文论对话、融合的具体方法和原则。李泽厚曾经在"西体中用"的提法之下，阐述这样的看法："所谓'西体'就是现代化，就是马克思主义，它是社会存在的本体和本体意识。它们虽然都来自西方，却是全人类和整个世界发展的共同方向。所谓'中用'，就是说这个由马克思主义指导的现代化进程仍然必须通过结合中国的实际（其中也包括中国传统意识形态的实际）才能真正实现。这也就是以现代化为'体'，以民族化为'用'……因为'体''用'两者本是未可分离地结合在一起的，从而如何尽量吸取消化外来一切合理东西，来丰富、改造和发展自己，便是无可回避的现实课题。"①李泽厚视马克思主义为"体"，中国实际和中国传统为"用"，"体"与"用"结合的框架，其他民族和其他文化便"拿来"吸收、消化、改造了。发展出具有中国高度的理论体系，一是需要将马克思主义作为中国现代化或当代化的指导；二是真正从中国的文艺实践和文艺经验出发，在这一前提下，我们才能以平和平等的视角看待西方文论与世界文论，甚至修正其中的谬误及不足，创建更有理论高度、更具生命力的文学理论。

曹顺庆早在1995年就提出了中西文论对话的基本方法。②他认为

---

① 李泽厚：《中国古代思想史论》，人民出版社，1986年，第317—318页。
② 参见曹顺庆：《比较文学中国学派基本理论特征及其方法论体系初探》，《中国比较文学》1995年第1期，第18—40页。

比较文学中国学派的研究重在通过中西异质文化的比较、沟通和互补，复兴民族文化根源，在构建共同话语规则的基础上最终实现中西文论的整合与重构。曹顺庆将他的理论构想提升到世界范围内异质文论对话的原则和具体的研究方法上。首先是确保对话的独立和平等，这是对话的前提。只有在此基础上，才能使得不同文化在共同话题、相同语境和互译中实现对话。曹顺庆认为应该鼓励形成当代文论界"范畴交错与杂语共生"的局面，这样才能真正地解构中西二元对立和西方中心主义的统治地位。① 陈思和基于20世纪中外文学关系的研究，提出了"世界性因素"的理论命题，即"在20世纪中外文学关系中，以中国文学史上可供置于世界文学背景下考察、比较、分析的因素为对象的研究"②。这个命题将文学的民族性特征和文学的普遍性因素研究分开，对世界诗学的研究很有启示意义。顾祖钊从研究中国古代文论如何借助西方文论实现现代转换的问题意识出发，在极其丰富的中西文论融合案例的基础上，系统归纳了中西文论实现融合的四种具体方式，即共通性融合、互补性融合、对接式融合和辨析式融合。这一研究无疑展开了一幅中西合作共同构建更具人类性、世界性和超越性文论形态的美好图景。③ 米勒和兰詹·高希（Ranjan Ghosh）在构建人类共同诗学的领域中也做了一些成果卓然的研究。作为两位西方学者，他们致力于架设西方和非西方文论之间的沟通的桥梁。两人的著作《文学思考的洲际对话》（Thinking Literature across Continents）④ 所阐

---

① 参见曹顺庆、支宇：《在对话中建设文学理论的中国话语——论中西文论对话的基本原则及其具体途径》，《社会科学研究》2003年第4期，第142页。
② 陈思和：《新文学整体观续编》，山东教育出版社，2010年，第297—298页。
③ 参见顾祖钊：《论中西文论融合的四种基本模式》，《文学评论》2003年第3期，第168—174页。
④ 参见［印度］兰詹·高希、［美］希利斯·米勒：《文学思考的洲际对话》，外语教学与研究出版社，2019年。

释的世界诗学不是对世界各地文论的简单介绍或拼凑,而是在人文主义范式之下对世界多元文学话语的总结和提炼。

所以,世界诗学的研究是新世纪比较文学和文化研究中的应有之义。新世纪有越来越多的中国学人在对自身和西方文论局限性的反思的基础上,进入了世界诗学的讨论。对于西方文论究竟能不能被运用于中国的文学和文化现实中以解决中国问题,很多学者都持保留意见。西方文论尤其是后现代文化理论给中国学界提供了很多新的思路、视角、方法和范式。但西方文论诞生于西方特有的历史、文化和社会背景之下,同样具有特殊性与个体性。西方文论并不能真正解决中国的问题,而立足于中国思想资源和文化现实生长出来的中国文论也未必能被运用到西方的文学研究上。因此构建突破中西文论局限的世界诗学的构想在不同的文论知识领域中逐渐成型。何为世界诗学?顾明栋认为可以把世界诗学定义为较为狭义的"文学的世界理论"(world theory of literature),一个更宽泛的包括文学批评的定义是"文学和批评的世界理论"(world theory and criticism of literature)。[1]顾明栋认为世界诗学研究应该"遵循一种以共同的人性和审美感受为前提的、融合式的人文主义范式"[2]。这也就是说,文学的主体"人类"在认知、感知、思考和表达领域中有共通性,也有相同或类似的审美感受与审美思想。基于这些共通性,一种"融合世界文学传统多元视野的范式"[3]是有可能被建立的。

今天,世界以其文化多元性和异质性呼唤应对文化差异的新立场、新方法以及新的规则意识。无论是跨文化的比较文学研究,抑或是世界诗学的构想,都在以一种"多元共生、和而不同"的立场来引导新

---

[1] 顾明栋:《世界诗学的构想和创建刍议》,《学术界》2023年第1期,第87页。
[2] 顾明栋:《世界诗学的构想和创建刍议》,《学术界》2023年第1期,第89页。
[3] 同上。

时代文论交流的主流。我们将不再拘泥于"中学"与"西学"的禁锢，也会努力挣脱西方中心主义思想惯性的影响和束缚。要做到这一点，首先应该反思当代文论研究中的主体性和文化自信缺失的问题，这样才能成为知识生产者而不是思想生产者，也才能真正为世界诗学构建、贡献宝贵的、真正属于中国的声音。其次在新世纪我们应该认识今天文论建设的"双重意义"。这意味着我们应该有超越中西二元对立的理论觉悟，认识到这样一个事实：作为世界诗学的一部分，中国的文艺、文论和文化有其不可替代的独特性。中国文论为世界文学和文化现象的诠释提供了中国经验与中国视角。这样的独特性无疑将给世界诗学带来新的发展机遇，注入新的创新能力和生命力；同时，正因为中国文论是世界诗学的一部分，所以它也应该拥有世界诗学的普适性。这意味着我们不应该仅仅强调文论的异质性，而应该探求文学生成和发展的普遍与一般规律。这些规律应该是在中西文论充分互鉴的基础上，对两者的高度总结和抽象。当然这不是一项一蹴而就的工作，也许需要集聚不同领域的几代学人，用艰苦卓绝的努力来成就。最后，新世纪的中西文论的互鉴呼唤是一种致力于文化多元和文化平等理念的交流。这意味着文论交流的双方都应该积极选择和主动影响，应该报以一种平和自信的心态来吸收对方文化的优秀之处。

第三章 新世纪文学理论的构建

第一节 新世纪文学理论的构建

在后理论时代，为什么我们仍然需要文学理论？我们需要什么样的理论？后理论时代并不是要终结理论，而是要改变理论的传统功能。理论不可能包罗万象地解决一切问题，但今天的理论在文学研究中仍然起到非常重要的作用：它不仅仅帮助文学研究者和文学读者阐释包括文学艺术作品在内的文化产品与文化现象，也规范或者提升了文学作为一门学科的科学性、学科性和思想性。新世纪中西理论学界面临的共同问题是：第一，"理论已死"拷问着文艺理论研究，甚至是人文科学研究的合理性。理论涉及研究的途径、方法、范式、原则和目的，是服务并指导文艺作品研究的，那么如果没有理论，我们应该依托什么来研究文艺作品？理论研究的合理性支持着人文学科研究的科学性，那么如果理论难以复兴，人文学科研究的前景又在何方？第二，文艺理论构建的出路究竟在何方？文艺理论构建究竟是应该继续突破限制，成为广义的文化研究的一部分，继续模糊与其他研究领域的界限，还是应该回到"文学性"概念或回到文艺作品本身，着眼于清晰定义文学和文学理论的边界？在当前反思"文学性"的语境下，有学者提出了"理论的文学性"命题，以缓解理论与文学的紧张关系，恢复理论的信誉。

"中西对话"是新世纪的主流。不同文明的对立和互补是中西文论对话的动力。文明的演进就是一个"你中有我、我中有你"的涵濡过程，文论的演进也是一个涵濡过程。中西文化的交流和借鉴难免在冲突中进行。新世纪中西文论交流，既需要继续展开批判性解构或反思性质询，又需要平等、积极、有建设性的学术对话。只有这样，我国文论才能在解构的同时又完成建构。马克思主义文艺理论、中国古代文论和西方文艺理论组成了构建有中国特色的文艺理论的有机整体，三者虽异质排斥，但又相互借鉴和相互促进；否定任何一方的积极作用，都失之偏颇。①

从中西文论交流互鉴的角度来看，马克思主义文艺理论、中国古代文论和西方文艺理论作为理论来源为我国文论建设做出了以下贡献。

首先，我国马克思主义文论批判借鉴包括西方马克思主义在内的西方文艺理论的成果以完善自身理论构建。其主要的理论来源大约有三个方面：第一是我国马克思主义文论对"西马"和"东马"理论的接受、借鉴和转化。在新世纪，"西马"与"东马"都有回到马克思主义文论经典的倾向，其研究围绕着这样一些争论："西马"与马克思主义的正典究竟有什么异同？这样的差异是如何在文化的交互中形成的？这对于我们理解和善用"西马"有什么意义？从中国马克思主义文艺理论发展的视角来看，"西马"文艺理论无疑可以向我们提供对于理解、运用、转换和发展马克思主义文艺理论的具体方法与案例。第二是马克思主义中国化的代表——毛泽东思想的"出走"和"回归"为我国文论对外传播提供了非常宝贵的启示。毛泽东思想经由美国学者詹明信的接受和改造，被"包装"成"毛主义"在20世纪60年代的时候进入欧洲，成为对欧美的文化和社会产生巨大影响的思潮。

---

① 薛原：《新世纪中西方文艺理论构建概述》，《中国社会科学院研究生院学报》2016年第6期，第89页。

毛泽东的矛盾论、群众路线、人民文艺等革命理论被法国左翼当作主要的理论创新资源，充分渗透进了他们的思想体系和文论实践中。这些思想又随着20世纪80年代的译介潮回到中国，完成了"扩容"和"变身"，承袭了马克思主义的立场与精神，同时也远离了极左思想的禁锢。这无疑算作中西马克思主义文论交流的经典案例，是世界文论体系中极其耀眼的一个部分。第三是我国马克思主义对西方文论的接受和重组。这是一种很有争议但成果颇丰的马克思主义中国化形式。其最大争议在于西方文论尤其是后现代文化理论与马克思主义在意识形态上的不兼容：文化理论反意识形态霸权的属性和马克思主义作为国家意识形态主流的属性，存在着需要被调和的矛盾。文论家们尝试将马克思主义作为一种精神指引、哲学指导或方法论，完成对西方文论的吸纳、裁剪和改造，使其更加适应中国文艺批评的实际，比如赵毅衡对欧美新批评的马克思主义改造。重构过的理论既吸取新批评处理文本方式的优点，也纳入了文学的社会和历史批评。这些以马克思主义为"体"对西方文艺理论进行中国化改造的尝试是构建中国形态的马克思主义文论的重要途径。

其次，中国古代文论通过现代转换成为我国当代文论构建的重要来源。中国古代文论之所以存在理解障碍，恰恰是因为我们在批评实践中对其使用得太少，才有了距离感和陌生感，故而产生了隔阂。复兴中国古代文论就应该实现它的现代转换；要做好现代转换，我们应该借鉴和扬弃西方文论的成果。发起"文论失语症"大讨论的曹顺庆认为"失语"还有这样一层重要含义：中国失去了与西方对话并产生理论成果的良机，也就错失了文化杂交所带来的文化的变异、发展和进步。如果将西方的学术话语机制全部照搬到中国诗学体系的建构中，那么显然中国诗学会丧失本我，失去建设文论的终极意义。如果本着回到文本的求实的考据态度，就能够带来学术的真知，才能真正推动学术的发展。如果只专注于中西文论差异，并由此得出中西文化难以通约的简单结论，那么对于文论的构建并没有实质性的帮助。我们既应该最大限度地保留自身的文化基因，弘扬民族优秀文化，也应该寻求与其他民族和文明的共识，探寻共性的基质。

中国古代文论如何接受、善用西方现代理论的范式而不陷入丧失自我的窠臼？这里有两个基本点：第一就是"回到本心"，第二是"以我为主，综合创新"。"回到本心"意味着在回到历史语境的基础上回到古代典籍。因为只有回到传统和尊重传统，才能找到自身文明的独特与伟大之处。宇文所安带着深切的人文关怀回到作品和作者那里寻找历史与现实的交汇点，并将自己作为来自异文化的诠释者的生活经验、生命体验带到文本中去，在敞开的文本空间中营造一种时空交错、文化碰撞、思想交锋的格局，真正做到中西互译、互释及互通。回复本心也意味着将古代文论作为一个价值系统，发掘其在当代世界文论图景中的意义和价值。这不仅仅与当代文论体系接洽，更引导当代人以中华文明重构自己价值体系、情感模式、伦理秩序和内在精神。

在此基础上，我们才能做到"以我为主"，以开放的态度综合吸收一切世界文明的精神和文化财富。具体而言，就是一方面认可中国文论的独特价值及其在世界文学和诗学中无可替代的位置，另一方面也认可包括马克思主义在内的西学是中国现代化进程的重要推动力量。中西之间应取长补短，发挥各自优势。既要弘扬中国古代文论的民族性和主体性，也要张扬其普适性、世界性、学术性。要做到这一点，需要避免"以西范中""以西套中"等用其中一种文论的标准直接解释、衡量和规范另一种文论的做法。如果西方文论确有所长，对目前文论的系统性建设有帮助，那么就应该本着开放和自信的心态，使其先进性为我所用；在此基础上进行整理与运用，使其更具学科体系特征及现实可用性；最终实现中西文论在世界多元文化语境中的碰撞、交流和互鉴，使其完成跨文化的综合创新，推动中国古代文论走向世界。今天文学理论被划分为中国古代文论、西方文论、现当代文论等不同学科领域，各个学科领域都各有藩篱，相互之间的学术沟通和交流不多。这种学科和学术割据状态并不利于文论发展。在后现代文化研究和生态批评等思潮崛起的背景下，"后古典主义"的出现则打破了古典固步自封的局面，积极探寻古典与当代、东方与西方的对话和互鉴的路径。

最后，中西文论自20世纪80年代至今深度融合，使得西方文论中国化，而中国文论走上了现代化继而当代化的构建之路。自五四运动以降的百年历史中，中国现当代文论的新传统，是在西方影响下，由一代代学人推动而成型的。这个过程至今还在进行中，它所带来的积极影响远超其消极影响。自20世纪80年代西方文论的译介潮以来，新思潮和新流派层出不穷，我国学者追随西方学界的脚步也越来越快，以至于新世纪伊始，国内的学术动态的更新已经几乎与国外同步。即便如此，中西的人文交流仍是不平等的。今天的文论构建应该脱离中西二元对立以及西方中心主义的桎梏，进入一个"超越中西、多元共生、和而不同"的时代。我国的优秀学者在新的研究领域中融合中西文论的优长，成为各个研究领域的领军人物。他们或发表对西方文论的学术创见，与国际一流学者展开学术互动，推动一个领域的学术进步；或通过马克思主义理论、中国本土文论对西方文学进行中国化改造，使其更加适应中国的文学批评实践，甚至形成了一个中国学派。还有一些学者在中西文论、文化和文明比较中，求同存异，超越"中学"与"西学"的禁锢，挣脱西方中心主义思想惯性的影响和束缚，主张建立一个去二元对立与去中心的"世界文学体系"。中国一代代学人经历了近百年，逐渐找回了理论主体性和文化自信。

今天在理论研究的内部，我们应该打破中国马克思主义文论、中国古代文论和西方文论的研究壁垒。目前各个学科和研究几乎各自为政，很少发生交集。今天如果我们内部自身不能打破藩篱，克服门户之见，并且敞开胸怀，积极学习，消化和转换相互之间的知识体系，形成一个内部的（中国的）学术研究整体，怎么才能期待与西方共建一个世界文学体系？其实每一个研究方向的学者都有自己的长项和短板。因此加强共同平台建设，先实现内部的平等交流与互鉴，这可能是我们迈向成功的中西文论互鉴的更大的底气。在中西竞争又合作的时代大背景之下，我们可能遇到了发展我国文艺理论的最好时机。在今天人文学术交流的大平台上各国学者的交流越来越趋于平等，东方的学者带着多元而丰富的理论储备，期待获得更多的话语权；而西方的学者期待从东方学者那里获得新的视角和新的方法来唤起理论的生机。在这一场人文交流竞争中，谁勇于进行学术创新，谁便能走到学术最前沿，也就能逐步掌握竞争的主动权和学术的话语权。

第二节　构建文学研究的范式

中国当代文学研究界所使用的"范式"一词，可以指在一定阶段和范围内产生影响、达成共识的研究方法或模式。[①]这里有两个要点值得关注：首先，没有一种文学研究范式恒久有效，文学研究范式都有时间和空间的限制。这也就是说，当新的社会文化语境、新的文学现象涌现时，那么这些时间节点上自然会发生讨论，并催生新的研究范式与之匹配。其次，作为文学阐释和分析的理论模式，文学研究范式潜在地规定着学术导向、学术思维与学术方法。如果要推动文学研究的进步，则需要不断突破研究现状，并创新学术范式。新世纪随着文

---

① 陈培浩：《从断裂到共生：中国当代文学研究范式观的反思》，《当代作家评论》2022年第1期，第50页。

学研究对象、社会语境和研究目的的变化，文学研究范式已经与文学发展不匹配甚至脱节，这是出现"失语症""强制阐释"等文论争论的根本动因。在关于文学研究方法的论争中，通过理论争鸣，学界会在一段时间内达成共识，确立对本阶段有效的研究方法，并在较长一段时间内引导研究、批评和阐释实践，并形成相对稳定的文学研究范式。

以现代性为标志的文学研究范式塑造的是二元对立的研究模式，以及本质与反本质、理性和非理性、东方与西方、古典与现代等的对峙。以后现代为代表的文化理论则旨在破除这种二元对立，打破文学与非文学的界限，实现对"文学性"的解构，并推动文学研究向着大众文化、日常生活以及其他媒体进发。而一阵喧嚣过后，人们陡然发现，后现代带来的仍然不是一种脱离二元对峙的研究范式，而是将其进一步深化，形式与历史、本质与非本质、审美与意识形态、文本与文化，每一场讨论都轰轰烈烈；但紧随其后的并不是文艺理论的有效构建，而是更多周而复始、循环式的理论解构。新世纪我们进入了当代文学时代，而"当代"并不单单是一个时代的称谓，当代与古代、近现代文学的区别就是其"当代"属性。经历了现代与后现代，"当代"呼唤新一代文艺理论学人的主体性、理论自觉和文化自信的回归。今天，当代文学研究需要直面最新的文学现场、文学之死和理论之死的颓境、大数据时代科学和人文的角力，呼唤新的批评主体性、文论自主性与创造性，最终肩负冲出重围、唤起学科生机的重任。当代性也不是对现代性和后现代性的颠覆，而是在新时代、新媒体与新文化时代条件下对现代性和后现代性的修正、延展，甚至融合，以及综合发展。

进入新世纪，文学的历史、文化、社会史、政治（新左翼）、文学制度、网络文学和数字人文研究等派别，扩大了文学研究的范畴。①

---

① 陈培浩：《从断裂到共生：中国当代文学研究范式观的反思》，《当代作家评论》2022年第1期，第49页。

如果描述我国新世纪文学研究范式的特征，那么可以用"回归"和"跨越"两个关键词来定位。"回归"指的是回到对"文学性"、文学本质的探讨，重构文学研究和文学阐释的边界；也指重提文本细读，倡导"回到文本"，挖掘马克思主义文论与中国古代文论经典中的中国文论因素；同样也指提倡落地回到文学实践，重建文学实践和文论生成的逻辑因果链。另一个词则是"越界"，这种"越界"不仅仅指传统文本细读和文化研究之间的兼容，也指文学的跨文化研究与跨学科研究。在这一范式转型中，文学的知识、方法、价值和意义构成其核心内容，其中也贯穿着对学科范畴、学术规则、文化背景与社会语境的反思。

一、回到本质，重构文学的边界

如果我们不了解文学的独有特征，以及它在我们的时代中的价值和意义，那么就会失去对于"文学研究应该走向何方"这个话题的把握。随着米勒宣告文学的死亡，一些文学理论家认为，拯救文学的方法在于破除文学与非文学的界限，这样就可以用文化理论来解读非文学文本，并且将文学构筑成一个包罗万象的"超级"大学科，涵盖很多研究领域，而这些研究与传统意义上的文学研究几乎没有关系。新世纪伊始，面对"文学之死"和后理论时代的开启，对于文学本质的追问再次成为一个学术热点。如果我们在文学研究中陷入"除了文学什么都谈"的困境，那么文学和文学研究存在的意义是什么？这已经成为当下中西文论界关注的理论热点问题之一。

本书观点是："文学是什么"的问题，也就是文学本质论问题，始终是文学学科和文学研究的首要问题。对于文学本质特性的理解是理解和解决文学目标、功能与价值等其他问题的关键。这个问题也决定着文学批评和文学阐释应该遵循怎样的原则、标准与规则。秉持怎样的文学本质同样决定着构建怎样的文学理论和学科系统。今天人们总在回避一些关于文学本质的问题，似乎讨论已经过时了；或声称"文学本就没有本质""文学本质对解决复杂的文学发展现状无益"。李欧梵这样说："不论是后现代、后结构，或是文化研究理论，对于文学研究者而言，都会带来一个问题：到底文学作品中的'文学性'怎么办，难道就不谈文学了吗？美国学界不少名人（包括兰特里夏在内），又开始'转向'了——转回到作品的'文学性'，而反对所有这些'政治化'或'政治正确化'的新潮流。"[①]那么究竟应该回到怎样的"文学性"呢？我们是否可以回到文化理论之前的结构主义的"文学性"，或回到传统的唯美主义？回到文学本质是为了正本清源，是要弄清楚文学研究的根本问题是什么。如果声称"文学没有本质"，那么其实就等于变相的文学死亡或文学取消论。

如果我们确定文学的本质和"文学性"的问题仍然处于文学研究的核心，最终我们还是要回到这个学科的立学之本，那么就需要紧随时代变化，确定在今天的语境下文学的基本属性有哪些，它的存在形态是什么，它与其他话语体系有什么关系。根据前文的分析，文学积聚了情感性、想象性和独特的语言性等本质特点，它承载了人类美学与伦理价值，反映了当时社会历史背景下的意识形态，既有民族的特殊性，也有世界的普遍性和共同性。这些特征以丰富多样的方式重叠交叉地分布于各部文学作品之中，即便是同一文类下的两部作品也不必具备同一个特征。这意味着文学家族的各个成员不必受同一性的支配和制约，而是形成了阿多诺所说"星丛"式的既松散又联结的相互关系。回到文学的本体和本质，可以帮助我们廓清文学作为一门学科的基本框架，以及其学科的知识性与研究的思想性所在。当然，今天

---

① 李欧梵：《总序（一）》，收入［美］勒内·韦勒克、奥斯汀·沃伦：《文学理论》，刘象愚、邢培明等译，江苏教育出版社，2005年，第7—8页。

我们的确很难回到一个只探讨文学"永恒不变"（Zeitlosigkeit）的本质主义的时代。我们很难说什么是构成文学的充要内容。南帆的"关系主义"理论，认为文学的特征取决于多种关系的共同作用，而不是由一种关系决定的，应当把文学置于诸多共存关系组成的网络系统中，对文学的特性做出更丰富的解释。还有秉持文学"穿越主义"的学者认为文学应该破除现实束缚，建立一个具有超越意义的"新世界"，重建一种以"好文学是什么"的本质追问为目标指向的"价值知识论"文艺学，从而达到对文学本质论的穿越和提升。这些新思路都能帮助我们提升对文学本质的认知。

而对于"文学性"的研究，决定是否可以和怎样才能拓展文学研究的范围。如果文学研究的范围的确可以被拓展，那么它的边界究竟在何方？毕竟文学研究的范围不能被毫无限制地扩大到任何学科和任何领域。对"文学性"的定义能够帮助我们界定文学研究的边界，而不是不断越界，让文学研究变得"越来越大"而失去存在的合理性。当我们回看对"文学性"的研究，我们不难发现"文学性"的概念在各个时代随着文学本体和文学研究范式的变化而不断改变与调整，今天在国际学界，学者们各抒己见，将文学定义为一种活动、一种关系、一种网络或一种超越。这种对于文学的定义不是单元的而是多元的，不是固定的而是动态的，不是逐点的而是系统的，不是中心的而是离散的。对文学研究而言，这是具有重要意义的范式转换，也就是将关于文学本质的研究范式从"本质"和"属性"变为"事件"，以行动、体验、互动、效果和诠释等多元视角来取代以往的种种"定性"之争。[①]这符合今天我们对文学多元性和复杂性的把握。

即便如此，本书仍然认为在我们的时代，文学（这里主要指现代

[①] 王嘉军:《超逾本质主义与反本质主义：文学伦理学与为他者的人道主义》,《中国比较文学》2021年第4期，第34页。

文学范畴内所包含的诗歌、小说和戏剧）有相对固定的本质特征，如文学的多元语言特征、审美特征、想象特征、情感特征和伦理特征，它们都是经历荏苒岁月，仍然经得起推敲，值得人们细致研究的文学特征。围绕这些相对固定的本质特征而产生的学派，发展成了今天仍在学界不断扩大其影响的文学理论流派，如（新）形式主义、叙事学、（新）审美主义、文学伦理学批评等。这证明了围绕文学本质展开的理论构建才具有旺盛的生命力。这些对于文学各个阶段的研究有决定意义的理论方向的源头有迹可循，并非无源之水。因此也可以证明，文学研究和文学理论的边界就在对文学本质的界说之中。这也为我们未来的理论构建和研究范式的发展方向提供了一些启示。今天我们可以在世界文学系统研究的大背景下探讨文学本质话语的动态生成、历史文化背景，以及其跨文化语境，厘清它们的变异和发展的路径，从而更加清楚地定位文学研究在今天的价值与意义。

　　文学研究应该有边界，文学阐释同样也应该有边界。张江的"公共阐释"是给文学阐释也设置边界的理论尝试。在后现代主义解构一切的浪潮之后，人们开始考虑如何进行文学阅读与阐释，作者和文本正在回归。既然目前文学研究的范式已经逐渐远离了后现代主义统治下的"反本质主义"，那么作者和文本就应该回归。如果不考虑作者的意向和文本的历史政治背景，我们将很难真正进入有深度的世界文学与诗学的讨论；如果文学阐释没有设限，那么可能会让文学和文学研究进一步边缘化，滑向虚无与相对主义。文学阐释如果要想有感召力和影响力，就不应该绕过作者的创作意图。因为这个诠释角度最能够直接地介入社会，形成文学或美学的社会研究。在我们周遭的世界愈发平面化、泛文本化、符号化和图像化的今天[①]，我们是否应该呼

[①] 金惠敏：《阐释的政治学——从"没有文学的文学理论"谈起》，《学术研究》2019年第1期，第16页。

唤一个更具深度、更具批判意识和社会责任感的文学批评与阐释的回归？

二、回归文本细读

"文本"作为文学的核心概念之一，其定义也随着时代不断变迁。在形式主义那里文本的定义很单一：文本被当作一种物质事实，它有自身的规律和结构，可以通过科学方式被肢解并组合成新的文学文本。自语言学转向结构主义和后结构主义，文本逐渐偏离了文本中心论的统治，从此文本不是作品，文本是克里斯特娃（Julia Kristeva）和巴特的互文网络，是德里达的能指链条，是福柯的话语与权力。文学文本是一种符号体系，是一种广义的修辞。在后结构主义语境下文学的研究对象也不再是文学文本，而是文学文本背后的社会群体、话语系统和权力关系。

今天无论是中国马克思主义文艺理论研究，还是中国古代文论研究，都强调应该回到原典。不仅仅应该回到文本本身，更应该回到文本的历史语境，还原当时的社会现实，只有这样我们才能真正理解当时文本产生的背景、文本的目的和意义，只有这样我们才能最接近真实的文本，获得与文学现实、文学实践、文学历史相关的有益经验与启示，而不是带着今天的偏见或立场去误读历史的真实。这种"考古"和"考据"式的研究方法虽然似乎过时且费时费力，但这赋予研究一种原批评或后批评的视角，将其放在历史的横纵坐标中考量研究对象的价值和地位，也只有这样我们才能以独特的中国经验提供有中国特色与价值的文艺理论。在世界诗学构建的大背景下，回到文本也意味着回到"世界文学体系"中去，如果没有对文本原典的细致阅读、对其精神和内涵的充分把握，也就不可能了解其区别于其他文本的特殊性，从而也不能展开对文本异同的对比研究。

三、回归文学实践

今天说到理论的死亡，有一项重要的罪责，就是文学（文化）理论生成逻辑被改变了。理论被空置了，它的身后不是文学批评和创作实践；理论与实践的逻辑被倒置了：理论的生成先于文学实践。有的理论是完全独立于文学的存在，甚至与文学毫无关系。恢复理论与实践的正确关系，回归实践这个根本出发点，也是新时代文学研究和理论构建的重要旨归之一。自20世纪80年代至今，文艺理论界对于当代文论话语体系的构建也形成了清晰的思路。正因为文学研究应该从具体的文学实践活动及其问题出发，所以学者们不是简单移植西方理论，而是在实践的基础上实现理论重建。今天的理论并非遵从从文学创作到批评再到理论的理论生成路线，而是将文学作为证明理论合法性的工具。这种"理论中心"的做法，打破了文学理论源于文学的逻辑秩序，传统意义上的文学作品也被消解成了随时被文学（文化）挪用、借用和运用的文本。如果今天中国文学批评、研究的对象和理论的实践对象就是当代的文学，那么我们面临着怎样的文学图景？我们应该如何连接从文学创作到文学批评再到文学理论这条文学学科生成的主线？

如果要得到有独立精神、创新意识的文艺理论，则要从文学批评入手，因为文学批评作为文学作品和文学理论之间的连接，与文学创作有着天然而且非常紧密的关系。文学批评所提供的例证、观点和思想将被抽象、提炼与升华，从而形成理论。文学批评的本体是文学，无论是对文学作品的阐释、对作家风格的分析，还是对文学的语言特点、行文规律、象征和比喻考辨等，都有可能被批评家与理论家捕捉、总结，并上升至理论层面。

人们似乎认为，在今天的学术评价和学术晋升的体系中，老老实实地回归文学批评和阐释的实践，即对文本进行细读，不及天南地北地说文化来得有价值。其实不然，比如无论是中国的还是国际的叙事学的一流学者，都有不凡的文本细读的能力。如果没有细读能力，根本不可能运用、拓展和提升叙事理论。而像叙事学这样有很长的发展历史、学科建制非常成熟的流派，之所以有这样经久不衰的理论生命力和众多的研究群体，也因为这是真正源于文本、称得上"文学理论"的学派。正因为源于文学文本的特殊属性，其理论构建才能够持续获得新鲜的养料、例证和素材，不断扩大其诠释的范围，甚至有扩展到所有人类的语言行为与符号系统的倾向。今天叙事学有这样的普适性和学术影响力，可谓叹为观止。如果说今天"文学性"真的想要对其他研究领域进行渗透和扩张，那么首先就要搞清楚文学的独特价值是什么，我们怎样才能为文学理论大厦添砖加瓦。但我们的文学理论界很长时期以来，时常将研究局限在"概念辨析、学说综述、系统虚设、理论扫描的空泛议论和爬梳"上。而之所以缺少有创意、有思想和有精神的文论，恰恰是因为今天文学理论研究的"理论中心主义"。对于中国的文学现状、社会文化语境关注甚少，无法实现文学理论（无论是东方还是西方）与文学实践的有效契合。如果文论的研究者没有阅读过足够的中国古代和当代文学、西方文学与世界文学，又怎能妄论文学理论构建？我们不仅仅要对西方的理论观点、学说和流派耳熟能详，还要去反思沉疴、针砭时弊，承担中国文学批评者的社会职责。而如果今天我们培养的学生缺乏文学功底，不知道如何分析文学的语言、修辞和审美，那么他是否算得上一个合格的文学学生，我们是否背离了中西文学学科建成时的初心？

对此我们不妨听听老一辈文学学者对我们的规劝。童庆炳认为"读其文、知其人、论其世"的文学批评传统是中国文论的本体，而文学批评的价值取向是艺术文体、历史理性和人文关怀的综合与统一，因此他主张"一个批评家完全可以从细读作品开始,深入作品的语言体式,进一步揭示作家赋予这作品语言体式所表达的作家对生活的体验、评价,所显现的精神结构;最后则要联系社会历史语境,深入揭示作品所体现的时代文化精神等"[①]。这当然是传统的文学批评的要求。这似乎已经不是经历了文化理论、进入后理论和当代理论建设时代所应该奉行的批评潮流,但我们仍然可以获得这样的启示:如果我们运用五花八门的理论,但不能提升我们文学批评的深度,那么为什么我们还要对与文学诠释并不匹配的理论趋之若鹜?我们是不是反而应该回到文本细读,追求思想深度、历史反思和人文关怀?所以我们今天既不能隔断文本与作者和读者的联系,也不能忽视文本的时代背景、历史效果。因为文本诠释如果要具备深度,那么不可能不谈文本的背景和作者的意图,它们是有机联系的整体。

综上所述,今天我们所说的"回归"并不是一种简单的"回到从前",而是对我国文学批评、文学研究和文论建设存在的问题的一种理性反思,而"回归"当中已经蕴含着"跨越"的意向,这是一个问题两个方面的辩证统一。

四、文本研究与文化研究并举

在第一编中,笔者从存在论的角度重新思考了文学的本质论问题,对于文学本质的探讨,暗合了中西学界近年来的主流文学观。这是一种与西方学界近年所倾向的通过事件、操演、独异性等角度来思考文学本质的截然不同的观念。韦勒克评述文学批评的要点时这样说:"我们必须正视'文学性'的问题,它是美学的中心问题,是文学和艺术的本质。如果这样来看文学研究的话,文学艺术品本身将

---

① 童庆炳:《新时期文艺批评若干问题之省思》,收入童庆炳:《中国当代文学理论的经验、困局与出路》,北京师范大学出版社,2015年。

成为必要的焦点。"①如果文学批评和研究奉行的是美学的文学观（倾向于形式主义的文学观），那么我们就需要将文学文本作为必要的甚至是主要的研究对象。而如果从功能性的角度来看，文学不仅仅涉及审美的无功利的艺术，还在历史长河中承担各种各样的功能，无论是宗教的、社会的、政治的，还是道德的，我们很难退回那个讨论单纯的、无功利的文学的时代。正是在这一公认的基础上，新世纪我们仍然需要对文学文本开展文化批评，因为我们无法忽视文化理论带来的理论活力，我们也不能否认文化批评给文学批评带来了新的生机。文化研究给文学研究带来了新的思维方法、批判和反抗的精神，这不啻为文学研究的一种生存策略。②斯莱（J. D. Slay）和惠特（L. A. Whitt）也认为文化研究的目的在于描述、分析和阐释当代社会文化与社会实践，也因此自带改变现存权力结构的能力。③文化研究这种强力介入现实生活的特质，极大地丰富了当代西方文学研究的理论图景，也使得中国文学研究有了相当开阔、多元和包容的理论格局。在新世纪的文学研究和文论构建中我们不能也不应该抛弃文学研究的文化、社会与历史维度。那么如何为缺乏边界的文化研究设限呢？我们需要明确一个原则：文学研究的弥散性、政治性、社会性与文学研究的内在性、审美性和形式性并非泾渭分明。这意味着文学研究虽有内外之分，但仍然可以是"一体两面"的有机共同体。正如余虹所说的，还是曾经的"审美意识形态论"给了我们重建范式和构建理论的启示。

---

① ［美］R. 韦勒克：《批评的诸种概念》，丁泓、余徽译，四川文艺出版社，1988年，第276页。
② L. Grossberg et al. eds., *Cultural Studies*, Routledge, 1992, p. 3.
③ J. D. Slay and L. A. Whitt, "Ethics and Cultural Studies", in L. Grossberg et al. eds., *Cultural Studies*, Routledge, 1992, p. 573.

我们这个时代面临着如何在此基础上寻求文论话语的重构。我们首先需要秉持的原则是任何研究应该服务于文学的本体，而不应该将文学视为工具。有这一原则，我们很容易在文学的内部，文本和审美研究，文学的历史、文化，以及政治研究中决定各个研究的组成部分的份额与主次。其次，对于"文学性"的重新定义可以帮助我们在文学和文化研究中找到可以共同着力的抓手。今天的"文学性"概念既有跨越学科的开放性，也有文学本体的收敛性，很好地综合了一个问题的两个方面。关键的问题是我们应该如何把握这种开放与收敛的尺度。在面对历史、文化、社会，以及文学实践、研究方法、理论资源等文学研究的不同层面时，我们怎么用一个动态互动的模式实现各个层面的配置和整合？今天关于当代文论话语体系构建的命题可以说是一种政治话语与学科话语共同耦合的过程。所以今天我们需要思考的是传统文学研究和文化研究在文学批评与研究中融合的可能性。南帆提出了"语言学转向"之后社会历史在什么意义上重返文学理论，文学理论的使命在于"发现文学语言、社会历史、意识形态相互关系的交会地带，最终阐述它们之间的秘密结构和持久的互动"[1]。

五、文学的跨文化研究范式：世界文学共同体的畅想

今天，在构建当代文艺理论的背景下，"比较文学""世界文学"和"世界诗学"是跨文化研究的重要关键词。义学研究者已经超越了中西二元对立，克服西方文化中心主义，并逐步开始孕育一种"在世界中"的主体意识。他们正在这种变化的语境中输出"中国世界观""古今中西的对话"的模式，构成了"之中"的中西对话何以可能的方法论基础。

---

[1] 南帆、刘小新、练暑生：《文学理论》，北京大学出版社，2008年，"序言"。

以苏珊·巴斯奈特（Susan Bassnett）和斯皮瓦克（Gayatri C. Spivak）为代表的欧美学者认为比较文学已经走向死亡。这个论断并非空穴来风，正是因为西方中心主义的禁锢，欧美的比较文学研究很难获得突破，学科理论缺乏创新，无论是传统影响研究还是平行研究，都缺乏方法和理念上的突破，也难以获得有价值、令人耳目一新的研究成果。文学的文化转向，将比较文学推向了泛文化的深渊。伯恩海默（Charles Bernheimer）在《跨世纪的比较文学》（*Comparative Literature at the Turn of the Century*）中提出激活西方比较文学研究的策略，其中心理念就是将目光从西方转向全球。曹顺庆认为世界比较文学研究已经进入了第三阶段，即"亚洲阶段"。比较文学研究进入了拓展期，而拓展的方向就是亚洲，比较文学在东方蓬勃发展。丹穆若什提出了对世界文学的重新定义："世界文学不是指一套经典文本，而是指一种阅读模式——一种以超然的态度进入与我们自身时空不同的世界的形式。"[①]世界文学已经不是一种文学类型，也不仅仅是一种观照文学的方法，而已经成为一种认知世界的方式。

正因为强势文明常常以求同、探寻普适性来掩盖其西方中心主义的优势地位，所以今天建立比较文学中国学派的出发点就是"求异"。曹顺庆提出的"比较文学变异学"，旨在打造一种比较文学学科理论新话语，提炼一个标识性概念，可以让中国的比较文学学派获得更大的学术话语权，也可以让更多的学者能够依托这个概念贡献更多的可以为国际学界所理解的概念、框架、范畴、表述方法，以主导国际学术界的讨论，获得理论话语权。曹顺庆的变异学既是比较文学学科构建的第三阶段的开端，也是一个重要的里程碑。[②]它给比较文学研究

---

① David Damrosch, *What Is World Literature?*, Princeton University Press, 2003, p. 281.
② 曹顺庆将比较文学中国学派划分为三个阶段：第一个阶段（1979—1994），第二个阶段（1995—2004），第三个阶段（2005年至今）。

范式带来的最大改变,就是从"同"到"异",以及"变"的研究范式的改变。从宏观上来说,研究者可以找寻不同文明之间的文化机制、话语体系和方式、学术规则的相异之处。从微观上来说,曹顺庆所构建的理论大厦可以囊括目前比较文学学界最具学术价值的研究范式,比如文学研究领域的"形象学""接受学"和"他国化"研究,文学翻译领域的译介学研究,以及跨文化变异研究等。

金雯认为今天的比较文学研究可以将平行研究和翻译流通研究的视野整合,也就是将各个不同方向的研究置于一个"总体文学"的研究网络中。在世界文学的语境之下,"总体文学"不再拘泥于在相同文学类型中找寻相似的规律,或在不同类型中找寻相似的主题、背景和话语等。"总体文学"应该"开始考虑地方、地区和全球这些时空单位共同作用下所产生的书写现象及其历时性变化。这种新的'总体文学'就是'世界文学体系'"[①]。这样的研究思路将不再拘泥于一部作品、一种文类,而是打破学科研究之间的界限,将所有这些文学、翻译、出版、民俗、历史、社会、文化、宗教的一切可能话题置于一个命题之下,并合力构建一个庞大的"世界文学体系"。这是一个相当具有远见的美好的文学研究的愿景。钱锺书早在20世纪在文学研究上做出的杰出贡献为今天"世界文学体系"研究提供了思路。钱锺书用新的方法论和自己的学术实践践行了很多文学研究的范式。他的《谈艺录》打破了当时"中体西用"的固有思维模式,以世界主义的胸怀在中西异质诗学之中寻找中西文学共同的"诗眼"和"文心"。早在20世纪80年代,钱锺书就主张模糊民族、语言和文类的界限,破除古典文学固守的研究范式,拥抱"大文学研究"概念。他的研究运用了各种学科的有益因素对文学做全方位的研究,无论是本体的、艺术的、美学

---

① 参见金雯:《在类比的绳索上舞蹈:比较文学中的平行、流通和体系》,《中国比较文学》2021年第3期,第22页。

的，还是哲学的和历史的考据，都对文学进行了宏观的历史文化研究和微观的文本细读。这种研究范式也切合目前比较文学的研究范式，即"间性批评"和"系统批评"，前者围绕人类的本体和认知，探讨不同的跨学科主题；而后者则致力于构建规模更大、结构更复杂、层次更高的比较文学"总体文学"。①

应该说当代人文研究者虽面临重重危机，却也迎来了最好的时代，因为危机当中往往孕育着巨大的机遇。在这个通过互联网的连接越来越开放多元的时代，我们有可能建立一个世界范围的文学共同体。文学以其独特的审美和情感魅力，使得不同的人类群体冲破文化、种族、性别差异的壁垒，在艺术体验中寻找共通之处与心灵的共鸣。而文学阐释恰恰可以构筑这样一个各国人民对话、交流和互通的平台，共享人类共同精神财富，并在人类命运共同体框架下汇聚全球共识：尊重世界文明多样性，以文明交流超越文明隔阂、文明互鉴超越文明冲突、文明共存超越文明优越。今天文学的"公共阐释论"旨在通过理解、对话与互鉴达成阐释的公共性，其理想与人类命运共同体理念的核心精神完美契合。从这个层面上讲，"世界文学"的概念不仅仅是文学话语，还是符合世界主义的公共话语。也许欧洲启蒙时代的梦想最终将在我们的时代得以实现，在这个公共领域中我们能够通过慎重对话来取代暴力冲突。要促成这样一个世界性的伟大共识，需要我们共同的努力。

六、文学跨学科研究范式：捍卫文学的边界

米勒的"文学终结"宣告的其实是以纸媒为媒介的传统文学和文学研究的衰败甚至"终结"。正因为传统文学研究的对象正在逐步改变甚至消失，所以我们文学研究才必须调整研究的对象、方法和目

---

① 参见江玉琴：《后人类理论：比较文学跨学科研究的新方向》，《中国比较文学》2021年第1期。

标。今天，我们进入了"后理论"语境，其基本特征就是融合，无论是媒体的融合、文类的融合，还是学科的融合，很多理论家都有不止一个学科的知识。这也符合今天我们对学科融合研究范式的理解。在文学学科建设上，"大文科""新文科"的概念已经确立，而数字人文研究已经成为最具潜力的学术增长点。ChatGPT的出现被认为开启了人工智能发展的"奇点"时刻。人类的知识将不断升级，科技的发展日新月异，而人工智能的发展是一种几何倍数的"进化"。人工智能无节制发展的结果难以预测，因为这很快将超过人类智能能够企及的范畴。这样的唯工具、唯理性和唯进步的发展观有多么危险，我们仍可以从20世纪人类历史上的几场大浩劫中汲取教训。在这样一个很快、再快、越来越快的时代，文学是让人们慢下来的方式，它构建了一个与科技化的理性世界对立的"异世界"，在那里人们或许还能感受到阳光的温暖、流水的清凉和盈盈花香。只要人类还有情感需要，还想要做梦，还会憧憬，那么文学就不可能消失。这个世纪文学有其必须肩负的职责，那就是重建人与人之间的情感共识，这是审美和伦理共识的基础。文学的情感性特征是这个时代的稀缺特质，它也是区分人与机器和人工智能的本质特征。人工智能的确可以模拟，甚至替代人类的很多功能和人类的特性，甚至有朝一日完全有能力超越并取代人类。但人工智能不是人，人工智能应该是为人类服务的，这是一个简单但不应该被忽略的重要原则。今天的人类仍然是情感、思想和行为的主体，人与人之间仍然需要沟通交流来满足情感和心理的需求。今天我们仍然希望电脑和手机屏幕后面与我们交流的是有血有肉的人，而不是代码、算法或虚拟人。今天我们对文学的认知也应该超越"用"与"无用"的纠结，而着眼于人文学科最重要的学科价值，即对人的观念的影响力以及改变世界观的能力。如果我们自己坚信文学的独特价值，那么这种坚持也终将发挥潜移默化的影响力。文学在语言上的开放性特质连接着不同文化背景的人，文学是一个人类心灵共同的投射地，人们可以在文学作品上投注自己的梦想，这意味着文学连接交流的跨越性，成为不同文化和背景的人们交流与表达的共同空间。

回到文学的"跨学科建设"的话题，我们有必要弄清"可为"与"不可为"的界限。今天我们考虑学科融合的问题时，首先要搞清楚每一个学科都有其要解决的问题和解决问题的方法。每个学科都有完全不可通约的思维方式、学科逻辑和学理背景。文学的融合能力不是无限大的，而"文学性"的渗透和拓展的能力也不是无限的。文学究竟是否应该实现跨学科研究？如果进行跨学科研究，应该考虑跨什么学科以及怎么跨。今天，几乎所有人文社会学科都可以与文学进行跨学科研究。笔者认为这种跨学科研究的基本出发点应该还是文学文本。如果抛弃了文学文本，天南地北，除了文学什么都谈，看来是不行的，这只能让文学作品在文学研究中的地位越来越边缘。如果文学作品被彻底边缘化，甚至退出文学研究，那么文学研究的学科属性和学科意义也会逐步消失，正所谓"皮之不存，毛将焉附"。

那么应该如何在跨学科研究中将文学作为研究的主体？文学或者说"文学性"的确有很强的渗透作用，后结构主义的大多数哲学家和理论家，都以文学为例证明自己的理论，甚至直接将文学作为其研究对象。文学作为包含人类情感、心理、行为、思想、价值、审美和伦理取向的百科全书，往往也反映了一个时代的政治、经济、社会、思想、文化的方方面面。目前文学社会学的研究范式的改变能够说明文学研究范式变化的整体趋向。如果在文学研究的框架下研究与文本相关联的社会群体、社会关系、社会背景等，那么这些研究的对象是文学文本的社会性。而新文学社会学研究则以文学关系群体作为研究对象，研究社会科学经验意义上的社会关系，包括社会群体和文学作品的关系，对文学的选择与批评，情感与态度等。①这样的研究已经偏离了文学研究的主旨，其研究对象、研究方法和研究目的都与文学关系不甚紧密，应该算是与文学相关的社会学研究。这样的跨学科研究范式的改变让人喜忧参半，喜的是文学真正实现了和其他学科的跨学科研究合作，忧的是其本质已经不是文学研究，从研究方法来说这是一种社会学研究。一名研究者要从事这样的研究必须要了解两个学科的研究范式，并根据自己的研究目的做出取舍。如果文学学者未来面临的宿命就是跨学科的话，那么他就不得不变成各个领域的通才，这显然是很难达成的。但如果我们并不纠结究竟是哪一个学科在跨学科研究中唱主角，那么这的确是激活文学学科和研究的一条可行的路径。

文学不是自然科学，文学研究也不是科学研究。在文学的跨学科研究中我们需要避开的最大陷阱就是文学和文学研究的科学化。今天我们运用一切工具应该是为文学的人文主义核心服务，而不是成为它的附庸和奴仆。在竞争白热化的今天，时常会有"人文无用论"冒尖，我们更要坚守人文研究的底线。比如发生在20世纪90年代的"索卡尔诈文事件"：自然科学在面对后现代主义对科学研究的侵犯时，坚决捍卫自身的边界；今天人文科学也应该有相似的维护学科边界的觉悟。我们应该思考如何运用新的技术推进文学研究，而不是使用技术使得文学更加边缘化。所以今天我们真的需要讨论"什么是文学"，而不是用各种抽象的概念、理论、技术去模糊这个主体。了解文学是什么才能知道如何在跨学科研究中找到研究的焦点和核心，而不至于失去重点。当然在这个时代，文学学者没有理由拒绝时代赋予的无限

---

① 参见刘平：《社会转型与价值文化研究——新本质主义价值文化时期的开启》，《人文杂志》2015年第3期，第1—10页。

的可能性。无论是计算机、大数据,还是人工智能,抑或是信息技术、统计方法和语料库技术等,都使我们有机会重新构造文学学科的研究范式。我们的研究目标不应是将文学研究做得更客观或更科学,而是借助工具改变知识和信息储存、汇集、搜索的方式,以突破人类认知的局限,成就更加丰富、多元与复杂的文学研究。郝岚认为今天数字人文的兴起在方法论上可以解决"新世界文学"时代文本过剩的问题①,也可以实现从前不可能实现的文本研究,比如可以借助计算机"逻辑约束编程"统计小说的叙事节点,重建小说的时间链;或用语料库技术来研究莎翁的个人风格与其作品归属的问题;或借助大数据用社会学统计方法研究经典文学和社会现实的关系。②这些研究都以文学为研究对象,佐以其他学科的研究方法,通过计算机和语料库技术实现文本收集与分析。这些研究都是技术使得文学研究变得更好的明证。

今天一个个层出不穷的概念带来了文学研究的新范式,而我们很难预测未来文学和文学研究的发展,但有两点是肯定的:一是文学的学科价值在于"文学性"。这也是任何学科建制和研究范式发展的基础。如果没有这个根本点,那么文学研究将失去存在的必要性。二是文学的跨文化和跨学科研究已经是大势所趋,不可逆转。文学研究者在确立学科的合理有效性的基础上,以怎样的原则构建文学的研究范式和学科建制?我们不得不拥有综合的、整体性的"大学科思维",将文学、人类学、科技、生态、自然的发展综合考虑而产生总体思考;我们同样需要将民族文学置于一个世界文学网络中去思考,而打破之

---

① 参见郝岚:《"新世界文学"的范式特征及局限》,《文艺理论研究》2021年第6期。
② 参见张剑:《外国语言文学的学科边界与"新文科"的交叉融合》,《上海交通大学学报(哲学社会科学版)》2023年第1期。

前的研究范式给我们带来的限制,毕竟无论遵循的是本质的还是非本质的,文学的还是文化的,民族的还是世界的,我们都不得不打破边界,呈现一个去二元对立的、完整的、关联的、网络的、弥散式的动态生成的世界文学视域。这也许不是一个文学的乌托邦幻想,而是可能实现的伟大图景。